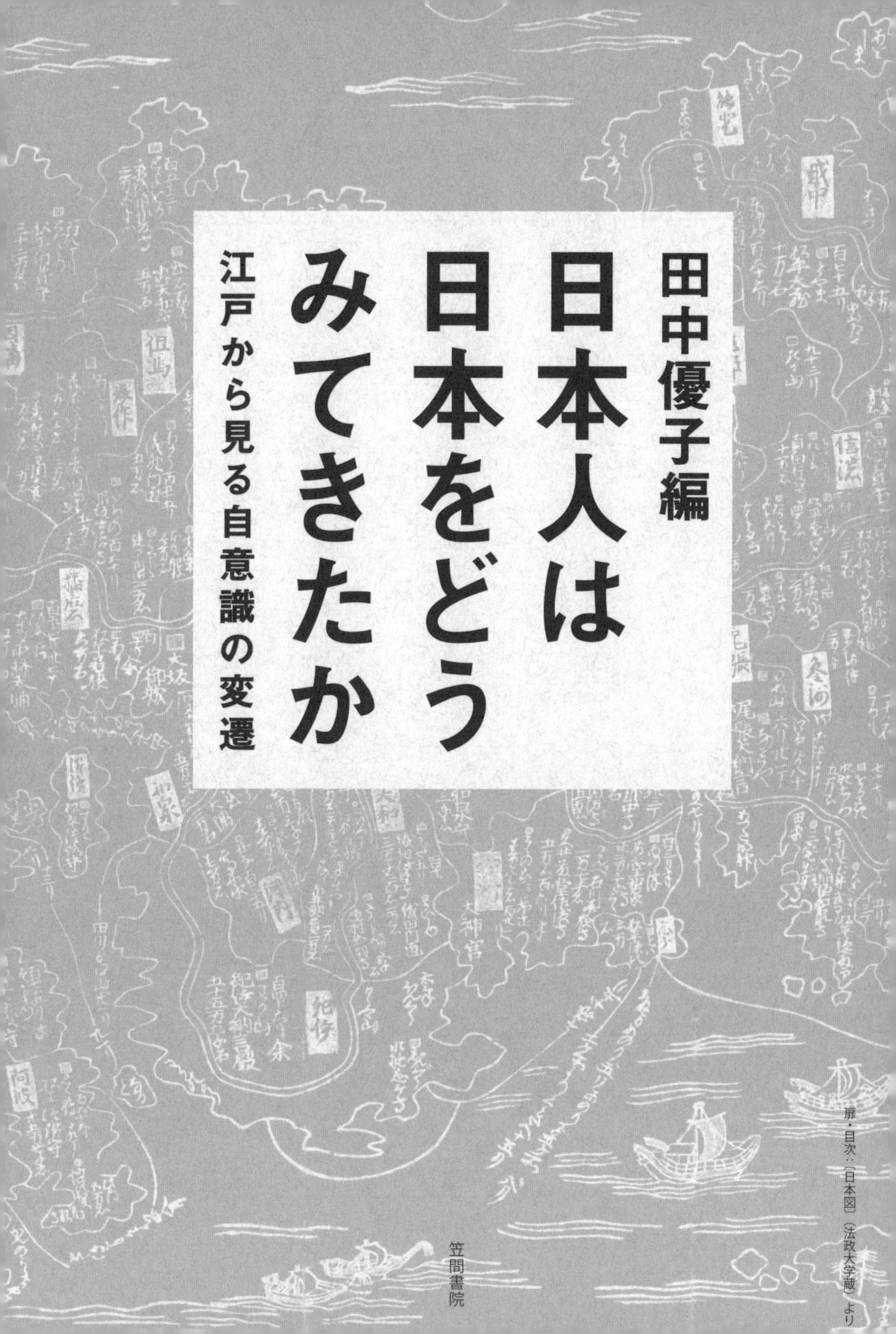

日本人は日本をどうみてきたか

江戸から見る自意識の変遷

田中優子編

笠間書院

扉・目次「日本図」（法政大学蔵）より

日本人は日本をどうみてきたか　江戸から見る自意識の変遷　目次

I 「自国」を誰が／どの範囲で捉えるか?

II 「和の国」イメージの普及

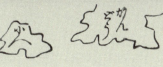

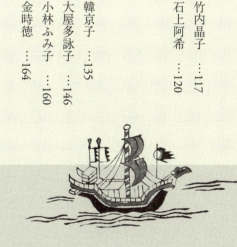

今「日本人が日本をどうみてきたか」を考えることの意義

田中優子◉法政大学総長

本書は、法政大学・国際日本学研究所を拠点としておこなっている文部科学省私立大学戦略的研究基盤形成支援事業「国際日本学の方法に基づく〈日本意識〉の再検討——〈日本意識〉の過去・現在・未来」のなかの一グループである「研究アプローチ1・〈日本意識〉の変遷——古代から近世へ」の成果の一部を書籍化したものである。

このグループは「古代から近世へ」とあるように、研究会やシンポジウムにおいては、古代、中世、そして近代のことも含めて研究をおこなってきた。研究は、国号《こくごう》の問題、東アジアとの関係、日本にとっての東北・沖縄、地図から考える領域意識、図版類に見える日本人・外国人イメージなど、多岐にわたった。本書に収められた論文はそのほんの一部であり、また多くは、近世（江戸時代）を舞台にしている。それは、グループの中心メンバーが近世文化の専門家であることも理由のひとつだが、近世文化は古代・中世の日本観を受け継ぎ、それを育てていったこと、そこから近代のナショナリズムにつながる思想も出現した、という事情もある。

近世は多様な日本イメージのるつぼであり、流れ込み、流れ出ていった湖のようなものである。ここから出発して、さらなる展開が可能だと考えている。

人々が国を意識するとき

ところで「国」だが、国家の存亡にかかわる国難ともいうべき非常事態下では、人々が国を強く意識する。そのとき人は、過去の事件を想起するものだ、と横山泰子は書いた。日常生活で日本人が日本国を意識することはあまりないだろう。しかし大震災やさまざまな天災、原子力のような深刻な事故、とりわけ戦争とそれに類するテロが起これば、「国」が意識にのぼってくる。それは日本だけでなく、近代国家を形成してしまった世界中の国民の「業《ごう》」ともいえるものだ。

国家形成は民族対立を乗り越えるためのものであったはずだが、同時に国民としての利権を囲い込もうとする保守的な態度を生み出した。戦争でもないのに隣国とのちょっとした不和が国家主義的な感情をあおり、身近な外国人の存在が一部の人々の不平等感を激高させる。そのもとで外国について、また日本について感想を述べる膨大な書籍は刊行されても、「日本人自身が日本をどう考えてきたか」という問いは、なかなか発せられない。日本という対象、それを表現する日本人、それを分析する日本人、という重層的な関係を設定するには、それぞれの思想と方法が試されるからであろう。本書はその困難な作業の出発点である。

本書で問題にしようとしているのはデータに基づく事実でもなければ、あまりにも多様な日本人の性格を一言でまとめることでもない。自分で自分をどう語ってきたか、という言説の全体像である。しかし全体像とは言っても、本書は近世（江戸時代）を中心にしている。そういう意味では偏っている。が幸いに近代国家がなかった近世では、それぞれの言説を「自虐」とか「自慢」

という言葉で互いに攻撃する習慣はなかったので、そういう無駄な議論をしなくても済む。さらにいえば、すでに書いたように、近世文化は、古代・中世の日本観を受け継ぎ、近代のナショナリズムをも選択肢のひとつとして用意した。そこにいかなるものが多層的に存在したのか確認しておくことは、近代が国家形成の際に何を選び何を捨てたのか、確認する「よすが」となる。今、私たちはいかなる日本を選び取っているのか、それを考えることにもなるのである。

日本の華夷《かい》秩序

近代から今日に至るまで、日本人の考える日本像の要になるのは、「華夷秩序」である。華夷秩序の起源は中国だが、むろんヨーロッパにもローマ帝国を中心とする華夷秩序はあったのであり、キリスト教を中心とする華夷秩序や白人を中心とする華夷秩序は今でも生きている。日本は中国の華夷秩序の中で「東夷《とうい》」と位置づけられ、「夷」に属した。しかしその華夷観念は日本のものとなって、大和朝廷を「華」とした蝦夷《えぞ》、琉球に対する日本の態度を形成した。その意味で、本書における大木康による、漢文学は外国文学ではなく日本人のなかに血肉化された学問であったという指摘や、華夷秩序のマインドセットが山鹿素行《やまがそこう》によってそのままの発想で逆転され、それが国学における日本中心主義につながった、という指摘はきわめて重要である。

今日まで続く日本人の琉球への姿勢は、この華夷観念と無縁ではない。小林ふみ子は『琉球談《りゅうきゅうばなし》』『画本異国一覧《えほんいこくいちらん》』『翁草《おきなぐさ》』などの文献が、日本文化を好み熱狂している琉球、という像を作り上げていたことを明らかにしている。それもまた、日本と中国が逆転した華夷秩序観念の現れであった。一方、ヤナ・ウルバノヴァーは、『おもろさうし』と琉歌《りゅうか》のそれぞれの大和への態度を比較しながら、大和への反感の表現が見られることに注目している。しかし、華夷秩序が中国と東夷、西戎《せいじゅう》、南蛮《なんばん》、北狄《ほくてき》だけで構成されていたわけではなく、それが逆転されながら複雑に使われていたように、ことは大和と琉球という単線構造だけでは解けない。内原英聡は、日本と琉球の中に幾重にも重なっている重層的な優劣構造に着目している。大和（薩摩）に支配された琉球は、そのなかの八重山や宮古に負荷を与え、さらにその内部は身分制度という構造的差別が横たわっていた。日米による沖縄の軍事基地の固定化と自衛隊の先島配備の可能性という今日の構造は、そのかつての構造の延長であると喝破している。

「夷」は空間的に外部であり、観念的には怪物の領域である。米家志乃布は地図から日本の領域を行基図型とし、域外を架空型と分類した。横山泰子は『和漢三才図会《わかんさんさいずえ》』の「異国人物」と「外夷人物《がいいじんぶつ》」の違いに注目し、さらにそのほかの文献を使いながら、怪物と「怪物ではない日本の私」の区別（差別）の構造が、江戸時代の日本人意識の中心にあったことを述べている。

「和」「武」「神国」としての日本

小口雅史のコラムにあるように、律令制下で「大倭国」と表記されていた日本は、七五〇年代には「大和国」と表記され、そこに柔和な土地、平和な土地という意味を託した可能性がある。さらに竹内晶子のコラムで明らかなように、世阿弥《ぜあみ》は唐物の故事（物語）を「幽玄」の美意識と「平和」の強調で構成して能を創造した可能性がある。

小林ふみ子は近世文学と文章を例示しながら、人々が言語、文字、歌、気候、人の性格まで動員して「やわらかな国」を作り上げた過程を追った。「やわらかい」姿勢は好色と結びついて色好みの文化を前面に押し出すことになり、夫婦和合をはじめとする人間関係の「和」の観念に結実する。石上阿希は春画こそが、その「和合」の精神を発揮する場であったことを明らかにしている。

近代に入ると同時に、「和」のブランドは消滅し、「武」が日本の中心に据わった。しかしそれは実際には前近代の日本がはらんでいたものだった。金時徳は秀吉の命によっておこなわれた壬辰《じんしん》戦争にまつわる日本の膨大な物語類の挿絵、絵手本を整理した。そのなかには、強い日本と、日本の軍隊が平和な統治をおこなったような表現とが混在している様子が見て取れる。どちらにしても、すでに江戸時代において、日本は海外侵略の物語を消費しながら、武の国のイメージを再生産し続けていたことがわかる。

韓京子は近松門左衛門《ちかまつもんざえもん》の『国性爺合戦《こくせんやかっせん》』を挙げ、そこに異国に対する日本の優越意識と「神国」意識が強く見られるという分析をおこなっている。それが天下太平観念と結びついていたが、それらは「武威《ぶい》」の強靱さの証として表現されていたのである。

大屋多詠子は曲亭馬琴《きょくていばきん》を挙げ、武国日本を文武両道、和漢兼学の国として描いたことに注目している。それは馬琴に限ることではなく、儒者たちの認識であった。さらにそこに、「日本魂《やまとだましい》」までもが忠孝の内容をもって組み合わされていたのであった。「和」と「武」と「神国」の観念は、近世日本で共存していたのである。

小林ふみ子のコラムが発見しているように、武者絵というジャンルから見ると、「武」は必ずしも日本と結びついているわけではなかった。それは『水滸伝《すいこでん》』をはじめとする中国の物語が武者絵として再構成され商品化されたことでわかる。しかしこれらの論文から見渡せるのは、「平和」が武力によって達成されている、という観念の共有であった。今日では「抑止力」という名のもとに核をはじめとするあらゆる武力が平和と結びつけられ、「積極的な平和」という名の派兵も想定されているが、これは江戸時代の天下太平の規模をそのままふくれあがらせたような構図になる。

林久美子は金平《きんぴら》浄瑠璃に、皇室の正統性、徳川の秩序の絶対性、仏法と王法を兼ねた神国認識を見出だした。とりわけ古浄瑠璃は神おろしを含む呪術的な語りものであり、それは江戸時代になって後退したわけではなく、近松浄瑠璃や垂加《すいか》神道や富士信仰の中に受け継がれていったことがわかる。神国日本は、秩序の中心にあると信じられていた。

神国観念は、藩の連合体であった近世国家のなかで、諸外国を意識した上で「日本」という統一体を把握するために役立っていたようだ。それは近世においては新しい発想だといえるだろう。福田安典は、脱藩して国益を生涯の仕事とした平賀源内《ひらがげんない》のなかにある国学的なるものに迫った。長島弘明は、国学者でもあった上田秋成の論争や、秋成の伯父（叔父）の樋口道与《どうよ》を取り上げつつ、現代のグローバル化とインターナショナル化および文化相対主義の思想や議論がそこにあったことを指摘している。

津田眞弓は仙台藩の事例を挙げながら、文化年間に学問所であるはずの藩校で武術がおこなわれるようになり、武士だけでなく教育による庶民の教化が始まり、地方の殖産政策と危機感を反映した物語類が増えたことに注目している。周辺海域における外国船との接触が頻繁になり、幕府や海域の大藩や輸出入に携わる商人だけでなく、庶民までもがグローバルな状況下にある日本を意識しはじめたことと関係あるであろう。

川添裕は横浜開港期の日本において、アメリカが近代テクノロジーの象徴ともいえるリプレゼンテーションを展開したことに対し、日本側が相撲によってリプレゼンテーションをおこなったことに注目した。それはテクノロジーに対する「神国」の示威であった。その背景たる実際の生活においても、見世物をはじめとする土俗的なサブカルチャーが息づいていた。そこには、異国に対する神国としての日本の意識が見える。

国家から地域へ

本書の全体を通観してみると、日本が華夷秩序という秩序の、文明国（中国）からの逆転写をおこなったことは、明白である。近世日本は「華」になるという目標をもっていたがゆえに、学問、思想、産業技術に至るまで見事な発展を遂げた。しかしその目標が他にずれてしまえば、さらに別のものを追いかけるしかない。今日までの日本は、中国、欧州、米国という、観念上の華に同一化することが政権の目標として自動的に設定されていたように思われる。そのために華夷構造を転写して己を華に似せ、さらにそのために「夷」を作り出すのである。

きわめて興味深いのは、このプロジェクトで発見され、シンポジウムや展覧会としても実施してきた「和」「武」「神国」という三つの側面の共存である。これらは別々に取り出されて日本の特徴とされてきたものだが、重要なのはすべてがそろっていることである。どれもが、民族的・地勢的にも（古代）、武力集団や産業構造の面でも（中世・近世）、法的な単位としても（近世）ばらばらな各地域が、何らかの理由でひとつに結びつくための観念である。だとすると、この三つの側面を共有できる地域が日本列島各地に存在していたことになる。

華夷秩序と「和」「武」「神国」の組み合わせがいかなる構造で構成されていたか（いるか）は、今後、日本の地域の研究に入っていくことで見えてくるのではないかと期待している。それは次のプロジェクトにつながるテーマである。そのテーマは、地域の衰退をなんとしても食い止めねばならない今日の日本にとって、未来的なテーマでもある。

I

「自国」を誰が／どの範囲で捉えるか？

▼第Ⅰ章では、「江戸人」は「日本」について、どんな契機にどのようなかたちで意識し、周辺との関係をどう考えていたのか、本書のテーマである「江戸人」の「日本意識」の外枠について考える。

具体的な危機や脅威をきっかけとすることもあれば、差し迫ってはいなくとも観念的に強く異国を意識することがあればそれに対抗するかたちで、そうした意識が頭をもたげてくる。それは蝦夷地や琉球を含む近隣の異国・異域との関係のなかで、さらにその外側を想像するなかでどのようなかたちをとったのであろうか。本章の鍵となるのは、中国に学んだ「華夷《かい》」の概念である。

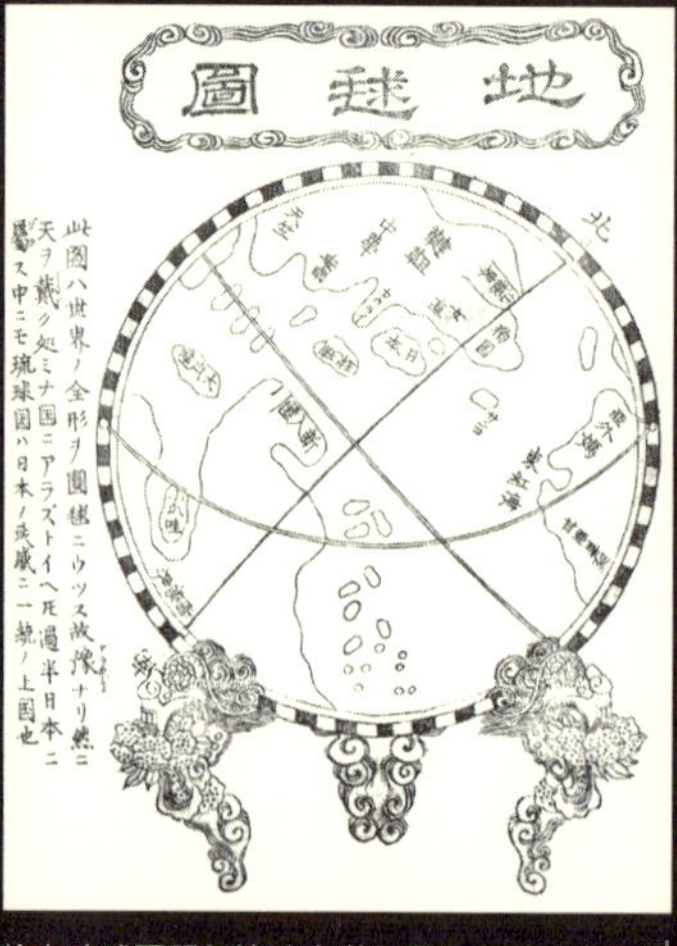

扉絵・『絵本琉球軍記』法政大学国際日本学研究所蔵

「夷《い》」の国の学問——漢学と国学

大木　康
◉東京大学東洋文化研究所教授

かつての東アジアにおいては、中国を中心とする国際秩序が形成されていた。それは、世界（天下）には、その中心に位置し高い価値を持った中華と、周縁に位置し相対的に低い価値しか認められない夷狄《いてき》の別があるとする華夷思想を背景に形成された冊封体制、また朝貢貿易体制であった。

中国から見れば、かつての日本は東夷にほかならなかったわけであり、日本は不断に中国から文明を輸入していた。そもそも「夷」の国にあっての学問には、どのような性格が付与されることになったのだろうか。ここでは、華夷思想を一つの切り口にして、日本における学問のあり方、学者のあり方について考えてみたい。

華夷思想とは

はじめに、そもそも華夷思想とはどのようなものであるか、中国における原典に立ち戻って見直してみることにしたい。

明代の『三才図会《さんさいずえ》』地理巻十四に「邦国畿服図」と題する図が収められている**【図1】**。これは儒家の経典の一つである『周礼《しゅらい》』に基づいて描かれた図であり、当時の世界の構造を示している。

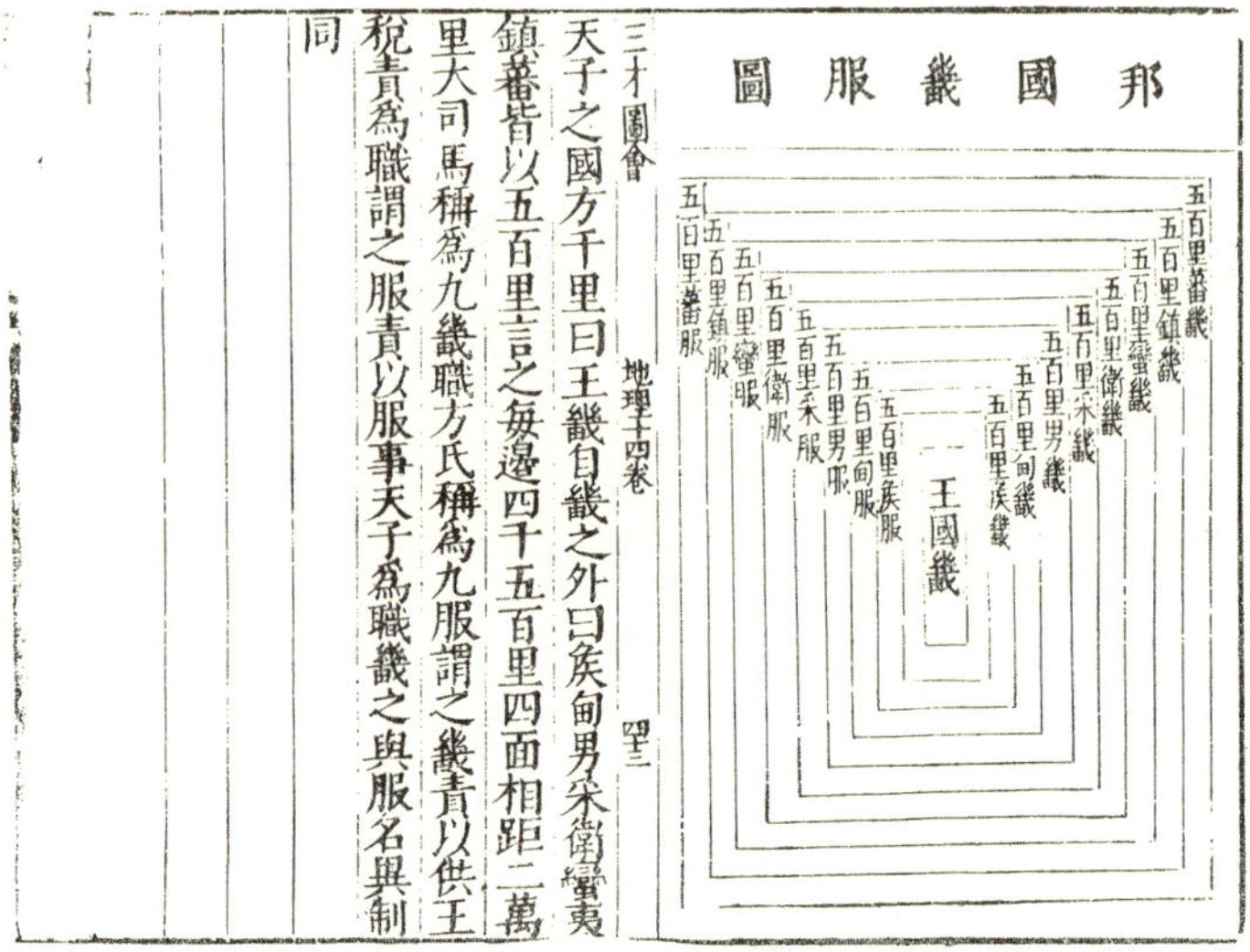

図１　「邦国畿服図」（『三才図会』地理巻十四）　筆者蔵

職方氏　天下の図を掌《つかさど》り、以て天下の地を掌る。其の邦国、都鄙、四夷、八蛮、七閩《びん》、九貉《ばく》、五戎、六狄の人民と其の財用、九穀、六畜の数要を辨じ、其の利害を周知す。乃ち九服の邦国を辨じ、方千里を王畿と曰ひ、其の外方五百里を侯服と曰ひ、又た其の外方五百里を甸《でん》服と曰ひ、又た其の外方五百里を男服と曰ひ、又た其の外方五百里を采服と曰ひ、又た其の外方五百里を衛服と曰ひ、又た其の外方五百里を蛮服と曰ひ、又た其の外方五百里を夷服と曰ひ、又た其の外方五百里を鎮服と曰ひ、又た其の外方五百里を藩服と曰ふ。

『周礼』は、中国の古代、理想的な時代とされた周の時代の政治制度を記した書物であり、周王朝のさまざまな官職、職掌を記している。そのなかに、「職方氏」という官職があって、「天下の図を掌り、以て天下の地を掌る」と記されている。図とは、地図のことであるが、版図ともいうように、支配している土地そのものをも意味する。そして版図は、「邦国」「都鄙」「四夷」「八蛮」うんぬんとあるように、常に中央があり、その周辺がある構造になっている。「邦国」の中でも、中心の方千里が「王畿」、これが世界の中心であって、その外に「侯服」、そのまた外に「甸服」

といった具合に次第に外へひろがっていき、「蛮服」「夷服」になる。これを示したのが、『三才図会』の図である。

さらに『礼記《らいき》』の「王制」には、

> 中国戎夷、五方の民、皆な性有りて、推移すべからず。東方を夷と曰ひ、被髪文身、火食せざる者有り。南方を蛮と曰ひ、雕題《ちょうだい》交趾《こうし》、火食せざる者有り。西方を戎と曰ひ、被髪衣皮、粒食せざる者有り。北方を狄と曰ひ、羽毛を衣《き》て穴居し、粒食せざる者有り。中国、夷、蛮、戎、狄、皆な安居、和味、宜服、利用、備器有り。五方の民、言語通ぜず、嗜欲同じからざるも、其の志を達し、其の欲を通ず。

とあって、中国を中心に、東夷、西戎《せいじゅう》、南蛮《なんばん》、北狄《ほくてき》と、平面上の東西南北に戎夷《じゅうい》を配置している。五方の民とは、中心の中国と、東西南北の夷、戎、蛮、狄を合わせて五方である。日本はいうまでもなく東夷であるが、ここでも、被髪文身、ざんばら髪にいれずみ、火食せざる者有り、火を通さないものを食べている、つまりお刺身などを食べている野蛮なやから、ということになる。

華と夷の一つの性格として、先の『周礼』のように、五百里ごとにどんどん夷になっていくといった具合に、固定的に考えられる場合もあるが、華と夷の別は、一方ではきわめてフレキシブルなものでもあった。時代は降るが、唐の韓愈《かんゆ》の「原道《げんどう》」が、このことをはっきり述べている。

> 孔子の春秋を作るや、諸侯夷礼を用ふれば、則ち之を夷とし、中国に進めば、則ち之を中国とす。経に曰く、「夷狄の君有るは、諸夏の亡《な》きに如かず」と。詩に曰く、「戎狄は是を膺《よう》し、荊舒は是を懲《ちょう》す」と。今の夷狄の法を挙げて、之を先王の教の上に加ふるは、幾何《いくばく》か其れ胥《したが》ひて夷と為らざらん。

ここでは、諸侯が夷礼を用いれば夷となり、中国に進めば中国となる、といっている。「これを中国とす」とある中国の二字は動詞であり、中国化する、中国ナイズの意味である。なお、引用に「夷狄之法を挙げて、先王の教えの上に加える」といっているのは、仏教のことである。韓愈のこの文章は、そもそも唐の皇帝が仏教を尊崇して、中国固有の儒教をないがしろにしていることを批判した文章であって、外国から伝わった仏教などを信じていると夷狄になってしまうぞ、といっているわけである。

葛兆光著　辻康吾監修　永田小絵訳『中国再考　その領域・民族・文化』（岩波書店、二〇一四年）には、中国にインドから仏教が伝わったことは、中国中心的世界観に対する重大な挑戦であったはずであって、中国が天下的世界観から脱却する機会であったかもしれないが、結果はかならずしもそうならなかったとする重要な指摘がある。

「夷狄の君有るは、諸夏の亡きに如かず」は『論語』八佾《はちいつ》篇に見える言葉。朱子の解釈では、華夏より夷狄の方が上の場合もあるのだ、の意とする。

『孟子』は、革命を肯定する言説が書かれていたり、ときに驚くべき内容が含まれているが、その離婁《りろう》章句下に次のような発言がある。

> 孟子曰く、「舜は諸馮《しょひょう》に生まれ、負夏に遷り、鳴條に卒すれば、東夷の人なり。文王は岐周《きしゅう》に生まれ、畢郢《ひつえい》に卒すれば、西夷の人なり。地の相去るや、千有余里、世の相後るるや、千有余歳、志を得て中国に行うこと、符節を合するが若く、先聖後聖、其の揆は一なり」と。

舜は東夷の人であり、周の文王は西夷の人である。しかし、いずれもすぐれた人物である点では同じ。つまり、華も夷もちがいはないのだ、と明言しているのである。

以上、華夷思想の持ついくつかの性格を見てきた。さらに、先の「邦国」の図では、王のいる国の外に、侯の国があり、といった具合に、世界全体がピラミッドをなしていた。さらに、『三才図会』地理巻十四「大国百里

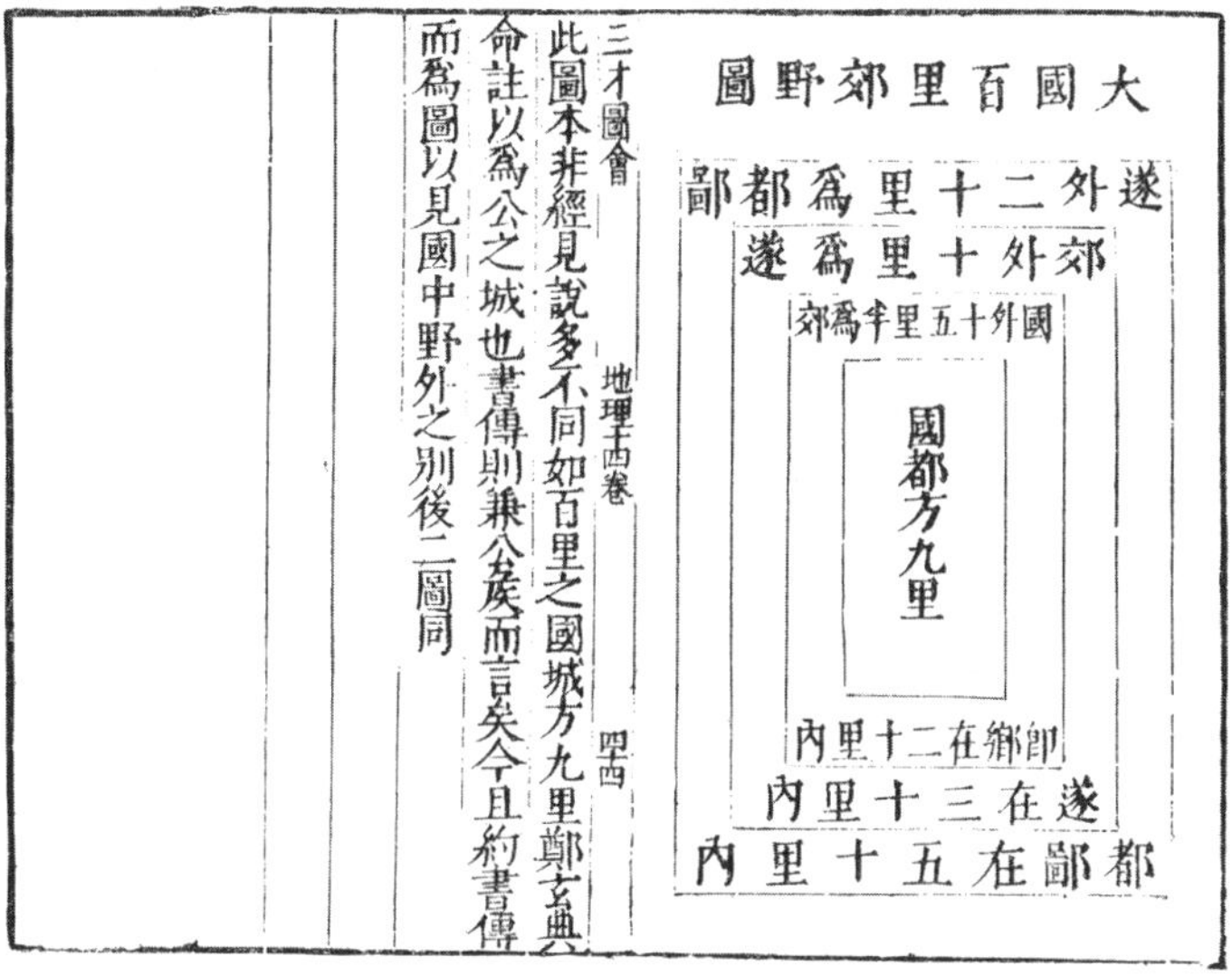

図2　「大国百里郊野図」（『三才図会』地理巻十四）　筆者蔵

郊野図」では、今度はそれぞれの国の中が、また郊、遂、都鄙といった具合に、上下のピラミッドをなしていることを示している【図2】。つまり、世界全体がピラミッドになっていて、そのなかに国があるが、その国の中が、また上下のピラミッドになっている。つまりは、無限の入れ子構造になっており、常に下には下がある構造になっているのである。

こういった世界の中に生きている人のメンタリティーはどうなるか。華夷の別は、常に相対的なものであり、フレキシブルなものであるとなれば、自分が華であるためにはますます夷の存在が必要になることになる。中心にいる人は、常にそのまわりに夷を作り出し、また周辺にいる者は、中心に対しては、劣った自己でありながら、一方で、さらなる下を作り出すことによって、相対的に華に近づくことになる。この連鎖が無限に続くのである。

魯迅《ろじん》の『熱風《ねっぷう》』「随感録六十五」に見える「暴君治下の臣民は、だいたい暴君よりも暴虐である」という言葉は、こうしたことを述べているといってよかろう。

前近代の東アジアは、基本的にこのような構造によってできあがっており、このような観念、もしくは政治状況の中で、かつての日本の対中国、対朝鮮、対琉球、対蝦夷の立ち位置が決まってきた。古代の日本では、中国に対しては、その下風に立ち朝貢する。しかし、蝦夷などに対しては、夷として扱う。このような入れ子構造が成り立っていたのである。

そして、こうした華夷観念を背景に、国際関係としては、冊封体制、朝貢貿易体制ができあがっていた。冊封とは、天子である中国の皇帝から、地方の王としての資格を保証してもらうこと、そして朝貢貿易は、地方の王から中央の天子に貢ぎ物を持って行くと、それに対して莫大な見返りがあって、貿易が成り立つこと。日本の室町時代には、足利義満が日本国王に封じられ、貿易によって実利を得たことが知られる。

華夷思想は、以上見たように、中国の儒教の思想のうちに、古くから存在していた。そもそも儒教の思想は、本質的にあらゆるレベルにおいて上下の差を前提にしているのではあるが、華夷の別がとりわけ強調されたのは、南宋の朱熹《しゅき》によって大成された朱子学においてであった。宋代には、漢民族の王朝である宋が、異民族の王朝である遼、金と対峙し、そこに一種の国家、国境、領域といったものができあがった。まさしくそうした状況を背景に、華夷秩序を強調する朱子学が生まれた点は興味深い。

日本における漢学

筆者の専門は中国古典文学であり、世が世なら、漢学者と呼ばれた種類の人間かもしれないのだが、それでは現在のわれわれと過去の漢学者とで、何が同じで何がちがっているのか。ここからはそうした問題について考えてみることにしたい。

日本の漢学者、あるいは漢学について考える場合、時代はかなり古いが、菅原道真《すがわらのみちざね》（八四五～九〇三）という学者の存在は避けて通ることはできない。この人は、代々の漢学者の家に生まれ、漢籍が読め、漢詩文集『菅家文《かんけぶん》草《そう》』も残している。その菅原道真が、「和魂漢才」といったとされている。中国文明の圧倒的影響のもとにあった当時、しかもその文明の直接の輸入担当者であった菅原道真が、中国からは才（制度とか技術とか）は学ぶものの、日本人はあくまで日本人であって、日本人には大和魂があるのだ、と述べたというのである。そして、唐王朝が滅亡に瀕している政治情勢のもとで、菅原道真は遣唐使の停止を建議する。それ以後、日本はいわゆる国風文化の時代に入っていくことになる。

この「和魂漢才」の考え方の枠組みが、日本においては、その後も何度か繰り返されている。例えば江戸時代の国学であり、あるいは後に西洋文明と衝突した時の「和魂洋才」である。菅原道真の「和魂漢才」を、一つの原型として考えておくことができるようである。もっとも、菅原道真が「和魂漢才」といったというのは、実際には江戸時代になって平田篤胤《ひらたあつたね》が言い出したことだとされている。だがそれにしても、火のないところに煙はたたず、菅原道真は「和魂漢才」の言葉を残すにふさわしい人物であったことはたしかである。あるいはむしろ、フィクションであること自体に意味があるともいえるだろう。

時代は一気に江戸時代、しかも江戸時代でも、時代は先後するが、荻生徂徠《おぎゅうそらい》（一六六六〜一七二八）という学者があった。徂徠は古文辞学によって知られる。彼は「東海は聖人を出さず、西海は聖人を出さず」、つまり世界中で聖人を出したのは中国だけだ、といった。徂徠のいう聖人には独特の意味があり、徂徠は、聖人は文明の制度を作ったことゆえに聖人なのだ、とする。この荻生徂徠は、いわば中国主義者であって、漢籍のテキストを当時の中国語、唐音で読む、といったこともした。ある漢学者が日本橋から品川に引っ越した時、弟子になぜ、と聞かれ、唐に二里近い、といった逸話、あるいは笑い話（『楽牽頭《がくたいこ》』）があるが、そのモデルは徂徠であるともいわれる。

簡単にいうならば、とにもかくにも中国の文明、中国の制度はすぐれているのだから、その世界標準に合わせよう、との考え方である。このあたりに関しては、昨今のグローバリゼーションの議論なども思い浮かぶところである。なお、徂徠は、「東海は聖人を出さず、西海は聖人を出さず」といったがゆえに、国学の力が強かった時代には、厳しい批判を受けてもいたことは忘れてはなるまい。

日本型漢学者たち

徂徠のような中国主義者がいた一方で、漢学者ではありながら、また別種の学者もあった。例えば、徂徠より一世代上の人であった山崎闇斎《やまざきあんさい》（一六一八〜一六八二）。闇斎はたいへんな朱子学者として知られるが、一方で彼は神道家でもあった。山崎闇斎において、朱子学と神道が結びついていたのである。

次に山鹿素行《やまがそこう》（一六二二〜一六八五）。素行は、『中朝事実《ちゅうちょうじじつ》』と題する本を書くが、この中朝とは日本のことである。「中朝事実自序」には、

中華文明の土に生まれ、未だ其の美を知らずして、専ら外朝の経典を嗜《たしな》み、嘐嘐《こうこう》として其の人物を慕ふは、何ぞ其れ放心ならん、何ぞ其れ喪志ならん、抑《そもそ》も奇を好めるか、将《は》た異を尚ぶか。

とあるが、この「中華文明の土」とは日本のことである。また「皇統章」では、

皇統一たび立ちて、億万世之《これ》を襲ひて変らず、……異域の外国の豈にこれを企望すべけんや。夫れ外朝は姓を易ふること殆ど三十姓、戎狄の入りて王たること数世、春秋二百四十余年、臣子の其の国を弑する者二十又五、況んや其の先後の乱臣賊子の枚挙すべからざるをや。

といって、万世一系の天皇が君臨した日本に対して、中国では、王朝交替が繰り返され、臣下が王を殺しているではないかといって非難している。要するに、日本が中国よりいかにすぐれているかを縷々記した書物であって、日本こそが中朝なのだ、との主張である。それ以前の考え方では、中国が「華」であり、日本が「夷」であった

のだが、素行は、それを逆転させたわけである。ただし、これはあくまで逆転であって、華夷の枠組み自体は変わっていないことは注意しておいてよいだろう。

また、なかなかおもしろいのは、素行が、この『中朝事実』を漢文で書いている点である。こうしたある種の日本の漢学者は、漢文が読めて書けるという意味で漢学者なのであり、漢籍の知識を基礎にして、日本のことを考えている、といったことになるのであろう。

国学

ここでいよいよ国学、本居宣長《もとおりのりなが》（一七三〇〜一八〇一）の登場である。宣長は若いころ漢学を一所懸命勉強するが、やがて国学にめざめていった。主著とされる『古事記伝』は、詳細をきわめる古事記の注釈であり、その方法には、清朝考証学にも通じる文献学的研究方法が取り入れられている。そもそも書名の「伝」とは、中国の経書において、詩経の毛伝鄭箋《もうでんていせん》などのように経書の注釈のことで、歴とした漢籍的命名なのである。

そして宣長は、「大和魂」と「漢意《からごころ》」とを対比させ、日本人はもともと直き心を持っていた。それが漢意によってけがされてしまった。従って、漢意によってけがされる以前の状態に復さなければならない、と主張した。それが宣長の国学である。宣長の場合、やはり日本中心主義、日本中華主義である。一つ例を挙げておくならば、『うひ山ぶみ』に、

　初学の輩、まづ此漢意を清く除き去りて、やまとたましいを堅固《かた》くすべきこと。

とある。この発想は、朱子学で主張される「天理を存して、人欲を去る」という考え方にどこか似ているように思われる。人は人欲によってけがされた存在である。従ってその人欲を去ることが大事である。人欲を去れば、

完全に理に合した理想的人間になれるのだ。それは、直き心が漢意によってけがされている、それを去ることによって、直き心を持ったほんとうの日本人になることができる、とする考え方と相似形をなすのでないだろうか。宣長は、こうした考え方の枠組みを、ひょっとすると朱子学から学んだのかもしれない。

それはさておき、宣長の考え方は、現在の（江戸時代の）日本人は、もうすでに漢意、漢学によってけがされてしまっている状態にある。だから、いまの日本人から漢意を引けば、それが直き心を持った純粋な日本人である、という図式である。いまさら漢意を除き去ることがほんとうに可能なのかとの疑問もないわけではないが、いずれにしても、このマイナスする項、漢意、漢学抜きには、原日本人像を結び得ないことになる。それだけ漢意、漢学が日本に深く浸透していたわけである。

ついでにいえば、近代に入って、丸山真男、吉川幸次郎といった人々が宣長について論じている。丸山真男は、徂徠から宣長へと線を引き、いずれも反朱子学的である点で共通すると述べた。先に触れたように、戦前において、徂徠がきわめて評判が悪かったという背景を考えなければ、丸山氏のいわれたことの劇的意義が見落とされるおそれがあるだろう。また中国文学者である吉川幸次郎は、文献学、考証学、文学の立場から、宣長の学問にぞっこんほれこんでおられる。

近代の学問

単純化していってしまうならば、日本におけるかつての漢学者は、漢籍を読む、漢文が書ける、そして、漢籍の知識をもとにものを考える。しかし、それはかならずしも中国が好きだったからとか、中国研究がしたかったからではないのかもしれない。もちろん漢学者にもいろいろあり、先の徂徠などのように中国が大好きな漢学者もあった。林羅山《はやしらざん》なども中国好きの仲間に入るかもしれない。ただやはり全体としては、みな漢学者である前に日本人であって、日本のために漢籍を読んだ、ということなのであろう。

最後に、そもそもわたし自身が、過去の日本の漢学者たちは、自分たちとはちがう種類の人たちだったのかもしれないと感じている点について。日本の大学制度の面から考えてみるならば、明治のはじめに東京大学ができた時、文学部の中に和漢文学科がおかれ、やがて帝国大学ができた時、和文学と漢文学とに分かれる。そして、一九一九年に東京帝国大学の大きな制度変更があった時、現在につながる哲学、史学、文学の体制ができあがっている。文学についていえば、日本の文学は国文学と称されているものの、中国の文学は支那文学として、サンスクリット文学、イギリス文学、ドイツ文学、フランス文学などと並ぶことになった。つまりこの時点で、中国文学研究は、はっきりと他者研究、外国文学研究としての研究になったといえるのではないかと思われる。つまりは、いろいろあるものの中の一つになり、相対化されたのではないか。そこに上下の区別、中心はない。強いていうならば、比率の上から西欧の比率が高くなっている点が特徴といえば特徴といえるだろう。

漢文学から支那文学へ。漢文学といった場合、これはかならずしも外国語、外国文化研究ではなく、自己の血肉となった漢字漢文を扱うといった気味がある。日本の漢学の土俵が日本であったことは、その意味ではごく自然なことだったのかもしれない。それに対して、他者研究、外国文学研究となると、これは冷静にながめるにせよ、あるいはのめりこむにせよ、対象はとりあえず日本からはいったん切り離されている。そのあたりが、過去の漢学者と現在の漢学家、中国研究者の立ち位置のちがいではないか、と思うのである。

国難と日本意識

横山泰子●法政大学理工学部教授

私は常に「日本」を意識しているのだろうか？

朝『日本経済新聞』を眺める時、「日本」の文字が目に入っているはずだが、毎日のことなので殊更意識はしない。天気予報欄を見ると日本国全体の地図があるが、自分が今いる場所の気象情報が大切なので「各地の天気」をよく見る。政治欄、経済欄、スポーツ欄と新聞を読んでいる時こそ、日本は私の意識の上にのぼるが、読み終わると日常生活に埋もれ、日本のことなど忘れてしまう。日本に住む日本国籍を有する者である私だが、いつも日本を意識しているわけではない。

　多くの場合、国というものは個人の無意識のうちにあり、何かきっかけがあると意識されるのではないだろうか。そして、一人一人の個人のみならず、集団においても同様のことがいえるかもしれない。それでは、ふだんは意識されない日本が強く意識されるのはどのような時であろうか。例えば災害時はどうだろう。日本国内で大災害が起こると、自分自身が被害を受けたわけではなくとも日本の問題として意識される。東日本大震災後「がんばろう日本」などのスローガンをよく見たが、大災害が国難とされ、日本の国内外で日本意識が高まったのは今なお生々しい記憶である。

　江戸時代の日本においても、天災と対外関係は無関係ではないと考えられていた。寛文近江若狭地震や、安政地震の際には、「神々が鬼のような異国人と戦っているために地震が起きた」、「日本に開国を求めた諸国は津波で壊滅した。昔は神風で蒙古軍を打ち負かしたが、今は地震や津波が日本を救う」といった噂話が記録されている。これは、「日本が外国から侵略されるときには自然現象が窮地を救う」という観点に基づいていると考えられる。つまり、大災害が起こるとその原因は外国に求められ、自国としての日本が強く意識されたのである。

　左に挙げた図は安政地震の後に作られた「鯰絵《なまずえ》」のうちの一枚。地震の原因を大鯰とし、それを退治するのは伊勢神宮の神馬である。恐ろしい災害から守ってくれるのは日本の神であるという庶民意識がよくあらわれている。

　また、安政のコレラが流行した際に、「異国人がもたらした石鹸が原因である」、「異国からの廻し者が放った千年モグラが原因だ」といった噂が発生するなど、「病気の原因は異国人である」とする考えがあった。一方、外国人の中には、「日本人はコレラの流行を外国人のせいにしたが、日本人の方は、コレラ流行時のヨーロッパの人々よりも落ち着いた行動を取っていた」という評価を行う者もいた。

　地震や病気は人間の生命を脅かすが、個人にとって危機的な状況が常に国と関わるわけではない。にもかかわらず、危険度が高いと感じられる状況下で、ひとはしばしば国を意識するのだ。寺《てら》田《だ》寅《とら》彦《ひこ》は「文明の進化は人間や国家の高度化をもたらし、その一部が壊れると全体が被害を受ける」といったが、江戸時代よりも現代の方が国内の局所的な問題が国家全体に影響する。

　日常生活において常に日本を意識しているわけではないと書いた私だが、ふだんは殊更日本日本と言い立ててはいなくても、何かのきっかけで自分の日本意識が浮上する。江戸時代よりも「文明化」が進み、国全体が複雑な有機物と化した今、私たちは頻繁に日本を意識せざるをえない状況下におかれている。

　国難——すなわち国家の存亡にかかわる非常事態下では人々が国を強く意識する。その時に持ち出されるのは恐ろしい外国というイメージや過去の歴史的事件である。地震や病気を異国の脅威と結びつけた江戸時代の人々を笑うべきではない。かくの如き思考パターンが現代人すなわち私たちの中にも残っていないかどうか、考えておく必要があると思う。

［伊勢太神宮の神馬］東京都立中央図書館特別文庫室蔵

人びとにとっての近世日本のかたち

米家志乃布
◉法政大学文学部教授

江戸時代の庶民が描いた日本イメージはどのようなものだったのだろうか。ここでは、庶民の日本像に大きな影響を及ぼしたと思われる刊行日本図や節用集所載の日本図を素材として、描かれている日本図の特徴を考えてみた。その結果、自己としての日本の領域は、「行基図」的なかたちとして表現され、他者としての異域は、日本を取り巻く「架空の土地」を描くことで表現されていたことがわかった。これら庶民の日本像は、同じ時期の権力者側の武士層がもっていた日本像とは、大きく異なっていたといえよう。

はじめに

江戸の人びとにとって日本とはどのように意識されていたのだろうか。人は「自己」を意識するうえで「他者」の存在が必要である。「日本」という自意識を、他者である異域・異国と区別し、明確化することから、自ずと意識するだろう。しかし幕末の開国以前、江戸の庶民にとって、自己と他者を区別することはある意味、観念的なことでしかなかったことが推測される。現在の日本人のように、外国のニュースを見聞きしたり、実際に旅行したりすることで具体的に外国や外国人である「他者」に触れる機会はなかった。また、日本人にとっての観念的な他者は、たとえば仏教的世界観にもとづく三国世界観（天竺と中国と日本）のなかの天竺や中国であったかもしれないし、あるいはそのなかの自己としての日本であろう。

それでは、江戸時代に生きた庶民は、日本や日本の範囲をどのようなイメージで描いていたのか。ここでは、江戸時代に作成された地図の上に描かれている「日本像」について、「自己」(日本)と「他者」(異域・異国)の両方の特徴を検討することで答えていくこととしたい。地図は、明らかに図像として、日本の領域を描いており、それを見ることによって、人びとの心象(イメージ)に日本の領域や周辺地域の図像を刻みつける役割を果たすだろう。なかでも、多くの庶民の日本像にもっとも影響を及ぼしたと思われるのは、世界図よりも日本図であると考えられる。これは日本図のほうが、世界図よりもより多く庶民に流通した地図であると考えられるからである。本章では、江戸時代を通してもっとも多く流通した刊行日本図および節用集の日本図を素材として、この問題を考えていく。

江戸時代の刊行日本図について

まず、日本における地図史研究の動向を最初におさえておく。研究動向には、大きく二つの方向性がある。ひとつは、「地図学」前史としての地図史研究であり、これは、近代以前の地図(古地図あるいは絵図ともいう)が、科学的な近代地図にどのように発展してきたのかという問題意識から、地図を研究する立場である(織田一九七四)。もうひとつは、「歴史地理学」としての地図史研究である。ここでは、当時の人々がどのような世界像・地域像を描いていたのか、あるいは、当時の権力者がどのように領域把握をしていたのかという問題意識から、地図に描かれた図像を研究する立場である(上杉二〇〇九・米家二〇一四)。ここでは、主に後者の立場から、日本図を考えていく。

従来の江戸時代の日本図作製に関する研究は、近世前期・中期の江戸幕府による国絵図・日本図の作製、近世後期の幕府系日本図(伊能図など)の作製に関する研究が重要である(織田一九七四・金田ほか二〇一二)。しかし、これらは、江戸時代の庶民というよりは、あくまで権力者側である武士層（幕府役人や大名家など）の日本像に強く影響を及ぼしていたと考えられる地図である。

江戸時代は、日本の地図の歴史のなかでも、木版印刷技術の発展により出版地図が隆盛し、多くの刊行日本図が存在した時代とされる（上杉二〇〇七）。これらの地図は、江戸幕府系の日本図に比べて「必ずしも正確ではない」ものの、庶民の描く日本像に大きく影響したと思われる。なかでも、従来の諸研究においては、近世前期の「流《りゅう》宣《せん》日本図」と近世後期の「赤水《せきすい》日本図」が江戸時代の二大刊行日本図と言われている（織田一九七四）。

しかし、「赤水日本図」のほうは、作者の長久保赤水が水戸藩の侍講であり、当時の知識人との交流も深い。そのため、幕府・藩など武家の知識人層や江戸・京・大坂の町人達の知識人層にも影響を及ぼした日本図である。時期は異なるものの、より庶民にとって身近な一枚物の刊行日本図は、「流宣日本図」といえるのではないだろうか。そこで次節では、江戸の庶民にとってもっとも身近であったであろう「流宣日本図」とほぼ同時期に刊行された「自豪庵《じごうあん》日本図」の二つについておさえておきたい。

近世前期における刊行日本図――「流宣日本図」と「自豪庵日本図」

二〇一三年、法政大学において「江戸人の考えた日本の姿――世界の中の自分たち――」という地図類や図版類を中心とした特別展示が行われ、その図録の「I　日本のかたち」という項目において国際日本学研究所が所蔵する一枚物の刊行日本図がいくつか紹介された（田中優子ほか二〇一三）。なかでも、「一　石川流宣画「大日本国正統図」（宝永五年（一七〇八）刊）江戸・山口屋権兵衛版」**【図1】**と「三　大日本国全備図」（近世中期頃刊）版元未詳」**【図2】**の二つの地図に注目する。前者は、いわゆる「流宣大型日本図」のなかの山口屋権兵衛版であり、後者は、図録作成段階では判明していなかったが、おそらく大坂の「馬淵自豪庵」系統の日本図と思われる。

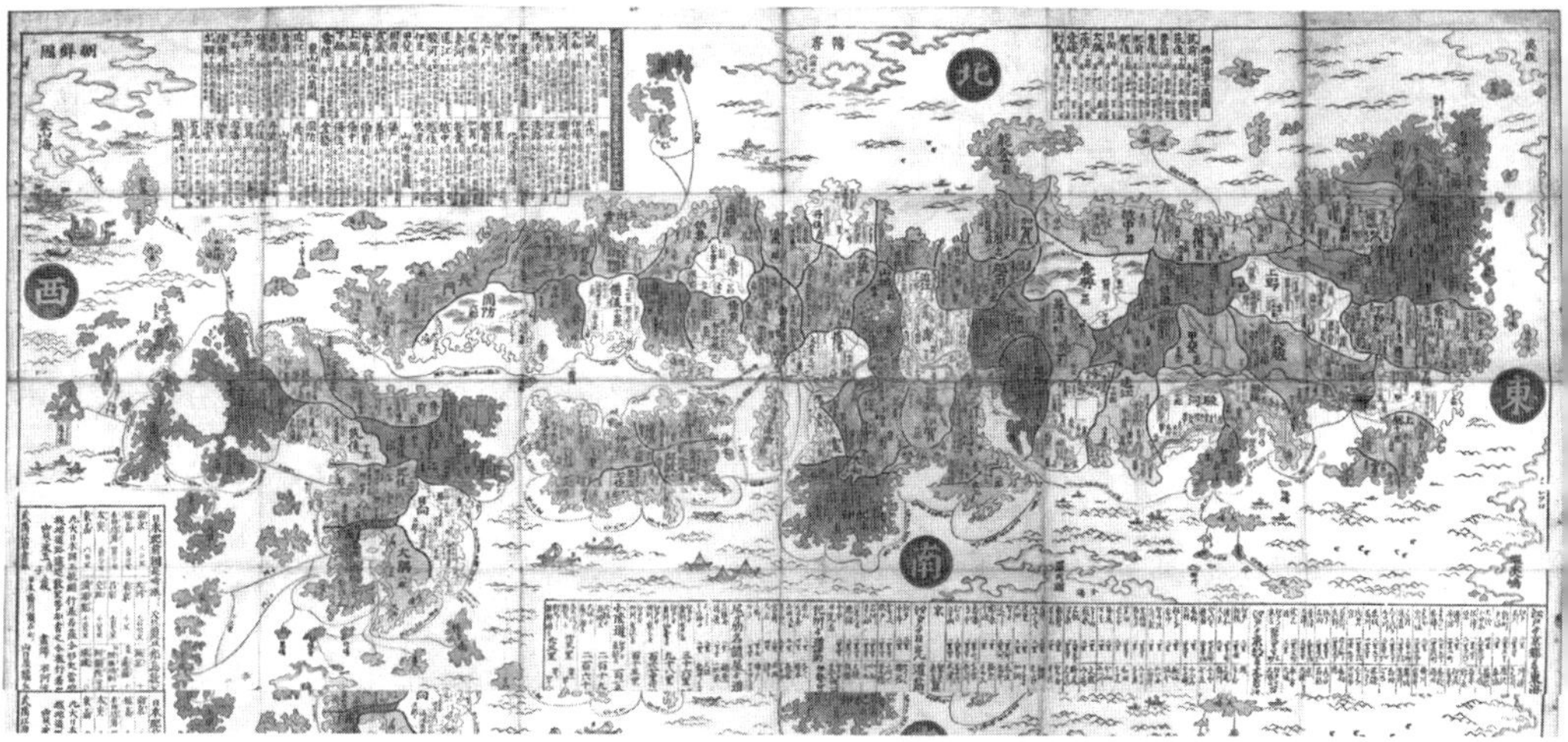

図１「大日本国正統図」法政大学国際日本学研究所蔵

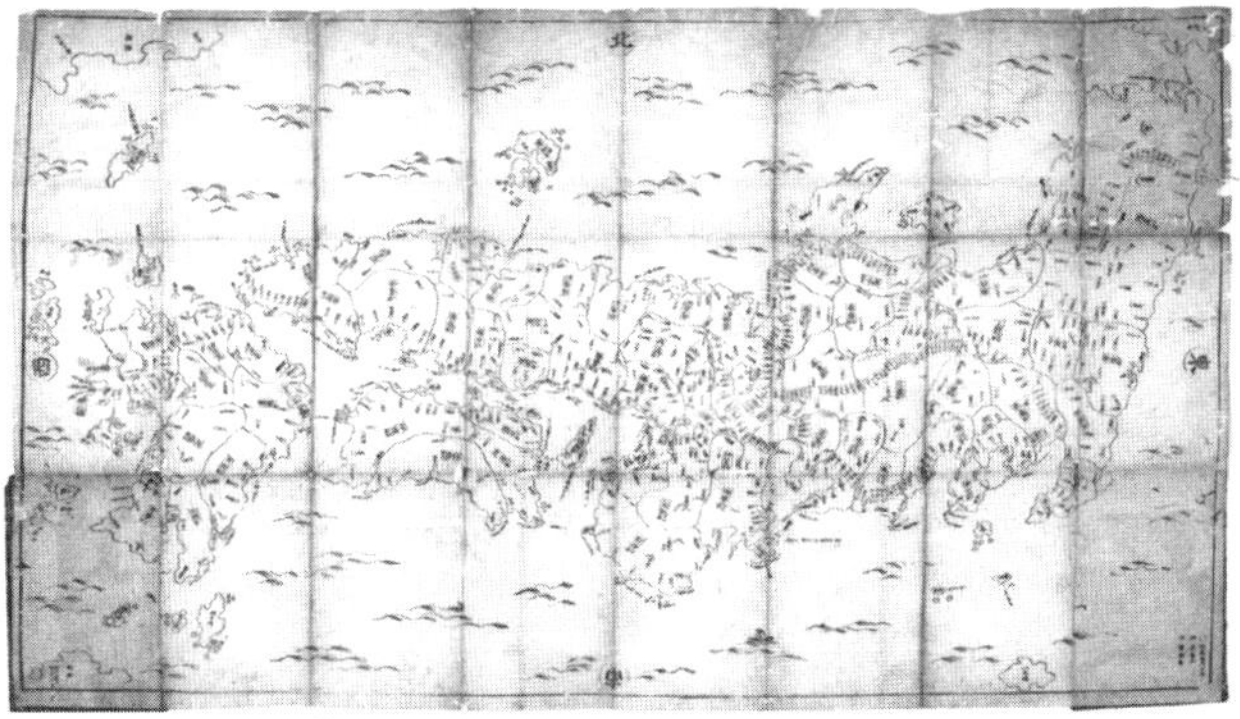

図２「大日本全備図」法政大学国際日本学研究所蔵

「流宣日本図」とは

石川流宣（名を俊之、号を流舟・踊鷲軒、菱川《ひしかわ》師宣《もろのぶ》の弟子？・生没年不詳）による刊行日本図は、いままで数多く確認されている。流宣日本図として有名なひとつめは、「本朝図鑑綱目」であろう。初版は貞享四年（一六八七）の相模屋太兵衛版である。さらにふたつめとして、「日本海山潮陸図」があげられる。初版は元禄四年（一六九一）の相模屋太兵衛版である。これは通称「流宣大型日本図」と呼ばれ、元禄四年（一六九一）〜明和十年（一七七三）の間で少なくとも二十九版の改訂を重ねたとされる（上杉二〇〇七）。

流宣日本図は、地図的な要素と絵画的な要素が融合しており、その情報量の多さが特徴である。情報の内容として武鑑的な要素と道中記的要素も兼ね添える。図像の特徴としては、本州を横に長い島として描き、いわゆる「国」別に俵状に区切られた行基図のかたちをしている。その周囲に「羅刹国《らせつこく》」「韓唐《からとう》」など「架空の土地」を描いていることがあげられよう。また、流宣日本図の刊記には、中世以来の「行基図」の流れを汲んでいることも明記されている。「行基図」とは、「平滑な曲線であらわされる海岸線や国界、山城を起点とする諸国への経路の記入を特色とする簡略な日本全図」(海野一九九六)であり、この日本図の大部分に僧行基(六六七~七四九)の作品であることが明記されていることから「行基図」と呼ばれている。仏教儀式に用いられたという説もあり(海野一九九六)、中世までは庶民の目に触れるような地図ではなく、貴族や僧侶などの間で流布していたものであろう。近世になってから、『拾芥抄《しゅうがいしょう》』などに掲載されたものが庶民に広まったと思われる。

「流宣大型日本図」の版元である相模屋太兵衛は、元禄四年(一六九一)~宝永三年(一七〇六)の間に八版の改訂を行い、浮世絵作家を起用して日本図を出版した。もともとは地図に興味のない庶民にも、流宣の描いた美麗で空想旅行の可能な日本図はうけたのか、大ベストセラーとなったようである。これは、当該期における出版文化における「作者」の確立と大きな関係があるとされる(上杉二〇〇七)。

一方で、図録に掲載されている山口屋権兵衛版の「大日本図正統図」**【図1】**は、宝永四年(一七〇七)~享保六年(一七二一)の間に九版を重ねた。この日本図では、特に武鑑的要素が強くなっていく。これは、山口屋権兵衛が、近世の武鑑の代表的なひとつである『一統武鑑《いっとうぶかん》』(宝永五年〔一七〇八〕)の版元でもあることと関係しているとされ、その他、流宣日本図には、平野屋善六による享保十五年(一七三〇)版や出雲寺和泉掾《いずもじいずみのじょう》による版があり、これは延享二年(一七四五)~明和十年(一七七三)の間に十一版を重ねたことが確認されている(上杉二〇〇七)。

前述の相模屋太兵衛版の「本朝図鑑綱目」から「日本海山潮陸図」への変化は、地図の大型化と同時に江戸を中心に地名情報を充実させたことが指摘されており(上杉二〇〇七)、これは江戸庶民に対する販売戦略による変化であるといえよう。また、山口屋権兵衛の宝永五年版に見られるように、「大日本国正統図」というタイトルや周囲に描かれている「女島」など、やはり、日本図といえば「行基図」という意識があったことがうかがわれる。

「自亳庵日本図」とは

【図2】は、元禄年間(一六八八〜一七〇四)末頃の作製と推定されている「改正大日本備図　全」の系統図であり、刊記はないので版元は未詳である。ただ、同系統の地図を確認すると、「難波陳人　馬淵自亳庵　図　岡田自省軒　書」と記されている(上杉二〇〇七)。作者の馬淵自亳庵については詳細不明であるが、岡田自省軒は摂津国生まれであり、『摂陽群談《せつようぐんだん》』(元禄十四年〔一七〇一〕)という大坂の地誌を作成した人物として知られる。

自亳庵日本図の特徴は、地名・寺社名などが非常に詳細であり、流宣日本図のように、日本列島の周囲に架空の土地は描かれていないことがわかる。また、行基図の系統であることも記述されていない。全体的に絵画的要素はなく、同時期に出版された「流宣日本図」に比べて、庶民にとっては全体的に絵画としての面白みに欠けるかもしれない。そのためか、流宣図のような大ベストセラーにはならなかったようである。この違いは、作者の特性の違いとともに、「流宣日本図」の版元が江戸であり、「自亳庵日本図」の版元が大坂であることと何か関係があるのかどうか。この出版地の違いの意味は何か。今後の課題である。

このように、江戸時代に「流宣日本図」「自亳庵日本図」という一枚物の刊行日本図が出版され、これらの地図に描かれた日本図が、庶民のもつ日本イメージに大きな影響を与えたということは推測できよう。しかし、実際に庶民がもっていた日本像はどのようなものだったのだろうか。これについての直接の証拠はないかという問いもでてくる。そこで次節では、大黒屋光太夫《だいこくやこうだゆう》がロシアで描いた日本図に注目してみることとしたい。

江戸時代における庶民の描いた「日本」の一例——大黒屋光太夫の日本図

大黒屋光太夫がロシアで描いた日本図

大黒屋光太夫(一七五一〜一八二八)は、伊勢国白子村の沖船頭であり、天明二年(一七八二)十二月に紀州藩の積荷を江戸へ運ぶために伊勢国白子を出帆、その後、駿河沖で遭難して漂流した。アリューシャン列島のアムチトカ島へ漂着、その後、カムチャツカ半島～オホーツク～ヤクーツク～イルクーツクを経て、寛政三年（一七九一）にサンクトペテルブルクに到着した。

　この大黒屋光太夫がロシアで描いたとされる日本図五枚が現存していることが確認されている。ドイツのゲッチンゲン大学図書館のアッシュコレクションに三枚【図3】、モスクワのロシア軍事史文書館に二枚である。いずれも一見、その輪郭は、流宣日本図に類した「行基図」的なかたちであることは直感的に判断できるが、本州と九州が陸続きになっているところに特徴がある。また、「朝鮮」はあるものの、他に「羅刹国」「雁道《がんどう》」という「架空の土地」も描かれている。大黒屋光太夫はこの日本図をどのように描いたのだろうか。彼が参照したものは何だったのだろうか。

大黒屋光太夫が参照した粉本について

　大黒屋光太夫がロシアで作製した日本図については、以前よりその粉本について諸説あり、詳細な研究も行われている。奥平（一九三二）は、彼が「携えていた日本地図によって作製」され、それはおそらく「大節用本の挿絵の地図」であろうと推測している。また、亀井（一九六七）は、「節用集にでも記された国名を参考として（節用集を携帯したと仮定して）その記憶と知識を駆使して描いたのであろうか」と述べている。近年の成果として、岩井（一九九四、二〇〇〇）は、『大字《おおじ》広大節用字林大成《こうだいせつようじりんたいせい》』（正徳三年（一七一三）刊）所載の「大日本国之図」の系列の日本図を参照したとし、タヴェルニエ日本図のロシア版（一七六九）も参照したのではないかと推測している。一方で、海野（一九九九）は、元禄年間以降の各種節用集、宝暦年間に始まる小型歴史便覧『年代記絵抄』『年代記新絵抄』のどれかの日本図を参照したと推測する。

　このように、大黒屋光太夫が日本図を作製するにあたり利用した粉本については諸説あるものの、岩井（一九九四、二〇〇〇）による推測が、その詳細な分析手法から、現段階ではもっとも説得力があるといえる。つま

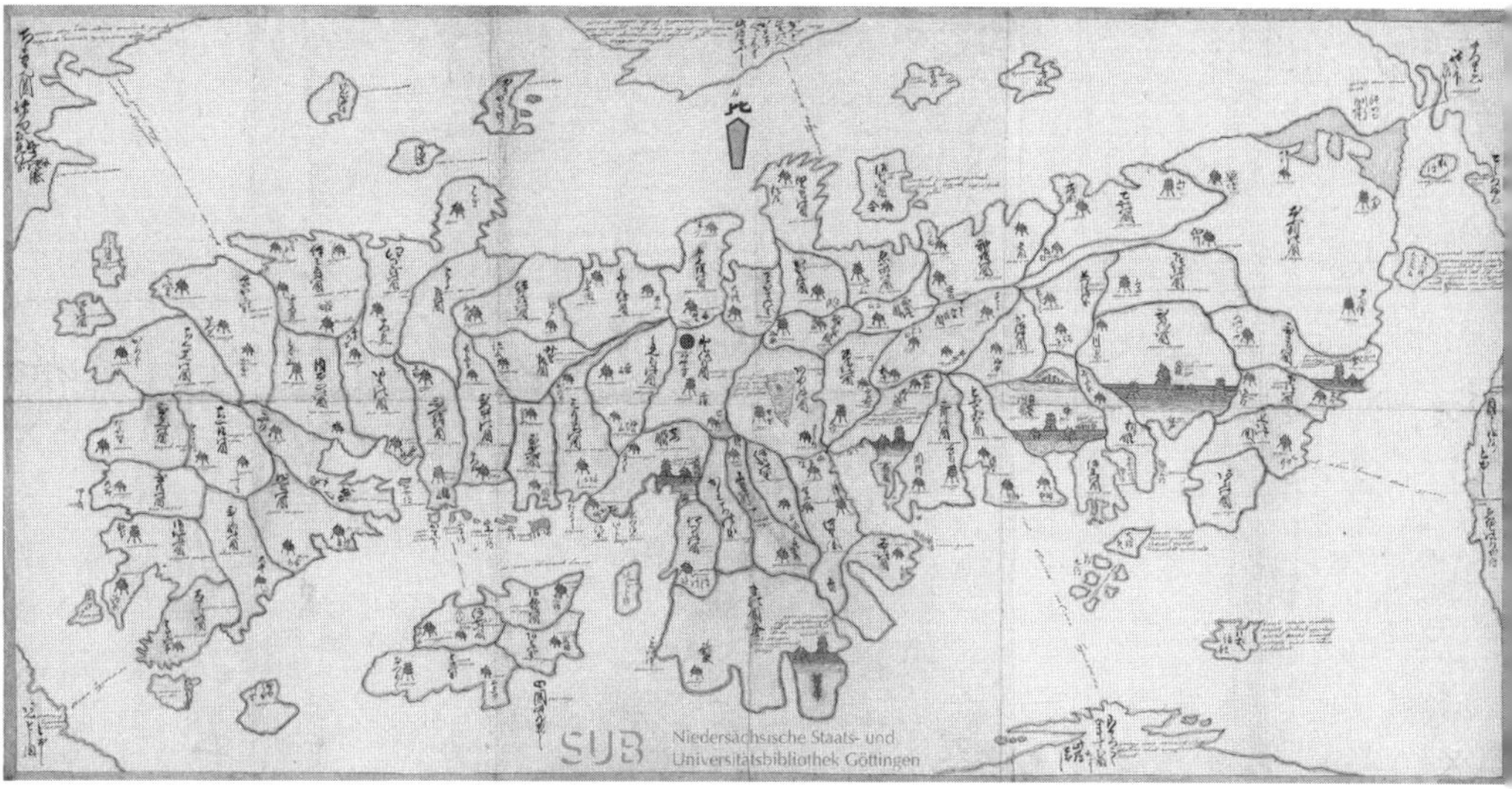

図3　大黒屋光太夫による日本図　ゲッチンゲン大学蔵

り、大黒屋光太夫という庶民が、異国の地で描いた日本図のもとは、節用集所載の日本図であったということである。これは、節用集所載の「日本図」が、江戸時代において、庶民のもつ日本像に非常に大きな影響を及ぼしたことを示している直接の証拠であろう。

岩井（一九九四）では、「当時の地理学の水準に照らせば、地図として光太夫筆日本図は、さほど意義を有していなかったに違いない」とその日本図の意義を重要視していない。たしかに、近代地図への発展段階を考えれば、光太夫の日本図はそれほど重要視されないといえるだろう。しかし、光太夫の日本図は、江戸時代の庶民がどのように日本を描いたのか、という庶民の日本像を考えるうえでは貴重な史料であるといえる。

以上、注目してきたように、一枚物の刊行日本図や節用集など、庶民には知識人層とは異なった地図の需要があったことがわかる。このような地図の存在を通して、引き続き、知識人層とは異なった庶民の日本意識を明らかにすることが必要である。このことは、従来の地図史研究では見落とされていた点である。さらに、江戸時代の庶民の日本像を明らかにするうえでは、「節用集」所載の日本図や世界図（のなかの日本）の分析を行う必要があるのではないだろうか。そこで、最後に、節用集所載の日本図について触れてみることとしたい。

節用集所載「日本図」の特徴

『節用集体系』の日本図

田中ほか（二〇一三）の図録には、「八．日本節用万歳蔵　小本1冊　勝村常四喜作　下河辺《しもこうべ》拾水《しゅうすい》画　文化八年（一八一一）刊　江戸　須原屋茂兵衛　京　勝村治左衛門・梅村三郎兵衛門（天明五年（一七八五）版の再刻）」【図4】という節用集所収日本図が掲載されており、この日本図では、「行基図」的なかたちを残しつつも、「架空の土地」の記述は消えていることがわかる。大黒屋光太夫の日本図では、「行基図」的でもあり、かつ日本の周囲には「架空の土地」も存在した。この特徴を手掛かりに、大空社発行の『節用集体系』のなかの近世発行のものを利用して、流宣日本図のような「行基図」的なかたちはいつまで残っているのか、「架空の土地」はいつまで残っているのか、の二点について確認する。

立岡（二〇一三）は、『節用集体系』における節用集のなかで「地理」という用語がどれだけ収録されているのか、その状況を考察している。その分析の一覧表のなかで、「地図」の所載状況もカウントしている。それによれば、地図の初出は貞享二年（一六八五）であり、それ以後もすべての節用集にはないものの、地図の掲載は続く。これは日本図だけでなく、都市図（江戸図や京図など）や世界図なども含まれる。

そこで、既述の『日本節用万歳蔵』（天明五年（一七八五））所載日本図の前後を確認すると、『万代節用字林蔵』

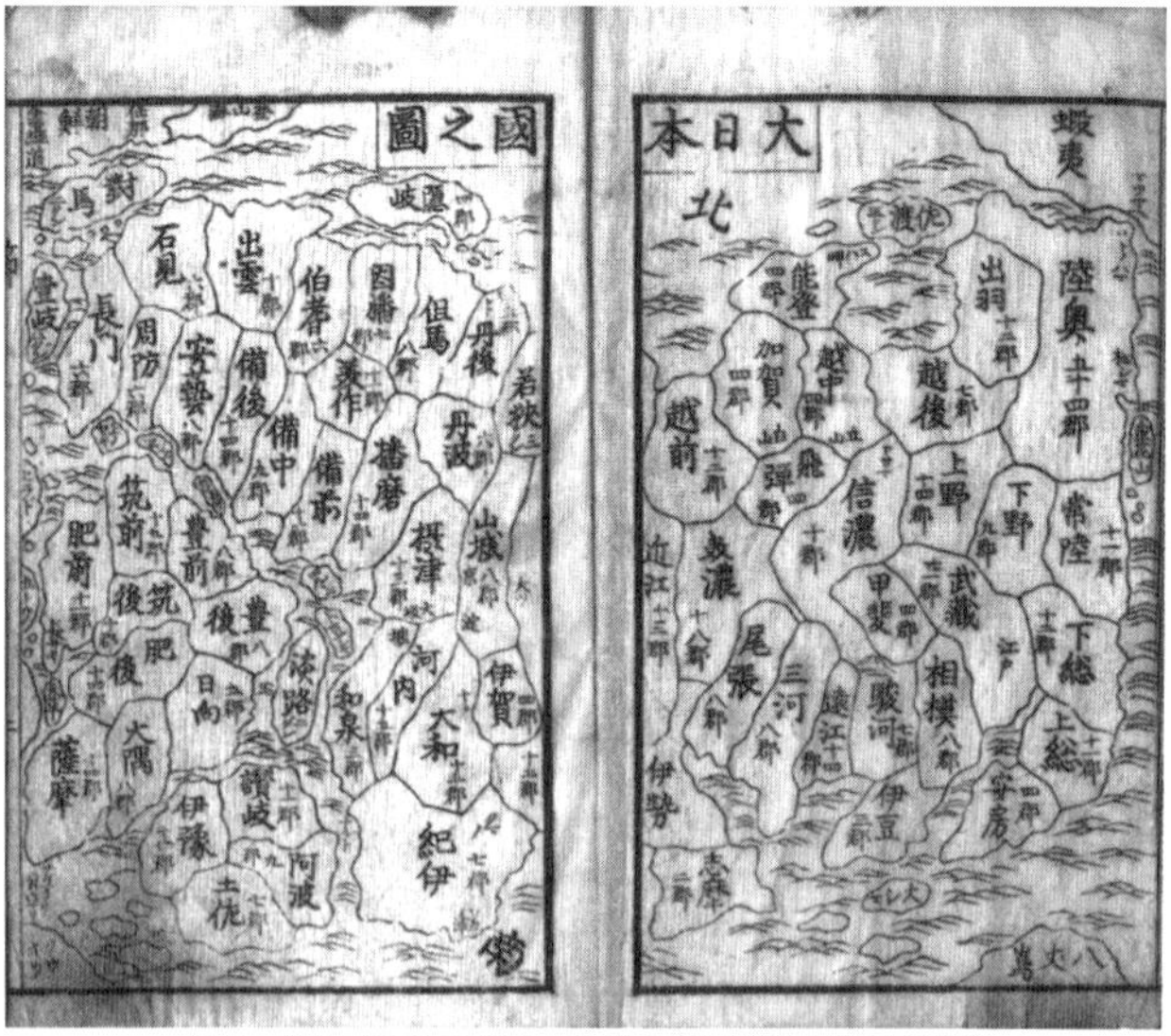

図4　「日本節用万歳蔵」　法政大学国際日本学研究所蔵

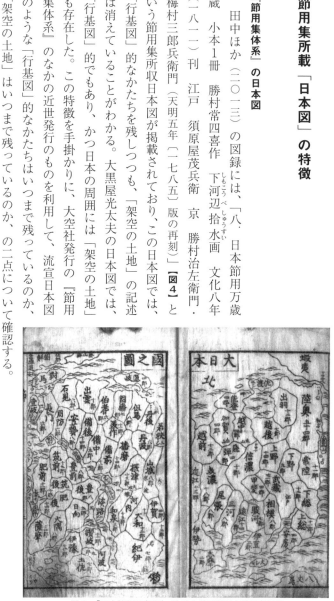

（天明二年〔一七八二〕）では、行基図のかたちであり、かつ「羅刹国」「雁道」も描かれている。その後の『万宝節用富貴蔵』（享和二年〔一八〇二〕版）所載の日本図でも、行基図のかたちを残し、「羅刹国」「雁道」も日本の周辺に描かれている。しかし、『字宝節用集千金蔵』（文政元年〔一八一八〕）では、『日本節用万歳蔵』と同様の日本図が掲載されており、その後の『倭節用集悉改大全《やまとせつようしゅうしっかいたいぜん》』（文政九年〔一八二六〕）や幕末の『大成無双節用集』（嘉永二年〔一八四九〕）では、「架空の土地」は消え、日本のかたちも、「流宣図」のような行基図的なかたちではなく、むしろ、「赤水図」のような日本列島が立ち上がった科学的な地図に近いかたちとなっている。このことから、十九世紀前半が、節用集所載の日本図において、行基図のようなかたちと「架空の土地」の消滅時期であるかと思われる。

節用集所載の日本図における「蝦夷地」

ところで、筆者は以前、代表的な一枚物の刊行日本図における「蝦夷地」の描かれ方の変遷を明らかにした（米家二〇一二）。その際、十九世紀半ばには、日本図のなかに「蝦夷地」がはっきりと島として組み込まれて描かれていた地図がある一方で、そうでない地図も存在し、人々の日本意識に差異があることを論じた。しかし、『節用集体系』所収の日本図では、十九世紀半ばの節用集まで、日本図のなかにはっきりと「蝦夷地」が組み込まれていることはなく、最後まで、渡島半島の最南端の部分が「蝦夷」と描かれているだけであった。

その一方、『江戸大節用海内蔵』（文久三年〔一八六三〕）では、「大日本国略図」とは他に「蝦夷地」が「蝦夷全図」として独立して掲載されており、他に「琉球及属島三十六」「朝鮮国図」、世界地図である「萬国大概之図」も掲載されている。この「蝦夷全図」には、「北蝦夷」と対岸の「山丹満州」、千島列島南部（ウルップ島まで）が描かれている。これによれば、「蝦夷地」と「琉球」は、「朝鮮国」と同様に異国・異域であると認識されていると考えられる。

近世の節用集研究によれば、節用集は先行節用集の収録語を踏襲する部分が大きいため、必ずしも同時代の言語使用状況を反映していないとされ、この保守性は付録である日本地図にも見られるとされる（菊田二〇〇四）。それゆえ、日本図においては、先行節用集の模写である場合も多く、同時代の情報を即座に取り入れて書きかえるという更新作業は遅れていたと思われよう。それでも、近世を通じて、少しずつではあるものの、日本図の表現において変化がみられることは明らかになったといえる。しかし、江戸幕府系の日本図では、十九世紀初めには、異域であった「蝦夷地」を日本の領域に組み込むことが行われていた時代であり（秋月一九九九）、同時期の節用集所載の日本図には、「蝦夷地」を内国化する作業はまだ行われていなかったうえに、なお、行基図的なかたちやその周囲には「架空の土地」も描かれていた。そこに、権力者側の日本像と庶民の側の日本像のずれを見ることができる。

おわりに――「行基図」的かたちと「架空の土地」の記述

本稿では、多くの庶民の「日本像」にもっとも影響を及ぼしたと思われる刊行日本図および節用集所載の日本図を素材として、庶民層に影響を与えたであろう「日本像」について検討してきた。その大きな特徴として、江戸時代の庶民の日本像には、「自己」としての日本の領域＝「行基図」のかたち、「他者」としての異域＝「架空の土地」の記述、の二点が重要であることが明らかになった。

近世前期に出版された「流宣日本図」は、十八世紀を通して流行し、その日本像は多くの庶民に影響を及ぼしたことが推察された。また、江戸時代の庶民にとって、節用集の日本図も彼らの日本像形成のうえで重要であることも確認した。さらに、十九世紀初めまで、節用集や一枚物の刊行図では、行基図的なかたちや架空の土地が残存し、それらの図像は、おそらく庶民の日本像に直接に影響を与えたと思われる。この点から、このような庶民層は、江戸幕府の役人や大名家などの権力者側の武士層とは異なる日本像を持っていたのではないかといえよう。

▼参考文献

秋岡武次郎『日本地図史』（河出書房新社、一九五五年）
秋月俊幸『日本北辺の探検と地図の歴史』（北海道大学図書刊行会、一九九九年）
岩井憲幸「ゲッチンゲン大学蔵大黒屋光太夫筆日本図について」（『明治大学教養論集』通巻二百六十九号、一九九四年）
岩井憲幸「新出の大黒屋光太夫筆日本図について」（『明治大学教養論集』通巻三百二十八号、二〇〇〇年）
上杉和央「日本図の出版」（京都大学総合博物館ほか編『地図出版の四百年』ナカニシヤ出版、二〇〇七年）
上杉和央「過去の世界をめぐる認識・知識・想像力」（竹中克行ほか編著『人文地理学』ミネルヴァ書房、二〇〇九年）
海野一隆『地図に見る日本——倭国・ジパング・大日本』（大修館書店、一九九九年）
奥平武彦「満鉄各図書館報」第四十五号（一九三一年）
織田武雄『地図の歴史——日本篇』（講談社新書、一九七四年）
亀井高考『光太夫の悲恋』（吉川弘文館、一九六七年）
菊田紀郎「近世節用集」（『日本語学』二十三巻十二号、二〇〇四年）
金田章裕・上杉和央『日本地図史』（吉川弘文館、二〇一二年）
米家志乃布「地図から見る近世日本意識の変遷と『蝦夷地』」（『国際日本学』九号、二〇一二年）
米家志乃布「歴史の地理学」（法政大学通信教育部『人文地理学概論(1)・(2)』二〇一四年）
立岡裕二「近世節用集における「地理」の掲出状況」（『鳴門教育大学研究紀要』二十八巻、二〇一三年）
田中優子・川添裕・小秋元段・小林ふみ子・横山泰子『江戸人の考えた日本の姿——世界の中の自分たち——』（法政大学国際日本学研究所、二〇一三年）

組み入れられる蝦夷

田中優子
◉法政大学総長

二重社会観（デュアル構造）とは、『水滸伝』にたとえれば、「皇帝とその秩序」と「反乱軍」の対立構造の両方が秩序全体を成り立たせているという考え方である。近世には「水滸伝もの」や『仮名手本忠臣蔵』のように二重構造をもった物語を見出すことができる。
本稿ではこの構造の外に追いやられる別世界（主に「蝦夷」）を、江戸文化が抱え込んでいたことをテーマとする。建部綾足『本朝水滸伝』（一七七三）、恋川春町『悦贔屓蝦夷押領』（一七八八）、幕末の作者不詳『織出蝦夷錦』、奥羽や蝦夷の松前などを繰り返し旅した菅江真澄（一七五四〜一八二九）の言説や、アニメ映画『もののけ姫』まで考察する。

水滸伝《すいこでん》構造をめぐって

「水滸伝構造」とは、表に見える体制とは異なる社会集団が地下にもぐっている、という二重社会観である。近世日本では一般的だが、それが中国の『水滸伝』に影響された結果なのか、あるいは、もともとある構造が『水滸伝』に似ているために、近世文学が「水滸伝もの」と言われる一連の物語を生み出したのか、明確な証拠をもって判別するのは難しい。

しかし二重社会観（デュアル構造）は近世のみならず、日本文化に頻繁に発見できる現象で、それは日本の成り立ちそのものに関連する、と考えることもできる。その成り立ちとは、近世日本がそうであったように、中国を基準としながら、まったく異なる国を作り続ける、という二重性である。『水滸伝』にたとえれば、皇帝とその秩序という「正統性」が一方にあり、宋江《そうこう》を中心とする反乱軍が一方にあるという構造で、しかしながらその両方が秩序全体を成り立たせているという考え方である。

「〜水滸伝」という題名のつく物語だけでなく、近世には二重構造をもった物語がほかにも見出だせる。たとえば『仮名《かな》手《で》本《ほん》忠《ちゅう》臣《しん》蔵《ぐら》』だ。中国の歴史書『宋史《そうし》』では、徽宗《きそう》期の時代である十二世紀に、三十六人の人物が梁山泊近辺で反乱を起こしたとある。『水滸伝』はその人数を三倍の百八人にした。三十六は一年の月数である十二の三倍であり、その三倍である百八は仏教で煩悩の数とされる。数字にも意味があったのだ。

一方『仮名手本忠臣蔵』で仇討ちをする人数は四十七人で、これは討ち入りをした実数とされているが、それが「いろは歌」の音の数と一致するところから「仮名手本」と組み合わされた。『仮名手本忠臣蔵』が水滸伝構造であるというのは、これが実際には仇討ちではないからだ。仇討ちとは幕府公認の行為であり、許可のもとで討つ相手を探し、討ったことは罪にならない。討った側は生きていくために討つのであり、実際に生きていく。しかしながら『仮名手本忠臣蔵』では、討ち入りをした全員が切腹しているのである。また、赤穂藩主は殺されたのではなく自分の方が人を殺傷しようとしたわけなので、四十七人の行為は仇討ちではなく逆恨みである。そこで四十七士は殺人罪となり、武士階級であることから、切腹が許されたのだった。

ここには松の廊下事件とその処理をめぐる整然とした「正統な秩序」があり、同時に、四十七人の罪人の結束がある。これを忠臣と呼ぶ場合、何に対する忠誠かといえば、殺傷事件を犯した、まるで宋江のような罪人である藩主を軸とする結束であって、幕府への忠誠ではない。『仮名手本忠臣蔵』の構造は、国家秩序対犯罪者集団という水滸伝構造なのである。仇討ちという解釈がしっくりこないのは、これを倫理的な忠の構造だと見誤っているからであった。江戸時代に『仮名手本忠臣蔵』が繰り返し上演された理由も、これがデュアルな社会観念を表現する水滸伝構造だからであり、表向きの秩序とは異なる、地下に潜った反秩序集団の存在を感じさせたからである。どうやらそのような存在の予感に、江戸時代の人々はわくわくする傾向をもっている。

『本朝水滸伝』に組み入れられる蝦夷

本稿は水滸伝ものについて書くことがテーマではない。むしろ、このデュアル構造の外に追いやられるさらなる別世界があり、江戸文化はそれをも抱え込んで成り立っていたことを、テーマとする。しかしそこでも、出て来るのは「水滸伝もの」だ。建部《たけべ》綾足《あやたり》が一七七三年に刊行した『本朝水滸伝』である。

物語は七六四年、恵美押勝《えみのおしかつ》（藤原仲麻呂）の乱を使った水滸伝ものである。この物語は当初は「よし野物語」とされていたことで知られる。吉野の川のほとりで山桑の木から生まれた女性が、翁とともにその木を百本に折って川に流し、それらが人間として生まれ出てやがて吉野に集まってくることを予言することから始まる。吉野はいわば亡命地であった。そしてこの最初のシーンで「蝦夷の島に生まれ出る」と予言された蝦夷のカムイボンデントビカラという人物が、亡命者側に加わる。この人物は、実際に松前廣長が建部綾足に物語ったことのあるアイヌの酋長《しゅうちょう》・トヒカラインがモデルになったと推測されている。「カムイ」はアイヌ語で神のことで、「ボンデン」は梵天という神の依り代の幣束《へいそく》で、「トビカラ」は実在のトヒカラインからとったのであろう。

この物語では秩序側に道鏡、孝謙天皇、阿曾丸、光明皇太后、大伴書持《おおとものふみもち》が配置され、『水滸伝』でいえば犯罪者側、つまりこの物語における亡命者側には、恵美押勝、橘諸兄《たちばなのもろえ》、奈良麻呂、道祖王《みちのおんのおおきみ》、塩焼王《しほやきのおおきみ》、不破内親王などが名を連ねている。さらに亡命者側によって全土に派遣された八人の武士たちがいた。そのなかで陸奥・常陸・上総・下総には妖術師・三田首奇丸《みたのおうと・くしまろ》が派遣され、その地の者として胡丸《えみし》という人物が登場する。その胡丸は、蝦夷についてこう語る。

そも胡《えびす》と申すは、男女交り居て父母の分別《わかち》なく、冬となれば穴に住み、夏となれば木末に住み、寒ければ毛をしき皮衣を着、暑ければ肌につけず。山にのぼる事は飛鳥のごとく、草にかくるる事は走る獣のごとし。恩をうけてはよく報ひ、怨をかうぶりてはあしくむくふ。矢は頭髻《たぶさ》にをさめ、刀は衣の内に佩《はき》、あるは同族《やから》をあつめてさかひをおかし、或は従弟を将て業をかすめ、うてば草にかくれ、追へば山に入る。

そして最後に、カムイボンデントビカラが蝦夷の代表として活躍する。蝦夷との通訳が登場するシーンでは蝦夷の様子が詳しく書かれている。

頂の前は少しばかり剃落して、髪は糸をもて高く結、眉は生ひうもれ、髭は八束に押たれ、眼はあかく面黒く、耳には輪金さしはめたり。衣は梼《たく》の皮を織たるに、袖はいと細して着たり。さて太刀は鞘には小波をほり付、柬には唐草をほりつけたるに、紐つけざまの所には、みつあひに組たる緒をさし通して、右のかたにかけ、太刀は左りの腰にたりはけり。

髪を結い上げ、眉太く、ひげが垂れ、目が赤く、顔は黒く、耳に金色の輪を通し、こうぞの樹皮からつむいで織った衣を着て、刀の鞘はさざなみ文様、刀のつかは唐草文様、三つ組紐で下げている。実に具体的で視覚的な表現だ。『水滸伝』の犯罪者同盟、亡命者同盟の、さらに外側に位置づけられる「まつろわぬものたち」が、近世日本の領域意識の中に位置づけられている。

しかしこのカムイボンデントビカラは、その出自がほんとうの蝦夷ではなかったことが、後に明らかにされる。青森を襲ったトビカラを待っていたのは恵美押勝だった。押勝はトビカラを屈服させると、「神軍に従ひてもののふとなりたま」へという。日本の軍人になれというのだ。そうすれば姫を与えて婿にするという。その後、婿になるシーンでトビカラは「倭衣《しずり》」に着替えて冠までかぶり、そこで、自分は蝦夷ではなく「高麗の安多倍の次男、高麗の白主」であると告白する。そして、婿入りすることになった相手の姫は、なんと、もとの妻だという。

安多倍は、奥州の安倍氏を想起させる。安倍氏もまた、中央の豪族の出身であるという説と、蝦夷の出身であるという説がある。現在の政治家の安倍氏につながるとも言われる。諸説ある安倍氏の出自の前に「高麗」という出自も加わり、カムイボンデントビカラは、亡命者同盟に入ろうというのに、恵美押勝の仲間入りをするために高麗と中央豪族の血筋を加えられて、じつに複合的な権威として現れ直すのである。亡命者同盟の、さらに外側に位置づけられる「まつろわぬものたち」だと思ったその存在が中央の出自であったとなれば、それは単なる貴種流離譚に過ぎない。近世における蝦夷観はその程度のものであり、それは華夷《かい》秩序の中で解釈されたからであった。それはまた、政権側の兵力に吸収され統一された『水滸伝』の犯罪者たちと同じであったともいえる。

建部綾足（一七一九〜七四）は本名を喜多村金吾久域《ひさむら》といい、弘前藩家老の次男である。二十歳のとき、七歳年上の兄嫁との恋で藩を出奔し、武士の身分を捨てている。志田野坡《しだやば》、彭城百川《さかきひゃくせん》らに俳諧を学び、長崎に遊学したときには画も学んだ。さらに賀茂真淵《かものまぶち》に入門して国学を学び、片歌の復興を唱えた。『西山物語』『折々草《おりおりぐさ》』を書いたほか、俳諧、片歌関係書として『恋の百韻』『片歌二夜問答』『片歌百夜問答』などを残している。片歌とは五七七の韻律の歌のことで、旋頭歌《せどうか》の片方を意味する。『古事記』には見られたが『万葉集』にはすでに見られず、片歌の復興とは、古代の復興を意味した。『本朝水滸伝』とはまさに「日本の水滸伝」のことで、中国の借り物であるが、そこに江戸時代当時の天皇の系譜とは異なる南朝の復興を重ねているのである。

『本朝水滸伝』は、蝦夷まで総動員しながら、現秩序とは異なる秩序を想定する、初期のラディカルな国学者の夢のひとつであった。しかしながらそれが異種の混在とならず、貴種流離の復興でしかないのは、まさに国学者の夢のありかたを表している。

蝦夷の世界へ入り込む日本人

江戸時代、みちのくとは、陸前（宮城県・岩手県）、陸中（岩手県・秋田県）、陸奥（青森県、岩手県）、磐城（福岡県・

宮城県）、岩代（福島県）の奥州五国＋出羽（山形県・秋田県）をさした。恋川春町《こいかわはるまち》作・北尾政美《きたおまさよし》画・蔦屋重三郎《つたやじゅうざぶろう》版の黄表紙『悦贔屓蝦夷押領《よろこんぶひいきのえぞおし》』（天明八年〔一七八八〕）は、みちのくを逃亡中の義経一行が、蝦夷人のラカサシテエル・シバダンカンを案内人として、滝を登って奥蝦夷（サハリン）に入る物語である。義経は数の子の石垣と昆布・荒布でできている蝦夷のインツウフッテエス・シウレン女王の城を征服し、娘のクワイライカウシュ・アヤフヤの入り婿になり、蝦夷の王となる。シバダンカンに領地を下し、家来のヂシヤウ・ウラミンテエル、インヲリスウ・ウエンノイに昆布をやる。

その結果、蝦夷は江戸のようになり、蝦夷八百八丁に昆布の呉服屋、新芦原を作り、金銭のかわりに昆布、数の子を流通させる。やがてダンカンは義経に取ってかわって王になる野心を抱き義経を酔いつぶそうとするが、逆につぶされ、蝦夷は元の島に戻る。「ダンカンの夢枕だ」とダンカンは嘆く。義経と妻とその一行は昆布と数の子数万俵を持って雲に乗り、鎌倉に帰って頼朝とともにそれを売ってしこたま儲ける。

『本朝水滸伝』に比べればまことにエンターテイメント臭のある喜劇だが、蝦夷が日本の武士になるのとは構造が逆であった。この物語は琉球を舞台にした『椿説弓張月《ちんせつゆみはりづき》』のように、日本の武将が蝦夷の入り婿となり王になるのである。蝦夷と江戸の駄洒落のもと、江戸の都市構造と経済構造が蝦夷に持ち込まれる。しかもこの物語は金銭の流通の話であって、蝦夷はまるでロシア人のような名前で出てくる外国人の一種でしかない。

この物語の背景には、ロシアの南進と、それに対応した一七八三年の工藤平助『赤蝦夷風説考』、一七八四〜八五年の山口鉄五郎、青嶋俊蔵、最上徳内らによる蝦夷調査、一七八六年のエトロフ、ウルップ、カラフト調査という歴史的事実がある。その背後には田沼政権の崩壊があった。その時代の「銀子払底する」という状況がインツウフッテエスという名前になり、ウラミンテエルとは田沼の重臣の三浦庄二であろうと推測されている。蝦夷たちの風貌は黒人のような縮れた髪、中国人の衣装、西洋人のような風貌、そしてロシア人のような名前が混在し、「外国人」の寄せ集めイメージで作られている。ここで描かれているのは、武士である恋川春町のまなざしで見た田沼政権の最後の姿であって、蝦夷のリアルな姿ではない。しかしそこには、蝦夷という問題がもはや国内の民族問題ではなく、ロシアおよび樺太《からふと》、千島《ちしま》を見据えた海外との関係であったことが浮かび上がってくる。この約十年後にはラクスマンが光太夫をともなって来日し、その約十年後にはレザノフがやってくる。『悦贔屓蝦夷押領』は蝦夷の存在がロシアとともに語られるようになる、その最初のものだったのである。

幕末には、作者不詳『織出蝦夷錦《おりだしえぞにしき》』という作品がある。これも田沼意次が関係する。百姓の息子平賀源内が田沼意次に登用される。しかし将軍謁見後、将軍の顔そっくりの首の作り物を将軍に贈り、投獄される。源内は中蝦夷、奥蝦夷を手に入れる計画を田沼に語っていた。そこで田沼は源内が死んだことにして遠州相良の屋敷にかくまう。源内は秘薬で白髪白眉の坂根君平という男に変わり蝦夷へ赴く。月の位（実在の酋長ツキノエがモデル）という蝦夷人および右林容、丹南儀などとともに二千人の一揆勢を作り上げ、カルサン嶋、シャムラ郷、サブラン嶋、イギリスなどという場所（東南アジア、ヨーロッパの地名が混在している）を経巡りながら、一揆の討伐にやってきた松前・南部・津軽の軍と戦う。これは一七八九年のクナシリ・メナシの一揆をモデルとしたのかも知れない。最後は坂根君平が自害し、一揆が終焉する。

この作品は権力闘争を描きながら、「蝦夷は聖徳太子の御時より日本の属国なる事明らか也」と語る。「太閤秀吉公朝鮮国征伐の時、加藤清正ヲランカイに至りし時、遠目鑑をもって窺ふに滄々たる海上数百里を隔てて西南に当って白鷺の留るごとく見ゆるもの有り。桐遠里と云ふ者を召してあれば何なるぞと尋ねけるに日本の富士山なりと答へたり」ともある。富士山が見える領域すなわち日本、という認識であろう。

さらに詳しく、「口」「中」「奥」の三領域を区別する。口蝦夷は「人物至って下品にして髪はおどろにして身には藤にて織りたる袖なし羽織のごとくのものを着して食物は穀類を喰ふことなく、平食には魚鳥獣の肉を食し文字なく言語も蛮語にて」とあり、中蝦夷は「口蝦夷より人物よし。商人ありて奥蝦夷と売買す。嶋錦、萬細工物の類は中蝦夷、奥蝦夷より出す」とある。

驚くべきことに、「古へ蝦夷のものは鬼畜の振舞にて人倫の礼と云ふことなく夫婦のかたらひ親子、兄弟の差別もなく心あくまで猛く貪欲なり。まことに鬼神といひふらせしもことわり也」と述べたのち、「然るに源の義経公終に日本の地をすて、蝦夷に渡り夷を征伐し仁義礼智信の五常を教へ給ひける」のだそうだ。「聖徳太子の属国」「義経公の徳化」「加藤清正の訪問」が、日本人と蝦夷との関わりであり、構図は典型的な華夷構造であった。これら蝦夷を語る『本朝水滸伝』『悦贔屓蝦夷押領』『織出蝦夷錦』から見える構造は、三種に類別できる。ひとつは華夷構造の中で、夷から華に入って来る者を組み入れる物語である。ふたつめには、夷なる者を鏡にして日本人を批評的に眺める物語である。恋川春町は平賀源内の『風流志道軒伝《ふうりゅうしどうけんでん》』をもとにしているかも知れず、そこにはジョナサン・スイフトの採用した方法、つまり見知らぬ異国に託して実は目の前の社会状況を突き放して描写する、という方法が見られる。三つ目には、華夷構造の中で日本人が夷の側に入って教化するという構造である。

蝦夷に対してはこの三種の物語りかたが見られるが、もうひとつ特徴的なのは、昆布や数の子、嶋錦、細工物などの流通商品に言及している点であろう。田沼意次がもくろんだように、近世における蝦夷は産業と商業の場であった。田沼政権が続きロシアがそこに深くかかわってきた場合、蝦夷は植民地開発の場となり、幕府主導の海外貿易の拠点になった可能性がある。北海道からの開国があり得たのである。物語は華夷構造の中で、それぞれの時代の日本を表現した。

菅江真澄《すがえますみ》に見る蝦夷と日本人

蝦夷の歴史はこの論のテーマではない。しかし少しだけたどる必要がある。十六世紀には蠣崎《かきざき》氏が蝦夷島における和人勢力の唯一の現地支配者となり、その蠣崎氏が松前と改姓し、江戸時代に入ると徳川家康より蝦夷地交易の独占権を公認されたのだ。その後、ヘナウケの戦い、シャクシャインの戦いが続き、勘右衛門口述・松宮観山著の『蝦夷談筆記《えぞだんひっき》』につながる。水野金藏の講談『蝦夷一揆興廃記』、馬場信意《ばばのぶのり》『義経勲功記』、藤英勝『通俗《つうぞく》義経蝦夷軍談《よしつねえぞぐんだん》』と続き、建部綾足『本朝水滸伝』となるのである。

工藤平助『赤蝦夷風説考《あかえぞふうせつこう》』と同じころに、平秩東作《へづつとうさく》『東遊記』が書かれた。「人品いやしからず、家業を怠らず。南部、津軽などよりはるかにすぐれて風儀よし」「あしく取あつかひなば後々は心ひがみて害有べしと思はる」と。そして一七八四年、菅江真澄のみちのくの旅が始まった。一七八八年、恋川春町の『悦贔屓蝦夷押領』が刊行されたとき、菅江真澄は北海道に入った。アイヌ語を学び、人として平等の視線で生活を観察、記録した。この後、繰り返しみちのくと北海道を巡る。一七八九年、クナシリ・メナシの蜂起が起こり、次の年に蠣崎波響『夷酋列像《いしゅうれつぞう》』十二図が完成している。都市の出版では蝦夷は笑いとともに消費されたが、しかし一方、彼らとともに生きる日本人がいたのである。

菅江真澄（一七五四〜一八二九）は三河の出身で名は白井秀雄。尾張藩の薬草園につとめていたが一七八三年故郷を出奔した。理由は不明。信濃、越後、奥羽、蝦夷の松前を繰り返し旅をして、イラストを含む膨大な記録を残した。一七九七年、津軽藩校・稽古館の薬事係に任命され九九年に任を解かれる。一八〇一年まで津軽藩で民俗調査をしていたが間諜と疑われて追放される。その後ずっと秋田を拠点とし、一八一一年から久保田城下（現秋田市）に住む。

リテムギ（蔓で編んだアイヌの籠）を蝦夷人がくれた。それに対して真澄は歌で返礼した。案内人の子供は、とくに和人と変わったところはないが、漁師の子のように色が黒く、眼が丸く、耳に朱の糸のついたケム（針）をさしている、と書いた。弓を頭にひっかけ、こも包みに毒矢入れをそえて、それを背負ったアイヌが通るのを見て、行き先を問い、親しく（日本語で）話をしながら彼に同行する。一七八九年旧暦六月六日、木内町へ出る道の途中の天ノ川で、クナシリの蜂起を伝える早馬が通っていくのとすれ違う。尾白内《おしろない》、森、島崎、物岱《ものたい》などでは、シャモとアイヌは共にくらしている様子を描く。シラリカ・コタンのアイヌ人の家に宿泊し、シャモの家よりずっと住み易い、と書いてもいる。虻田《あぶた》で聞いたムクンリの面白さ、アツシの織り方、和人の医者もかなわない病の直し方、和人の病から身を守る方法も書き付けた。

華夷構造に依拠する日本人の記述のなかで、菅江真澄の記述は特殊である。それは、彼の書いたものが商品として売られたわけではないことと関係あるかも知れない。菅江真澄は蝦夷の人々の言葉と生活を理解しようと努力し、津軽や秋田や山形を歩き、秋田で亡くなった。「日本人」として距離を置いて眺めていたのではなく、その生活の中に入って行ったのである。それは菅江真澄が幾たびもその所属する集団から排除されてきたことと関係があるかも知れない。真澄にとって蝦夷の領域は自らが求める自由な「領域外」だったのであろう。そのような記録が可能であったということは、近世日本は華夷秩序のただなかにありながら、同時に、秩序からはずれる人間たちを受け容れる領域があったということである。それは中世以来の「漂泊の民」の生活圏が存在したということでもあるが、近代国家の成立とともに、それも消滅の一途をたどったのだった。

『もののけ姫』と蝦夷

アシタカは縄文に共通するアイヌ民族の文様「モレウ」をつけている。そしてニホンジカに乗って西に向かった。『もののけ姫』では、アシタカが生まれ育った集落が、「五百年前からこの地にひそんでいる」ことが語られる。そこから、この集落が「前九年の合戦・後三年合戦」で山にこもり、俘囚ともならずに暮らして来たアイヌの集団であることがわかる。

少女カヤはアシタカに黒曜石を渡す。そして彼は原初形の鳥居をくぐってゆく。ニホンジカにまたがって、北海道、東北地方のナイ(沢)と平原の風景を通る。やがてアシタカの村とはまったく風景の異なる水田の村に至る。それは鎌倉時代の上方の風景であろう。中世の典型的な市場ではまだ桶や樽が無く、曲げわっぱを使用している。その様子も正確に描かれている。アシタカはそこで砂金を渡す。出身地が砂金の産地、つまり現在の宮城県北部から岩手県南部にかけての地帯であることがわかる。アシタカは和人の持っているものと形の異なる漆の椀と箸を持っているので、西国人から「蝦夷」と呼ばれる。

このように、アニメ映画『もののけ姫』が蝦夷の物語であることは明確だ。それが縄文様式の入れ墨と仮面をもつサンの住む森と交叉し、ハンセン病者、奴隷、娼婦が働く、現代の島根と考えられるエボシタタラ、すなわち大陸的な技術と文明社会を象徴する最先端の集落と対立する。アシタカは蝦夷に代表される被征服民族の象徴であり、サンはそれ以前の縄文民族を表し、シシガミは自然界と生命の象徴である。それに対するエボシタタラは征服民族ヤマトの象徴である。

しかしそれらは対立で終わるのではなく融合で終わった。すなわち「和」である。華夷秩序の彼方には、その秩序を破る新たな発想があったのではない。構造をそのままにして和合する世界があったのだ。その世界とは、今日の日本のことである。我々はまだ、華夷秩序を維持している。

▼**参考文献**

『本朝水滸伝』(『新日本古典文学大系』七十九巻、岩波書店、一九九二年)
『悦贔屓蝦夷押領』(『新日本古典文学大系』八十三巻・草双紙集、岩波書店、一九九七年)

支えにされた琉球

小林ふみ子
◉法政大学文学部教授

慶長十四年（一六〇九）、琉球は徳川家康の許可を得た薩摩の島津氏に侵攻され、その付傭国として間接的に徳川の支配下に置かれる。しかし当時の一般の日本（ヤマト）の人びとの認識では琉球は異国であり、その使節一行の江戸上りが徳川政権の威光を顕示する機会とされたことが指摘されて久しい（荒野泰典一九八八）。中国の華夷《かい》意識の発想を移入して中心を日本におく日本型華夷意識は「夷」の存在を必要としたが、それを具体的に人々に見せる役割を負わされたのが琉球使節、そして日本側の解釈で「朝貢」とみなした朝鮮通信使であった。

そのように琉球使節は幕府の示威に利用された。それは巷間でどう受けとめられ、近世日本（ヤマト）の人々は琉球に何を見たのであろうか。結論からいえば、琉球はそこで徳川の武威《ぶい》への服従者というだけでなく、日本の強い影響下にあり、日本を崇めてその文化を「享受してくれる」、実質的に唯一の存在として位置づけられる。琉球をめぐる言説は異文化への関心の発露を装いつつ、近世日本（ヤマト）の人々の自尊心の支えとされる。その様相を見てみよう。

多様な琉球観

近世日本（ヤマト）の琉球を主題とする書籍を中心とした言説に当時の琉球観を総合的に探ったのが、横山学による一連の研究である（横山一九八七、一九九八ほか）。横山は、琉球を日本と「倭文化」を共有する「南倭」と

図1　源為朝（『絵本琉球軍記』）　法政大学国際日本文化研究所蔵

呼んだ新井白石『南島志』（享保四年〔一七一一〕序、写）をはじめ、使節渡来のたびに出された多様な琉球物刊行物ほか、琉球を主題として論じる多数の著述から、曲亭馬琴の読本『椿説弓張月《ちんせつゆみはりづき》』（文化四年〔一八〇七〕〜八年〔一八一一〕刊）まで、琉球にかんする言説を網羅的に論じた。源為朝《みなもとのためとも》【図1】が琉球国王の祖となったとする為朝渡琉伝説が日本との近さを示す根拠として強い影響をもったこと、しかし中国・日本との歴史的な交流、帰属関係と文化的関係性の強弱についての認識にはかなりの幅があったことが明らかにされている。そのうえで、当初、異国風への興味にすぎなかったところから、一見異質なもののなかに同質性を探る方向へと変化し、幕末には古来、日本の藩屏としてその一部であるとする論まで現れ、近代につながっていくことを指摘している。

日本の文化を尊ぶ国

そのように多種多様に展開した琉球にかんする言説のなかで、本稿では日本の文化や習慣を尊ぶとされ、それに倣うさまを具体的に描いてみせるものに着目したい。

まず琉球の気候、習俗、制度を詳細に活写した森島中《ちゅう》良《りょう》こと桂川甫粲《ほさん》『琉球談《りゅうきゅうばなし》』（寛政二年〔一八九〇〕刊）を取りあげよう。内容としては漢籍『中山伝信録《ちゅうざんでんしんろく》』（清・徐《じょ》葆光《ほこう》著、初版康熙六十年〔一七二一〕年刊、明和三年〔一七六六〕和刻）をほぼ踏襲しているとはいえ、三度にわたって版を重ねるなど大きな影響力をもった書である（横山一九八七）。これにも、例の為朝渡琉説話や日本への服属の経緯をはじめ、ところどころに日本人の自尊心をくすぐる典型的な記述が見える。清国の冊封をも受けることに論及しながらも、次のように、貿易によって生活上、恩恵を受けているために日本を「尊ぶ」ことを特筆する。

唐へは遠く、日本へは近き故、日本の扶助《たすけ》にあらざれば、常住《じゃうじゅう》の日用をも弁ずる事あたはず。去によりて国人「耶麻刀《やまと》」と称して、甚だ日本を尊とむとなん。

異文化としてその生活風俗を紹介しながらも、食膳は「惣て日本の制に效《なら》ふ」「進退、小笠原流をもちゆ」、書法は「日本の大橋流、玉置《たまき》流をもちゆ」などという。

これはむしろ、文化として元来同質であるという扱いではない。その意味では、漢字の読みを「日本の古語まゝのこれり」と解釈したり、宗教儀式を「是、日本神代の秘の遺風を伝へたるなり」と付会したりするように、文化の共有を述べる部分も一部にはある。しかし、基本的には次のようにはっきりと日本の影響を外からのものと見なしている。

中良案るに、中より以上の人はいづれも日本語を用ひ、中より以下はかくの如の方言を用ゆるか。尋ぬべし。

『中山伝信録』や寺島良安《りょうあん》『和漢三才図会《わかんさんさいずえ》』（正徳五年〔一七一五〕跋、刊）をふまえて、琉球語についての解釈を述べた部分である。階層によって日本語受容に差があるということの推定には、明らかに元の言語は日本語とは異なるものとして想定していることが窺える。▼1

図２『画本異国一覧』 法政大学国際日本文化研究所蔵

どれほど日本の影響を書き連ねても「弁天の島なりとて、男子より女を敬ふとなり」という、近世初期の琉球滞在記『定西法師伝《じょうさいほうしでん》』の記聞を驚きとともに切りとるとき、「琉球人は寿命の薬なりとて嚔《くつさめ》する事を好む」と記すとき、琉球は明らかな〈他者〉として扱われている。先の「日本を尊とむとなん」は、その〈他者〉が日本を尊重していると考えることへの感興であろう。▼[2]

【図２】に掲げたのは春光園花丸《しゅんこうえんはなまる》作・岡田玉山《おかだぎょくざん》画『画本《えほん》異国一覧《いこくいちらん》』（寛政十一年〔一七九九〕序、刊）の「琉球国」である。地理的な位置の説明に続いて曰く、

此国、今は過半、日本の風儀にならひ、和歌を詠じ、能、囃子《はやし》を興行し、長雄《ながを》・瀧本《たきもと》などの和様の書を学び、万もつぱら日本をたつとぶなり。

ここでは琉球国は、まず何事につけても日本に倣う国と性格づけられる。つまり、異国であることを前提に、その国の挙げるべき特質の第一が「日本を尊ぶ」ことだという紹介のしかたである。近世日本人が琉球に求めたものが端的にわかる例といえよう。

随筆の編集にも同じような思考が見られる。近世日本で

もっとも大部な随筆の一つとして知られる神沢杜口《かんざわとこう》『翁草《おきなぐさ》』（寛政三年（一七九一）成、写）は、橘南谿《たちばななんけい》の天明二、三年（一八八二、三）の西国旅行記『西遊記《せいゆうき》』から鹿児島で南谿自身が見聞した琉球についての情報を抜き書きしている。薩摩にやってきたその王子の一行の美々しさ、薩摩での扱い、雪を珍しがって喜んだことなどを書き留めるが、続いて記すのは日本の影響の大きさである。「和漢」の双方に属するとはいえ、薩摩に近く交わりも親しく、十中七が「和国の風」であること、和歌や俳諧、謡が行われること、歌舞伎、とくに忠臣蔵の浄瑠璃が大流行で「琉人涙を流して感激す」「忠臣蔵とだに云へば人群をなしぬと西遊記に書けり」という。

これを元の『西遊記』本文と較べてみたい。『翁草』『西遊記』いずれの琉球記事も写本でのみ行われた部分にあたり、神沢杜口が見た写本を特定できるほどの表現の一致は、筆者には今指摘できない。とはいえ『西遊記』が琉球王子の登城の儀式における服装その他道具類の詳細、南谿が当地で交わった琉球人たちのこと、当地で耳にした歌や彼らからの書簡の文章、琉球の地理、風俗についての知識など、生き生きと書き綴っているのに対して、『翁草』ではそれが抜け落ちている。もしかしたら杜口が目にした『西遊記』がすでにして抄出本で、そうした記述がなかったのかも知れない。そうであれば、杜口でなく、その本を書き写した人物にとってということになるが、重要なのは琉球の事情そのものではなく、日本の影響を大きく受け、『仮名手本忠臣蔵《かなでほんちゅうしんぐら》』に熱狂するほど日本文化を愛好しているという〈事実〉一つであったということである。問題はその偏りを生んだのが杜口なのか否かではない。人々の関心の所在が琉球それ自体ではなく、日本に感化された国としての琉球にあったということである。

王子が和歌を詠む国

『画本異国一覧』でも、琉球が「日本の風儀になら」う例の第一に和歌を詠じることが挙げられていた。明和元年（一七六四）度琉球使節の正使、読谷山《ゆんたんざ》王子朝恒が和歌十数首を詠んだことは、森島中良『琉球談』も触れている。林子平《はやししへい》『三国通覧図説《さんごくつうらんずせつ》』〔天明六年〔一七八六〕刊〕がすでに紹介していた七首に加え、父、桂川家三代国訓《くにのり》が直接目にした歌として十四首を挙げたうえで、「我国の風にかくまでなびきたるをしめすのみ」と添えている。▼3 寸評ながら、琉球への日本の影響の大きさに対する満足感が行間に漂う。

この明和度の読谷山王子の詠歌は人々の関心を集め、これ以外にも西村白烏《にしむらはくう》『煙霞綺談《えんかきだん》』〔安永二年〔一七七三〕刊〕、土肥経平《どいつねひら》『風のしがらみ』〔安永二年〔一七七三〕跋、写〕などの随筆でも触れられている。後者は故実家である筆者が和歌にかかわる見聞を記したもので、やはり、「今は他の国までもわが式しまのこと葉をもてあそぶことになりし」〔式しまは「敷島」、日本の異称の一つ〕という感慨深げな言葉で結ぶ。松浦静山《まつらせいざん》『甲子夜話《かっしやわ》』〔文政四年〔一八二一〕起筆、写〕巻十五もまた、「我風の異域に及べる一端を見るべければ」として六首を記録している。

これはさらに、賀茂季鷹《かものすえたか》門の歌人、国学者松田直兄《なおえ》が天保三年〔一八三二〕時の琉球使節来聘を言祝いで出版した『貢《みつぎ》の八十船《やそぶね》』でも用いられる。八十歳の翁となった季鷹の記す「皇御国の天下にすぐれたるはあやにたふときかも。万国よりあふぎたてまつりて、三のから国をはじめ貢物をささげ帰化せし事、さらにも云ず」という、直截な自国称揚の序文からはじまる書である。これにおいて、読谷山王子の歌は、琉球の人びとが日本の風儀を慕い、それに従うことの象徴として扱われる。かつて藤原公任が「おぼつかなうるまの島の人なれや我言の葉をしらず顔なる」〔『千載和歌集』〕と、言葉が通じない人々を「うるまの島」人かと詠んだ頃に引き比べ、今や、その異国の王子が多くの歌を詠む時代になった、と述べる。外交儀礼的に太平を言祝いで詠まれたに違いない次の一首、

波風も治る君が御代なれば道遠からぬ日本の国

これを引いて、「皇国の風いよいよますます寛なるに靡きて、島人もみやびをならひ馴たるなるべし」と評し、琉球人が「皇国の風」である「みやび」に倣う証左とするのである。

明和度以降の使節の遺した歌についてもさまざまに取り沙汰された。天保三年（一八三二）の来聘時に刊行された『中山聘使略《ちゅうざんへいしりゃく》』には明和の読谷山王子の歌以外に、五名の詠を載せ、なかには寛政二年来聘時の正使宜野湾《じのおん》王子の一首も含まれる。これも評して曰く、「是、皇国《みくに》の淳化、遠裔《とおく》の島嶼《しまじま》に届《いた》るを知るべし」。またこの天保三年の使節の正使豊見城《てぃみぐしく》王子の富士を詠んだ和歌も、日尾荊山《ひおけいざん》『燕居雑話《えんきょざつわ》』（天保八年序、写）が「皇国の風、とほくおよべるも最もかしこし」という言葉とともに書き記し、中村経年《つねとし》こと戯作者松亭金水《しょうていきんすい》の随筆『積翠閑話《せきすいかんわ》』（安政五年（一八五八）年刊）も「近年来貢せし王子が詠みしといふ」歌二首を掲げる。年代や作者の具体的な記載はないが、年代からして直前の嘉永三年（一八五〇）か、その前の天保十三年（一八四二）の使節の時のものであろう。

使節来朝のたびに人々の注目を集め、その記聞が多様なかたちで伝えられたのは朝鮮通信使も同じくであった。日本の詩人たちとさかんに漢詩文を応酬した朝鮮通信使たちの作品もまた多く書き留められるが、いくら日本側が相手を朝貢使節と見なしたくとも、漢詩によるやりとりにあるのはどこまでも対等な関係である。琉球使節の漢詩もまた記録されるが、それよりもずっと多くが書き留められ、読み継がれた琉球人の和歌は、日本の風になびく琉球の象徴として、日本（ヤマト）の人びとに印象づけられたことであろう。

月代《さかやき》を喜ぶ琉球人

日本の文化を喜んで受容する国という造型がきわめて単純化されたかたちで表されたのが、やはり天保三年度の使節来朝時に出された多数の琉球物刊行物の一つ、伝大田南畝《なんぽ》『琉球年代記　付《つけたり》雑話』【図3】である。南畝は文政六年（一八二三）年にすでに没しており、従来、この書は南畝の遺著とされるがおそらく仮託である。[4]「楚山人」を名のり、南畝の扇巴印《おうぎともえ》（すでに寛政期に別人に譲渡している）を用いて南畝を「先師」と呼ぶ人物が、跋文に南畝の遺稿のなかから「うるまの国のふり一、二を録せるをほりいだして雑話となづけ」、年代記に付したもの、と記すが、南畝が厖大に書き残したものやその蔵書の記録を見るかぎり、今のところ本書とのかかわりは見

図3 『琉球年代記』 古郡八郎琉球人のさかやきを剃る図 法政大学国際日本文化研究所蔵

いだせない。しかも見返しを含め三箇所に見える「太田」は、いずれも「大田」の誤記であり、刊記として「杏花園蔵版」(杏花園は南畝の号)とするが、南畝没後の大田家は幼い孫がようやく家督を継いだばかりで私家版を出せる状況とは考えがたい。巻末にわざわざ「此国の狂歌」鶴亀二首を出すあたりも南畝の関与を演出するようでわざとらしく、南畝の関与はきわめて疑わしい。東條琴台《きんだい》の序文に「書估北沢生、将に斯の書を刻さんとして」(原漢文)とあるように、南畝ともつきあいの深かった書肆北沢氏こと須原屋伊八と跋文の人物が謀って、琉球使節来朝の商機を狙って刊行したものと考えられる。

そのなかに、異国に敬われたがった日本人の願望を具現化するような一話がある。前掲横山書も原典未確認とする珍しいもので、周防国の人、古郡八郎という人物の経験という次のような話である。

難破して「ヨナクニ」へ漂着し、琉球本土に連れられ国王に拝謁。日本の名を名のると源為朝の昔話からみな「うやまひおそれしもおかし」。帰国に際して、富饒の大国の人に不足はなかろうが記念に、といって秘伝の媚薬を与えられる。出航するも再度難破し、大陸に近づくと同乗の琉球人が恐れる。「我国にても貴国の武威を伝習」したので抵抗してきたものの、元代以来中国に服従し、先方に日本との関係を隠してきたので発覚してはならない、と。そこで、月代を剃り日本人に仕立ててごまかす策をとると、琉球人がその妙案に「こおどりしてよろこ」び、無事に上陸して助かり、帰国する。

秘伝の媚薬という記述には、先述したような、琉球を女性優位の島と見るオリエンタリズム的偏見の反映が見られるが、今は措く。ここでは琉球人の口で唐土への恐れと日本への敬意を語らせることに注目したい。異国人に月代を剃らせるのは近松門左衛門作の人形浄瑠璃『国性爺合戦《こくせんやかっせん》』（正徳五年（一七一五）初演）「千里が竹の場」で和藤内《わとうない》が韃靼人《だったんじん》に月代《さかやき》を剃らせる趣向を踏襲したもので、異国の服従を描く端的な表現。しかも『国性爺合戦』では韃靼人は「さめ〴〵と涙をながすぞ道理なる」、というのをさらに転じてそれを喜ばせる。事実、編者もそこに注目して、文末の割注に記すことには、「太田蜀山」（再び「大」を誤記）の秘蔵書で漂流先の中国の記載も詳しいが、何よりも、

琉球人の月代を剃て明人をくらませしおかしさをつまみてこゝに載するのみ。

と掲載の意図を明らかにする。見た目を大きく左右する髪かたちの変更は、人の民族的矜持にとって決定的なことであり、だからこそ『国性爺合戦』で異国人服従の象徴とされてきた。それに類し、それを超えるような事件があったと嬉しそうに記す。外国から称賛されることを何より喜ぶ、現代日本にもつながるあまりにも素朴な心性がここに現れている。

琉球は、こうして劣等感と自尊心に揺れる極東のこの国の人びとの心の支えとされたのである。

▼注

1 「方言」という語には、同言語のなかで地方特有の訛りという意味で使われるもの以外に、その国や地域のことばをいう例もあり、『日本国語大辞典』には松前で魯西亜人にその「方言」を学んだとする医書『遁花秘訣』（文政三年〔一八二〇〕成、写）の例が挙げられる。

2 石上敏は「琉球属国観に結びつくのではな」いといい、「中良の関心は琉球文化と日本文化の共通性を見出すこと、そして琉球の風俗一般を活写することにあった」（石上敏一九九四）というが、「共通性」の語では覆いきれない非対称性がある。

3 これらも含め、伝承されたその歌については最近、錺武彦（二〇一四）「琉球使節による和歌の詠作――読谷山王子朝恒の例を中心に――」（『立教大学日本学研究所年報』十二号）において詳しく検討された。

4 琉球関係の文献では南畝の遺著とされてきたが、岩波書店版『大田南畝全集』には収載されていない。

▼参考文献

荒野泰典『近世日本と東アジア』（東京大学出版会、一九八八年）
石上敏『叢書江戸文庫　森島中良集』（国書刊行会、一九九四年）
横山学『琉球国使節渡来の研究』（吉川弘文館、一九八七年）
同「琉球物の流行と近世の琉球学」（『季刊　文学』九巻三号、一九九八年）

『琉球談』は石上（一九九四）、『風のしがらみ』『燕居雑話』『積翠閑話』は『日本随筆大成』、『甲子夜話』は平凡社東洋文庫本、『貢の八十船』および天保三年『中山聘信略』は『江戸期琉球物資料集覧』（本邦書籍、一九八一年）第四巻、『画本異国一覧』『琉球年代記』は法政大学国際日本学研究所蔵本による。

オモロと琉歌《りゅうか》における「大和《やまと》」のイメージ

ヤナ・ウルバノヴァー
◉法政大学 HIF 招聘研究員

琉球王国時代に歌われていたオモロや琉歌。その中で扱われた「大和」のイメージはどのようなものであったか。両歌における「大和」は、ともに動詞「上る」と呼応している例が見られることから、高く評価されていたのではないか、とも推定できる。しかし、「大和」に対する友好的な態度が見える半面、より複雑な気持ちを表している歌も散見される。本稿では、オモロと琉歌から伝わる「大和」のイメージの多様な側面に注目し、両歌の共通点と相違点について考える。

はじめに

『おもろさうし』は、一五三一年から一六二三年（第一巻が一五三一年、第二巻が一六一三年、第三～二十二巻が一六二三年）にわたり、琉球王国の首里王府によって編纂された沖縄最古の歌謡集で、中にはオモロという叙事歌が千五百首以上収められている。他方、琉歌の創作年次は未詳であるが、「琉歌」という単語を記録した最も古い文献は、おもろ語辞書の『混効験集《こんこうけんしゅう》』（一七一一年）で、それ以前の一六八三年にも、琉歌の形式の歌が存在していた記録が残っている（池宮一九九二、嘉手苅二〇〇三）。よって、琉歌は遅くとも十七世紀末には存在していたことがわかる。そして、オモロと琉歌との関係については様々な研究者が論じているように、琉歌はオモロを母体としながら、琉球文化の独特のものとして自立したとする伊波普猷《いはふゆう》や外間守善《ほかましゅぜん》などの有力な学説があり、叙事歌のオモロと抒情歌の琉歌のジャンルが違うにも関わらず、両歌が深い関係にあることは間違いない。

こうしたなかにあって時代的や地理的に互いにあまり離れていないオモロや琉歌の中には「上《のぼ》り／上《のぼ》て」という表現が数多く見られるが、これは物理的に高い場所へ移動するという意味以外に、身分の高い人物（国王や地方の支配者である按司《あんじ》等）や神々が鎮座する所へ参るという意味を表す場合がある。「上り／上て」を詠み込んだオモロや琉歌の中には「大和」へ行くことを歌ったものも見られ、歴史的・文化的観点からも、重要な場所へ行く意味を含んだ「上り／上て」が、「大和」と連結しているところから、当時の琉球王国の人々にとって非常に重要な位置にある場所として認識されていたのではないかと推定できる。それでは、オモロと琉歌における「大和」のイメージは高く評価されている存在のみとして捉えられているのか。それとも違うイメージもあるのか。

ここでは、オモロや琉歌の中で、「大和」はどのようなイメージで描かれているのかについて考察を進めたい。「大和」という言葉を含んだ琉歌とオモロを調査して、「大和」のイメージが両歌共通のものであるかどうかを明らかにしたい。また、紙面の都合上、ここでは歴史的・政治的な背景の詳しい考察より、「大和」という表現の文学的な発想を明らかにすることを優先し、この表現を含んだオモロと琉歌の共通点や相違点について述べてみたい。

なお、この研究で用いたテキストは、以下のとおりである。

- 外間守善校注『おもろさうし上・下』（以下『おもろさうし』と略す）
- 島袋盛敏、翁長俊郎『標音評釈琉歌全集』（以下『琉歌全集』と略す）
- 清水彰『琉歌大成』

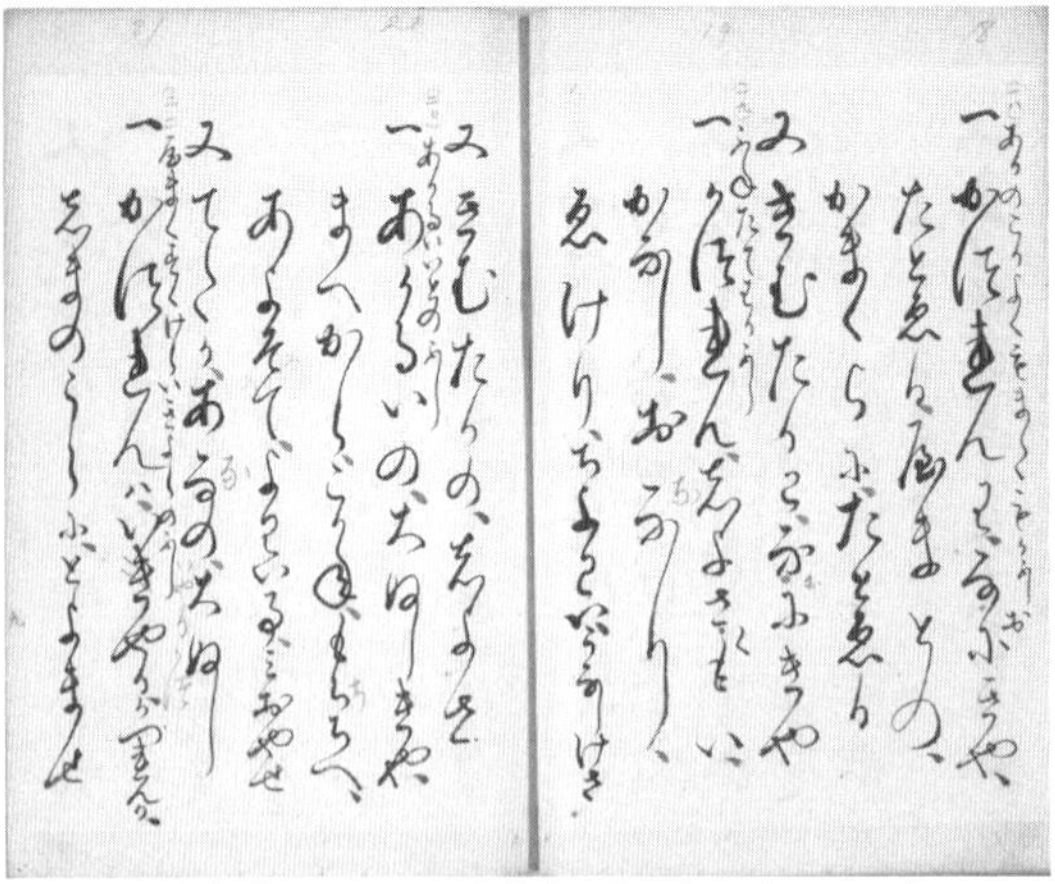

仲吉本『おもろさうし』第十六巻・十八（一一四四）
琉球大学附属図書館伊波普猷文庫蔵

オモロにおける「大和」のイメージ

「大和」という語は、『おもろさうし辞典・総索引（第二版）』によれば、「広く日本本土を意味する」ものと記されている。『おもろさうし』に、大和、およびそれと関連する人物や事物を歌ったオモロは、およそ千五百首中に二十一首見られる。ただし、それらの中で日本本土を意味する語としては「大和」の他に、「山城《やしろ》」と「日《に》本内《ほんうち》」も見られる。「山城」を同辞典で調べてみると、「京都の山城」をいい、「大和」の言い換えとして「大和」と一緒に同じ七首のオモロに見られる。また、「日本内」は、同辞典によると、「日本中」という意味を持つ語とされる。結局、「大和」が二十首、「山城」は「大和」と同様の七首、そして「日本内」は一首のオモロに見られる。以上から、日本本土を歌ったオモロは、二十一首となる。ここでは「大和」「山城」「日本内」という三つの表現を合わせて「大和」と呼ぶことにしたい。

それでは、オモロにおける「大和」は、表現上どのようなイメージで歌われているのか。二十一首のオモロを内容によって次の四つのグループに分けた。

①祝い（賛美）の歌　↓　十二首

このグループをさらに二つの小グループに分けることができよう。

①A　大和へ友好的な傾向を表す歌　↓　六首

①B　大和へ競争心を表す歌　↓　六首

②反感の歌　↓　五首

③「上《のぼ》て」の歌　↓　三首

④祈りの歌　↓　一首

まず、③「上《のぼ》て」と歌われるオモロから取り上げる。ここにある三首を見ると、次の二点がわかる。第一に、三首は共に大和へ買い物に行くことを描写している点である。第十巻・二十八（五三八）のオモロからは、当時の貿易や造船術の発達がうかがえよう（伊波一九七五）。また、第二には、「大和」と一緒に動詞「上る」が使われていることである。「大和」や「山城」を目的地として、「上《のぼ》て」と歌うオモロは、「地方から都へ行く」という意識が現れている。③のオモロから、社会的・文化的観点より、琉球王国は「下」、大和は「上」という当時の関係のあり方がうかがえる。特に、薩摩藩の琉球入り（一六〇九年）以降、上下関係は明確なものとなった。筆者は、③のオモロについて、大和に対する友好的な態度を表す歌だと考える。なぜなら、③のオモロの中では「大和」が貿易対象として歌われているため、相手が高く評価されたと考えるほうが、無理がないと考えられるからである。さらに、「大和」に対する批判や賛美の発言を含まない内容のオモロであるため、「大和」を友好的なイメージで捉えることができる。

「大和」を歌ったオモロの中で最も数が多いのは、①祝い（賛美）の歌である。賛美される対象は琉球国王や按《あん》司《じ》、それに神女や神祭り、さらにグスク（城）などである。こうしたオモロの中には、次の二つの傾向も見られる。

その一つ目は、大和に対する友好関係を表現していることである。これらのオモロの例には、琉球王国と大和を往来する船を祝福するものや、大和の人たちに沖縄の祭りを見せたいと歌うものがある。さらに、ほとんどの場合は貿易や造船を連想させる。そうしたオモロからは、大和と琉球王国の関係は良好に見える。この傾向は、①祝い（賛美）の歌の①Aグループに見られる。

二つ目は、①祝い（賛美）の歌の①Bグループにおける①Aと異なる傾向である。①Bのオモロは、琉球国王、按司《あんじ》、神女や地名を賛美し、その評判が大和にまでも届くようにと祈ったり、大和の有名な人物や地名にたとえたりしている。こうした歌われ方は、大和への憧れを表しているとも解釈できる。しかし筆者には、琉球を大和にたとえることを通して、表現の上で大和の優れたところを賞美称賛しているというだけでなく、大和と重ね合わせることで、同じように琉球も非常に優れた国家であるという、誇り高き意識や競争心を示しているように感じられる。続いて論じる琉歌の例からも明らかなように、大和への憧れを表す琉歌（Bグループ）は、オモロと違って、ただ単に「大和」を賛美し、その中で「沖縄」（琉球）への賛美をわざわざ言う必要はないからである。逆に、オモロの中では「琉球」と「大和」が同格であり、「大和」のみを誉め称える歌は存在しない。

また、②反感の歌は大和と対立する気持ちを強く歌ったオモロである。②は大和を臣下《しんか》にすることや大和の兵士をこらしめることなどを歌い、大和や大和の軍に対する明らかな敵意を表現している。薩摩藩の琉球入り以降、琉球王国は正式に王府領と呼ばれたものの、実際には大和（薩摩）の臣下のように扱われた状況となった。この複雑な両国関係は、②反感の歌から極めて明確に読み取れる。

なお、これらとは対照的に、好意の気持ちをはっきりと歌ったオモロもあるが、それは④祈り歌の一首のみである。このオモロは大和の船頭が無事に帰国することを、神に祈っている様子を歌っている。

以上をまとめると、大和を詠み込んだ二十一首のオモロの中、主に貿易相手として描かれている大和に対する友好的な感情を歌うものが十首ある。それは③「上て」の歌、①祝いの①A大和へ友好的な傾向を表す歌や④祈りの歌である。対して、大和への競争心や反感の気持ちを歌うオモロは十一首で、それらのオモロは、②反感の歌と、①祝いの①B競争心の歌である。大和に対する友好的な傾向の歌、それと正反対の傾向の歌は、拮抗していることが分かる。

琉歌における「大和」のイメージ

大和を取り上げた琉歌は、十九首ある。その内訳は、「大和」の例が十八首、「日の本《ひもと》」が一首に見られる。なお、オモロに例のある「山城」や「日本内」は琉歌には一切見られない。

十九首の琉歌は次の四つのグループに分けることができる。

A　沖縄を賛美する歌　↓　四首
B　大和を賛美する歌　↓　四首
C　大和に対する反感の歌　↓　一首
D　個人の感情、若しくは航海に関する歌（大和に対する感情は歌わない）　↓　十首

この分類結果から、大和に対する反感の気持ちを歌った琉歌はCの一首のみであり、その数は、大和へ競争心や反感を表す十一首のオモロと比べて極めて少ない。また、琉歌には、A沖縄を賛美する歌数と、B大和を賛美する歌数は共に四首ある。したがって、琉歌の場合は沖縄と大和をどちらも優れているように歌っており、どちらかの一方の国だけを賛美するという際立った偏りが見られない。加えて、沖縄や大和に対する気持ちに言及せず、愛する人に対する個人的な感情、または、沖縄の人々にとって関心の高い航海の安全に対する感謝などを表した歌はDの十首と多く、その数がAやBの歌数を大きく上回っている。航海はオモロにも歌われ、いかに重要なものであったかが両歌からうかがえる。しかし、航海の描写以外に、Dの琉歌に見られる個人感情の描写は、オモロとは非常に異なる点であり、琉歌の特徴の一つであるといえる。

「大和」のイメージをオモロと琉歌で比較する

ここでは、具体的な例を挙げ、オモロと琉歌から伝わる「大和」のイメージを比較する。

最初に、沖縄を賛美するオモロと琉歌をそれぞれ一首ずつ紹介する。沖縄を賛美するオモロは、すべて①祝いの歌に属している。まず、そのオモロを一首紹介する。

こいしのがさしふとのばらが節
一　かさすちゃらは
だりじゅ　鳴響《とよ》め
見《み》れば　水《みづ》　廻《まわ》て
又　真物《まもん》ちゃらは
又　なごの浜《はま》に
又　なごのひちゃに
又　大和《やまと》ぎやめ
だりじよ　鳴響《とよ》め

〔大意〕
立派な若按司《わかあんじ》は、げにこそ鳴《な》り轟《とどろ》け。穏やかななごの浜、なごの直地に、げにこそ鳴り轟け。大和までも、げにこそ鳴り轟け。若按司を見ると、水走るような美しい顔である。
（第十一巻・五十一〔六〇六〕）

このオモロは、沖縄の権力者（久米島の按司《あんじ》）の評判が大和までも響くようにと祈る。「沖縄の評判は大和まで届くように」という願いは、オモロと琉歌で共通している。ただし、オモロは、沖縄の優れた人物や地名を大和と同様に優れていると、大和と競おうとしているのに対し、琉歌には更に、「沖縄は大和より優れている」と表現している歌もある。その例を紹介する。

（歌の表記）
大和あんぐわたが
色香よりまさて
島のめやらべの
しなりきょらさ

（歌の読み方）
ヤマトゥアングヮタガ
イルカユイマサティ
シマヌミヤラビヌ
シナリチュラサ

〈意味〉日本の姉さん達の色香よりも、島の女の子の方がぴったり合ってきれいだよ。

（『琉歌大成』・四四六六）

琉歌には沖縄を自賛する歌が四首あり、中には、沖縄のことが大和よりも優れていると、強い競争心ともいうべき気持ちの現れた歌も見られる。ただ、その一方で大和を賛美する歌も同様に四首ある。オモロと琉歌の共通点としては、沖縄を大和に重ね合わせて描写する点が指摘できる。ところが、大和のみを賛美する琉歌がある一方で、そうしたオモロは全く見られない。オモロの場合は、大和との対抗・競争の意識が強かったことがうかがえよう。琉歌は、沖縄の賛美と大和の賛美がそれぞれ個別になされている点でオモロとは異なる。このような特徴を、次のオモロと琉歌で示すことができる。

あかのこがよくもまたもが節
一　勝連《かつれん》わ　何《なお》にぎや　譬《たと》ゑる
　　大和《やまと》の　鎌倉《かまくら》に　譬《たと》ゑる
又　肝高《きむたか》わ　何《なお》にぎや

〔大意〕
勝連は、肝高は、あまりに勝れていて何にか譬えようか。
それこそ、大和の鎌倉に譬えるのだ。

（第十六巻・十八〔一一四四〕）

続いては、琉歌の例を挙げる。

（歌の表記）
名に立ちゆる大和
お上りや下り

（歌の読み方）
ナニタチュルヤマトゥ
ウヌブリヤクダリ

おかれよしめしやいる　　　ウカリユシミシェル
お願しやべら　　　　　　　ウニゲシャビラ

〈意味〉評判の高い大和にいらっしゃるときは、お上りもお下りもめでたく無事にお努めをおすましなさるようお願い致しましょう。

（『琉歌全集』・一七〇九・小禄按司朝恒《おろくあんじちょうこう》）

オモロは、沖縄の有名なグスク（城）の勝連《かつれん》を賛美しているのと同時に、勝連を大和の鎌倉にたとえている。こうした歌い方は、大和に対する競争心の現われと読み取ることができる。一方、琉歌は大和を賛美しているが、沖縄には一切言及しないことから、大和に対する対抗意識は薄いといえる。ただ、沖縄を賛美する琉歌の中には、大和よりも優れている沖縄を歌うものもあるため、大和に対する競争の気持ちが琉歌に一切ないと言い切ることはできない。しかし、大和を個別に誉めている琉歌の例もあり、オモロよりも琉歌のほうが大和を寛大な気持ちで認めていると考えられる。

琉歌の寛大さは、C反感の歌からも理解できる。オモロの中には、②反感の歌が五首もあるのに対し、琉歌の中では一首のみである。以下に、反感のオモロと琉歌の例を挙げる。

きせのしが節
一　兼城《かねぐすく》のろの
守《まぶ》りよわる弟勝《おとまさ》り
やぐめさ
大和軍《やまといくさ》　寄《よ》せらや

〔大意〕
兼城ののろ神女が、国かねののろ神女が守り給《たま》う勝れた弟者よ、恐れ多いことだ。大和軍が寄せたならば、弟者が退けてくれることであろう。

（第二十巻・三十四〔一三六四〕）

又　国《くに》かねののろの

（歌の表記）　　　　（歌の読み方）
沖縄秋山や　　　　ウチナアチヤマヤ
紅に染めて　　　　クリナイニスミティ
大和吉村の　　　　ヤマトゥユシムラヌ
お茶の遊び　　　　ウチャヌアスィビ

〈意味〉沖縄は秋の山が紅葉して真っ赤になっているように、血に染まって苦しんでいるが、大和人の吉村という人はお茶の遊びをして楽しんでいる。

（『琉歌全集』・一五二四）

反感のオモロと琉歌は、その用例数だけでなく、内容にも相違がある。オモロは、主に大和の軍、ひいては大和そのものに対して強い反発を表現している。他方、琉歌は、大和そのものより大和の特定の人間に対して抗議し訴えている。

それでは、オモロと琉歌では反感の歌数が異なるのがなぜだろうか。その相違には、以下の二つの理由があったと考えられる。

一つ目は、両歌の作成時代の差であるだろう。「大和」を取り上げたオモロは全て第三巻以降に含まれている。第三～二十二巻が編纂された一六二三年は、薩摩藩の琉球侵入（一六〇九年）以降であり、「大和」である薩摩藩の支配の影響に伴った複雑な感情が最も強かった時代であっただろう。それに対し、琉歌は、オモロより一世紀くらい経過した時代に盛んに作られるようになった背景から、大和に対する反感の気持ちがすでに薄まっていたと推察される。

また、二つ目の理由としては、両歌のジャンルの違いが挙げられる。オモロは基本的にフォーマルな儀式の場で歌われ、群れの発想を表している叙事歌であるのに対し、琉歌はインフォーマルな民間の個人の間で歌われ、個人の発想を表現している抒情歌であるため、こうした違いが生まれたのだろう。

最後に、琉歌とオモロの異なるジャンルについて述べたい。

個人の感情を題材にした琉歌が数多くあり、ここではDグループの中に見られる。他方、個人的な気持ちに関するオモロはほとんどなく、国王・神女に対する敬意や賛美のみが歌われる。これは儀礼という場における歌われ方であろう。オモロと琉歌のそれぞれ一例を挙げる。

きみがなし節

一　源河成《ぎんかな》り思《よも》ひや
　　せぢ玉《たま》ぐすく
　　大和《やまと》の鬼《おに》る　かに　ある
又　意地気成《いぢへきな》り思《よも》いや

〔大意〕
源河成り思い様は、勝れて活気のある成り思い様は、霊力豊かな美しいぐすくを造って栄えている。大和の勝れた人のようにぞ、勝れているのだ。

（第十七巻・十一〔一一八五〕）

（歌の表記）
今帰仁の城
にやへ高さあれば
里前まゐる大和
見ゆらやすが

（歌の読み方）
ナチジンヌグスィク
ニャフェタカサアリバ
サトゥメメルヤマトゥ
ミユラヤスィガ

〈意味〉今帰仁城《なきじん》がもっと高かったら、背の君のいらっしゃる大和も見えるであろうに、見えるのは海ばかり惜しいことだ。

（『琉歌全集』・八七六）

このオモロも琉歌も大和を歌っているが、オモロの場合は神女に敬意を払うために神女を大和の優れた人物にたとえているのに対し、琉歌は夫がいる遠い大和が見えるようになりたいという、妻の個人的感な情を歌っている。オモロからは、大和との競争心が多少感じられるが、琉歌の詠み手である妻は夫を中心に考えており、大和に関しては、夫がいる大和を見たいという切ない気持ちを吐露しているだけである。この琉歌の詠み手は仮に大和に対して何らかの反感を持ったとしても、個人の気持ちに過ぎず、両国間の国家そのものを意識したレベルで考えられる感情までには及んでいない。

おわりに

大和のことを取り上げたオモロと琉歌の数は、ほぼ同数であることは上述のとおりである。今回調査対象としたオモロと琉歌は、同じ「大和」という語を用いているが、そのイメージについては、違いがある。

まず、「大和」と「上て《のぼ》」を歌ったオモロからうかがえる「高い評価の大和」というイメージは、決してすべてのオモロの中で共通ではないことが分かった。オモロの場合は、大和に対する反感や競争意識の表現された歌も多く、大和を歌ったオモロの中で、半数以上を占めていることが判明した。そうしたオモロを見ると、沖縄が誉められると同時に、大和と重ね合わせて歌われるパターンが目立ち、そこに大和に対する競争心が読み取れる。

一方、琉歌には、大和に対する反感の歌というのは一首しか見られず、その他に沖縄も大和もそれぞれ四首ずつの個別の歌で賛美されており、どちらの国にも偏りがないことがわかった。また、残りの十首の琉歌は、単に航海の安全を喜ぶ様子や個人的な感情を歌っている。個人的な感情の描写は、主に琉球国王や神女を賛美する儀礼的なオモロには見られない抒情歌の特徴である。

つまり、オモロは基本的にフォーマルな儀式の場で歌われ、群れの発想を表しているのに対し、琉歌はインフォーマルな民間の個人の間で生まれた個人の発想を表現しているため、こうした結果になったのである。また、オモロと琉歌の作成時代も考慮すれば、琉歌はオモロより一世紀ほど経った時代に作られたため、大和への反感の感情がすでに薄らいでいるといえよう。

結論として、オモロから伝わる大和のイメージは歴史的・政治的な背景から反感の歌が五首も現れたと推察できる。しかし、琉歌の場合は大和との歴史的・政治的な部分を重視せず、ほとんど持ち込まなかったので、主に個人の感情などを表現した歌が十首あるのに対し、反感の歌はわずか一首という結果になったのであろう。

▼参考文献

池宮正治「万葉集と南島歌謡」(『和歌文学講座2・万葉集I』勉誠社、一九九二年、三六七―三八五頁)
伊波普猷『伊波普猷全集　第九巻』(平凡社、一九七五年、三三三―三三四頁)
嘉手苅千鶴子『おもろと琉歌の世界』(森話社、二〇〇三年)
島袋盛敏、翁長俊郎『標音評釈琉歌全集』(武蔵野書院、五版発行、一九九五年)
清水彰『標音校注　琉歌全集総索引』(武蔵野書院、一九八四年)
清水彰『琉歌大成』(沖縄タイムス社、一九九四年)
仲原善忠、外間守善『おもろさうし　辞典・総索引(第二版)』(角川書店、一九七八年)
比嘉実「琉歌の源流とその成立」(『沖縄文化研究2』法政大学沖縄文化研究所、一九七五年、九七～一四二頁)
外間守善校注『おもろさうし　上・下』(岩波文庫、二〇〇〇年)

近世琉球人の他所認識
——近世八重山の人々から見た琉球王府そして薩摩・大和《やまと》・日本

近世琉球は一六〇九年の薩摩侵攻を契機に始まり、一八七〇年代の明治政府による琉球併合（いわゆる「琉球処分」）に至るまで約二百七十年間つづいた。ここでは「近世琉球人とはだれか?」との問いを出発点にして、主に、八重山諸島の庶民にとって王府や日本（大和）がいかなる存在であったかを探る。端的にそれは「支配」「被支配」の関係にもとづくものであるが、構造は現在にも受け継がれている。

内原英聡
◉法政大学社会学部兼任講師

「近世琉球人とはだれか?」

ひとくちに「近世琉球人」と言っても、この言葉に包摂される人びとの性格や性質には幅がある。多様であり、ひとくくりにして論じることはむずかしい。まず、「近世」という時代区分に約二百七十年の幅がある。

琉球国（以下、琉球）の近世期は薩摩が同国を侵攻した一六〇九年を起点とする。このとき、薩摩は武力で琉球を攻略した。それから明治政府が同じく武力でもって同国を併合した一八七〇年代を、琉球史では近世末期としている。日本からの政治的かつ軍事的な圧力により琉球国は消滅し、代わりに、沖縄県が現出した。

それまでの琉球には、さまざまな特色を有する人びとが存在した。ここにもうひとつの幅、すなわち個々の「立ち位置のちがい」があらわれる。近世期を生きた琉球の人びとは、大別して二つの制約を受けることで、その性格や性質が方向づけられた。

ひとつは地理的・風土的な条件から受ける制約である。この点について、八重山諸島（以下、八重山）を事例に挙げて考えていきたい。

八重山は北緯二四度〇二分〜二五度五五分、東経一二二度五五分〜一二四度三三分、太平洋と東シナ海をのぞむ位置に面している。現在、各種交通の中継地点として機能する石垣島は東京から約二千km、沖縄本島（以下、沖縄島）から約四百五十km、台湾（基隆）からは約二百七十kmの地点にある。気候は「亜熱帯」に分類され、高温多湿である。したがって、稲は旧暦の十月に種子を播《ま》き、一月に植え付け、五月に初穂を刈取、六月にすべての収穫を行なうので、日本の収穫祭にあたる秋祭り（豊年祭）は新暦の七月前後、すなわち夏に行なわれる。

その八重山のうちにも複数の島がある。ここで、石垣島のほか沖縄島に次ぐ面積を持つ西表《いりおもて》島と、「日本最西端の有人島」といわれる与那国《よなぐに》島の年間の平均「降水量」と「気温（摂氏）」「湿度」を見てみよう。

・石垣島　……降水量二〇六一mm　……気温摂氏二四・〇度　……湿度七七％
・西表島　……降水量二三四二mm　……気温摂氏二三・四度　……湿度八一％
・与那国島……降水量二三六四mm　……気温摂氏二三・六度　……湿度七八％

（『海のクロスロード八重山』）

微妙とはいえ、この〝立地〟のちがいは生活様式に影響を与える。八重山には「タングン」「ヌングン」という古語がある。漢字であらわすとタングンは「田国」、ヌングンは「野国」となる。タングンは標高の「高い島」とほぼ同義で用いられ、八重山では石垣島、西表島、小浜島などがこれに分類される。タングンには山地がある。そのため川やわき水が多く、水の貯えが比較的豊富とされる。稲作主体の農耕（土地運用）が可能な地域である。

ヌングンは標高の「低い島」とほぼ同義であり、八重山では竹富島、黒島、鳩間島などがこれにあたる。ヌングンは高地が少なく、琉球石灰岩からなる平坦な地形をなしている。したがって、水土に恵まれないなどのハンディ・キャップも抱えると、現地で認識されている。

このほか、人体に有害な毒をもつ「ハブ」(爬虫類)が生息する島と生息しない島があり、無論、その有無によっても、生活に違いが生じる。あるいは、ひとつの島でも島内の北側に住む人と南側に住む人では、見ている景色をはじめ、季節風から受ける影響などに差がある。こうした「違い」が重層的に積み重なりそれぞれ独自の「文化」を育んできた。この点を確認したうえで、次の引用に入りたい。八重山研究者の崎山直《ただし》はこのように言及している。

……指呼《しこ》の間に位置する八重山の島々を見ていると、一つの島嶼《とうしょ》文化圏として次のようなことが指摘できそうです。……九つの島々、小さく肩を寄せ合うようにまとまった島嶼群として構成されている八重山群島は、島々と海を総体とする文化圏、つまり島々は歴史的にも文化的にも相互にかかわり合うとともに、海も有機的な存在として考えられるということです。

(崎山二〇〇〇)

もう一つ、八重山を捉えるうえで欠かせないのは、この島々の社会が歴史的にも文化的にも「陸」と「海」を媒体として形成されてきた事実である。近年ではこの地域を指して、「島と海を総体とする文化圏」という概念が提唱されている。

さて、「近世琉球」の人びとが受けた制約のもうひとつは、王府の定めた社会制度であった。とりわけ身分制度である。一六八九年、王府直轄の機関として「系図奉行」が、翌九〇年には「系図座」が設置された。家系図に加えて家人の経歴や死因などを記録した文書を「家譜《かふ》」と称するが、この家譜の所有を許可された人びと（系持《けいもち》）を王府は「士」と規定した。また、それ以外の人びとを百姓（無系）とした。

この制度に関しては二人の為政者を挙げることができる。一人は羽地朝秀《はねじちょうしゅう》（一六一七～一六七六）であり、もう一人は蔡温《さいおん》（一六八二～一七六二）である。

羽地の哲学は『羽地按司仕置《はねじあじしおき》』（以下、仕置、羽地仕置）に反映されている。その経歴については高良倉吉の論考に詳しい。高良によると、羽地が摂政を務めたのは一六六六年から七三年にかけてであった。当時、琉球には大別して三つの課題があったという。

第一の課題は、日本（大和）との「協調」体制をいかに改善・強化してゆくかということである。一六〇九年の薩摩侵攻からすでに半世紀ほどが経過しており、両地域の関係、つまり「支配」「被支配」体制も新たな局面を迎えていた。琉球側の負担を軽減し、利益を増幅させるよう方向づけること——羽地の時代は、薩摩との「持続可能」な関係を結ぶための交渉期にさしかかっていた。同時に、この時代は中国でも王朝の刷新があり、新興国である清との関係をいかに安定させていくかが問われていた。

そこで生じたのが第二の課題、すなわち、琉球が小国として生き抜くための道を模索することである。近世以前の時代区分を「古琉球《こりゅうきゅう》」と称するが、古琉球の時代から、中国と琉球との間には冊封・朝貢関係が構築されていた。冊封を受けると琉球側には中国への進貢貿易が許可される。さらに暦の使用が認められ、官生（役人の見習い、学生）を同国へ派遣することができた。近世琉球は政治的に「中国との冊封関係を維持した朝貢国であると同時に、幕藩体制国の従属国でもあるという二重の外交的関係の下に置かれた存在」（「羽地朝秀」の項目、高良一九八三）といった特徴があった。こうした第一、第二の課題を受け、政治的・経済的に疲弊していた国内の政治をいかに建て治すかということが、第三の課題であった。

「近世琉球」の体制確立に尽力したもう一人の為政者として、三司官の蔡温がいた。蔡温は和名を具志頭《ぐしちゃん》 親《うぇー》方文若《かたぶんじゃく》といい、唐栄《とうえい》の子孫である。唐栄は明国の洪武帝《こうぶてい》より下賜された人びと（閩人《びんじん》三十六姓）の居住区とされ、沖縄島南部の久米村一帯を指す。この地区からは近世琉球の中枢で重役をになう人物が多く輩出された。蔡温は二度にわたり中国へ留学した経験をもつ。一七〇八年の渡唐では「地理（風水）」を学び、帰国後も土木事業などでこの思想と技術を応用した。

また、一七三二年には蔡温ら三司官が作成した『御教条《ごきょうじょう》』が、琉球全土に向けて発布された。『御教条』は薩摩の支配下で庶民がいかに生きていくべきかを説いた文書である。内容は役人（士族）のみならず、百姓の習俗や生活規範に至るまで細部に踏み込むものであった。毎月一日・十五日には役人が村の番所に老若男女を集め、その趣旨を詳しく説いたという。一七五〇年の蔡温の自著『独物語《ひとりものがたり》』には、彼の政治理念の一端を示す内容が記されている。

> 中国で世替わりの兵乱が発生すると進貢船の派遣は二、三〇年もの中断が予期される。しかし、御当国（琉球）さえ本法に基づいた政治を行えば、国中の衣食や物資を調達できる。ただし、御国元（薩摩）への進上物は琉球産だけとなるが、そのことは釈明して処置できるものと思われる。しかし、琉球統治の本法が欠如し、政治家の器量才覚だけで政治を行ったならば、国中は衰微し、財政逼迫も必定である。
>
> （『沖縄県史・各論編4 近世』）

『沖縄タイムス』（二〇〇九年二月五日）に掲載された「薩摩支配と琉球の内政①」と題する記事で、高良は、「琉球という『主体』を立ち上げ続けようとしたプロセスが近世琉球、すなわち薩摩支配の時代だった」と記した。そして、「十八世紀の王国の指導者であった蔡温のことばを借りるならば、『小計得《こはからえ》』（目先の損得認識）ではなく、『大計得《おおはからえ》』（長期的な戦略認識）なしには成しえない困難な実践であった」と著している。

ここまでに記してきたことはおもに王府側の代表的な為政者の立場である。地理的そして社会的な制約のなか、「近世琉球人」はそれぞれの「立ち位置」を生きた。ただし、これだけで全容を明らかにすることはできない。なぜならば、「王府中心史観」と「周辺地域を基軸とする歴史認識」には為政者の気づきようのない大幅なズレがあり、このズレが連綿と庶民に「受け継がれている」からである。八重山の人びとにとって、王府や日本（大和）がいかなる存在であったかを探ってみよう。

近世八重山の人々から見た琉球王府そして薩摩・大和・日本

今、私の手元には『八重山手帳』（二〇一四年版）がある。「日本最南端」の出版社である南山舎（本社・石垣市）が一九八七年から発行しているもので、八重山に関する基礎情報がこの一冊に網羅されている。なかでも、この手帳に付記される「行事」「記念日」が興味深い。たとえば二月一日の欄には「琉球王国建国の日」とある。さらに付録の「八重山歴史年表」には、西暦七一四年の「奄美、信覚（石垣）、球美（久米島）の南島人大和朝廷に至」ったとされる記録から、現在までのことがらが記されている。「八重山歴史年表」はこの地域独自の視点で作成されるものであり、首里王府（沖縄島）の歴史観とも異なる色彩を帯びている（監修・得能壽美）。八重山の歴史を編年体で綴った古文書に『八重山島年来記《やえやまじまねんらいき》』（以下、『年来記』）がある。本書は、次の記述から始まる。

弘治十三庚申　来ル亥（貢）年ゟ百十一年
察度王加那志御世代洪武二十三年庚午よ里先島通融相始、年貢無懈怠相勤来候処、大浜村赤蜂堀川原与中弐人之者変心ヲ企対御国ニ三、四年振年貢留置候……

一三九〇年頃から先島《さきしま》（宮古諸島と八重山諸島の総称）は中山（沖縄島）と本格的な通交を始めた。当初は年貢も滞りなく納めていたが、石垣島の大浜村に赤蜂堀川原《あかはちほんがわら》と呼ばれる二人の者が心変わりして、首里王府に対する年貢を三、四年ほど滞納したとある。赤蜂堀川原については単独の人物であったとするなど諸説ある。いずれにせよ、「赤蜂堀川原」なる存在が「変心を企《くわだて》」たのち、島中の力ある豪族をひき連れて首里王府に抗暴を試みた。一五〇〇年の「オヤケ・アカハチの乱」として記録されるこの事件は、結果的に挫折する。そして「八重山は、これを機にひとつの歴史的転機を迎えたことは確かであった。すなわち、島の独自の歴史的歩みが、外からの強力な軍事力によって大きく変えられたばかりではなく、政治的にも宗教的にも中央の支配体系に組み込まれていった」（石垣市史編集室、一九八六年）のである。

『年来記』の一六〇九年の項には「薩摩守琉球討」がある。八重山と首里との支配構造の上に、さらに薩摩が侵入してきた重大な一行といえよう。薩摩は機を逸することなく、ただちに二年後の一六一一年、八重山に検地に入り、これまでの土地の信仰を邪術とみなした上で、「宗教改革」を断行する。順当に見ていこう。

一、為検地大和座当所御下着、琉球江帰帆ニ而国王江御噺ニ、八重山島之儀邪術有之候、何宗旨ニ而候哉御不審有之ニ付、御国元江奉訟被寺召立、桃林寺与号、鑑翁西堂江住持被仰付改参之由御旧記ニ相見得候也

（『石垣市史叢書』十三巻）

大和役人たちは現地に「邪術」が存在することを発見し、ときの尚寧王へ八重山に「寺社を建てるよう」に進言した。これを受けて王府は一六一四年、石垣島に「南海山桃林《とうりん》寺」と「権現堂」を創建する。仏教の概念と体系はこの時、公式に八重山まで及ぶ。ところで、「邪術」とされた「神」とは何か。

［一］

一、平久保・桴海・川平・崎枝四ヶ村之儀、節遊之時まゆ与申候而両人異様成支度ニ而村中罷通、其家中之吉例申立候付、家主ゟ皮餅・神酒等相進候由不宜風俗候間、向後可召留事

［二］

一、古見・小浜・高那三ヶ村之儀、ほふり祭之時あかまた・黒また与て両人異様之支度二而神之真似抔いたし
　不宜風俗有之由候間、向後可召留事

（『石垣市史叢書』二巻）

右は『与世山《よせやま》親方《おやかた》八重山島《やえやまじま》規模帳《きもちょう》』（一七六八年成立）と題する古文書から抜粋したものである。「規模帳」は、近世期の琉球国において、首里王府の名で不定期的に布達された規範書であった。［一］には石垣島の平久保《ひらくぼ》・桴海《ふかい》・川平《かびら》・崎枝《さきえだ》といった村の節祭りに「まゆ」と呼ばれる「異様成支度」をした両人が登場するとある。まゆとは「マユンガナシ」のこと。節祭の初日に出現し、部落内の家々をめぐり言祝《ことほ》ぐ来訪神である。かつては石垣島の北部地域（中筋、桴海、野底、伊原間、平久保）一帯でみられたが、明治以降、村々の衰微とともに姿を消し、現在では石垣島の川平村のみに継承されている。十七世紀の当時は、風紀上ふさわしくないとの観点から王府がこれを中止するよう促した。［二］は西表島の古見《こみ》村・高那《たかな》村、小浜島など各シマにつたわる「あかまた・黒また」神についての記述である。こちらもまゆと同様の理由で王府は中止するよう促した。

これらが大和役人の指摘した「邪術」と推察される。『アカマタ節』は八重山の小浜島に伝わる古謡であるが、その歌詞には、

一、
クヌ島ヌ　慣ヤ　　小浜島の慣習は
遊ビ習レ　デムヌ　　豊年祭アカマタの行事には
御許シュ　ミショリ　　よく遊びよく踊る習わしであるから
我島　主ヌ前　　黙許して下さい　島の御役人様

二、
バン心　アラヌス　　我がまゝの心で遊んでいるのでもなく
肝心　アアヌス　　心の思うまゝに振舞っているのでもない
昔カラ　遊ビ　　古くからの豊年祭の行事で
仕付キヤクトゥ　　島の習俗となっているから

とある（喜舎場一九六七）。シマ社会（共同体）の人びとにとって、信仰や祭りは娯楽という意味合い以上に、農耕を基軸とする、切実な営みに他ならなかった。このような島の祭祀儀礼に関する王府の禁止令であったが、やがて変化が訪れる。一七七一年の旧暦三月十日、先島を巨大な地震と津波が襲った。八重山諸島では当時、二万八千六百五十五人が暮らしていたが、この災禍で九千三百十三人の命が失われた。宮古諸島を合わせると、死者の総計は一万二千人近くに膨れ上がる。王府は先島の「復興」を意図して、従来の政策を転換した。

同五八丑（一七九三）年
一、両前島は昔から老若男女が節々の祈願祭事を執り行ない、野原や浜辺に出て遊ぶこともあったが、乾隆三十二亥（一七六七）年に御検使を派遣したとき、禁止された。しかしながら、百姓はどこも同じように苦労している者で、右の儀礼のように元からあるものを禁止しては、かえって仕事を怠り、農業などの励みにもならない。そのうえ昔からの古い習俗を禁止されていては、だれもが不安に思うことなので、これからは、すべて従来どおり許可するので、祈願・祭事・神遊びなどは、元からあるとおり執り行い、農業やそれぞれの職務になお精を出して働くように仰せ渡された。

（『石垣市叢書』十三巻）

大和から〝邪術〟として禁止された「往古ノ旧俗」（原文）を、王府が従来どおり許可するので、仕事に精を出し税金をきちんと納めること――王府側も対外諸国の顔色をうかがいながら、〝政治〟を行なっていた。

まとめ――さらなる支配の構造

一六〇九年の薩摩侵攻の後も、八重山は世界の動き、日本の動きに影響を受けつつ、その歴史を刻んでいく。しかし、現地に生きる人びとにとっては、降りかかる目の前の税を納めるだけでも精一杯であり、王府の「日支両属」による矛盾など、後年の研究が明らかにした構造を知る由もなかった。王府と八重山蔵元（役所）の往復文書である『参遣状』には、薩摩との関係が散見する。

一七〇六年
覚
一、先島からいろいろな御用について提出された書面の内、ことによっては薩摩または御奉行所へ直接問い合わせることもあるので、与人が、何村地頭と記すのはよくない。今後右のような書面には何村役人と記すのが適当であると言われたので、このことを申し渡す。
高安親雲上　田場親方
（『石垣市史叢書』八巻）

つまり、八重山での「御用」は王府が命令したものばかりではなく、「薩摩」が直接、八重山に命じたものもあるということである。

首里王府はその以前の一六二八年、八重山に対して諸事を取り決めた「掟」を布達した。

一、尺直上布、長サ拾壱尋、は、壱尺八寸也、寸尺々木有、右之上布、日本よ里被仰付候御手形ニ而候間、能々念ヲ入可仕候……

「掟」の冒頭には、「日本よ里被仰付候御手形……」、すなわち、日本の言いつけであるから（手形どおり上布を上納せよ）とある。日本（薩摩）は琉球を支配し、その琉球は八重山を支配した。琉球は八重山に年貢として米・粟をはじめ、「布」や諸物の調達など、さまざまな要求をつきつけた。

あるいは、このような項目もある。

一七五〇年

覚

一、薩摩の財政事情が悪いので、琉球へもさらに出米を仰せ付けられ、届運賃を加えて一、〇三〇石余りに及んでいます。そのために、八重山の二度夫賃米の貯えから一五七石七斗四升九勺八才ずつ、今年からこの重出米が免除されるまで毎年上納するよう仰せ付けられました。

一、薩摩の借金が多くなって、財政事情が悪くなっています。そのため、四、五か年のあいだ、琉球へも出銀するように仰せ渡されたということで、八重山は丑年の人数改めの内容にそって、今年の夏より上納せよとのことです。ただし家計が逼迫し、出銀の上納が出来ない者については、免除を申し付けられました。

午五月三日　在番金城親雲上

御物奉行所

「薩摩の財政事情が悪い」などとして「八重山島」の百姓に負担を課し窮地に追いこむ文書であるが、類似の古文書はこのほかにも少なくない。

薩摩に支配された琉球は、一方で「国内」の八重山や宮古諸島にもつよい負荷を与えていた。そして、その「周辺」「末端」とされる社会の内部でも、身分（士＝役人と百姓の関係など）による構造的差別が横たっていた。

一八七〇年代の日本政府による琉球併合《へいごう》（日本史としては「琉球処分」の過程）により、王国は消滅し、沖縄県が誕生した。以後、現在に至るまで、科学技術の発達と発展にともない島の暮らしも改善され、向上した——かのように見える。しかし、本質的な社会構造（制度における優劣の関係性）はこの間、五百年以上も変わっていない。日米両国による「沖縄」への軍事基地の「押しつけ」があり、将来的には自衛隊の先島（宮古・八重山）への配備強化も見込まれるなど、リスクは増えるばかりである。

近世以降、先島諸島からの他者（とりわけ日本・大和に対する）認識として注目したいのは、「琉球処分」の過程で日本側が清国（当時）に提示した「分島増約案」である。一八七〇年代から八〇年代にかけて、日本は琉球列島の「所有」をめぐる交渉を当時の清国と続けていた。その時、米国前大統領グラントの提案を受けた明治政府は、先島を清に割譲する代わりに、中国大陸での通商権を入手しようとした。一八九四年に勃発した日清戦争などで雲散霧消したが、この史実は日本が「国益」のために「売国」さえも試みるという象徴的な出来事であった。

さらに視点をおろせば、那覇（中央）と先島（周辺）に象徴される関係性もあい変わらずといえよう。たとえば、二〇一二年三月末、沖縄県教育庁は県が策定した行政改革プランにもとづき、県立図書館の「八重山分館」を廃止した（宮古は二〇一〇年三月末に廃止）。いずれも財政的な問題を理由としたが、直前の二〇〇七年には那覇新都心に「沖縄県立美術館・博物館」を開館しており、先島諸島の人びとからは「離島切り捨て」との批判が相次いだ。

近代以降に出現した「国民国家」の概念を基底におくかぎり、そこからはこぼれ落ちていくものがある。「日本と琉球」の関係の内実を解き明かすには、地域からの眼差しも欠かせない。

▼参考文献

「羽地仕置」『沖縄県史料前近代1　首里王府仕置』（沖縄県史料編集所、一九八一年）
『沖縄県史 第20巻 資料編10沖縄県統計集成』（一九六七年）
『与世山親方八重山島規模帳』（『石垣市史叢書』二巻、石垣市史編集室、一九九二年）
『参遣状抜書（下巻）』（『石垣市史叢書』九巻、石垣市史編集室、一九九五年）
『八重山島年来記』（『石垣市史叢書』十三巻、石垣市史編集室、一九九九年）
『石垣市史 各論編 民俗 下』（石垣市史編集課、二〇〇七年）
『二〇一〇年度 沖縄県立博物館・美術館 博物館特別展　海のクロスロード八重山』（沖縄県立博物館・美術館、二〇一〇年）
『沖縄大百科事典』（沖縄タイムス社、一九八三年）「羽地朝秀」の項目など
『沖縄の祭り』（沖縄タイムス社、一九九一年）
『沖縄県史・各論編4「近世」』（沖縄県教育委員会、二〇〇五年）　蔡温『独物語』の現代語訳・引用
沖縄歴史研究会編「御教条」（『蔡温選集』星印印刷出版部、一九六七年）
岡本太郎『沖縄文化論——忘れられた日本』（中公文庫、一九九六年）
木崎甲子郎・目崎茂和『琉球の風水土』（築地書館、一九八四年）
喜舎場永珣『新訂増補 八重山歴史』（図書刊行会、一九七五年、二六四〜二七四頁）
喜舎場永珣『八重山古謡 上巻』（『同下巻』沖縄タイムス社、一九七〇年）
喜舎場永珣『八重山民謡誌』（沖縄タイムス社、一九六九年）
喜舎場永珣『八重山民謡誌』（沖縄タイムス社、一九六七年）
窪徳忠『道教の神々』（講談社学術文庫、一九九六年）
黒島為一「八重山島諸物代付帳」史料紹介（『石垣市立八重山博物館紀要』十六・十七合併号、一九九七年）

崎山直「島々と海の総体」（『八重山の歴史と文化』、二〇〇〇年）
新城敏男「先島統治をめぐる状況」（『沖縄県史　各論編4　近世』沖縄県教育委員会、二〇〇五年）
新城敏男「近世八重山の諸相――八重山島規模帳解釈の基本として――」（東京・八重山文化研究会、二〇〇二年）
新城敏男「宗教（2）――仏教の伝播と信仰――」（宮良高弘編『八重山の社会と文化』木耳社、一九九七年）
往谷一彦・クライナー＝ヨーゼフ『南西諸島の神観念』（未来社、一九七七年）
高良倉吉『おきなわ歴史物語』（ひるぎ社、一九九七年、一〇二～一〇三頁）
高良倉吉「近代末期の八重山統治と人口問題」（『沖縄史料編集所紀要』七号、沖縄県史料編集所、一九九七年）
高良倉吉『御教条の世界――古典で考える沖縄歴史』（ひるぎ社、一九八二年）
玉城哲『水の思想』（論創社、一九七九年）
得能壽美『近世八重山の民衆生活史――石西礁湖をめぐる海と島々のネットワーク』（榕樹書林、二〇〇七年）
仲松弥秀『神と村』（伝統と現代社、一九七五年）
松島泰勝『琉球の「自治」』（藤原書店、二〇〇六年）
三木健『オキネシア文化論――精神の共和国を求めて』（海風舎、一九八八年）
皆村武一『村落共同体　崩壊の構造』（南方新社、二〇〇六年）
外間守善『海を渡る神々――死と再生の原郷信仰』（角川書店、一九九九年）
宮城文（初版）『八重山生活誌』（沖縄タイムス社、一九八二年／一九七二年）
渡邊欣雄「沖縄の風水史」（沖縄文化協会『沖縄文化』九十七号、二〇〇四年）
渡邊欣雄『風水の社会人類学――中国とその周辺比較――』（風響社、二〇〇一年）
渡邊欣雄『風水思想と東アジア』（人文書院、一九九四年）

I　「自国」を誰が／どの範囲で捉えるか？

近世琉球人の他所認識◉内原英聡

怪物ではない〈日本〉の私

横山泰子
◉法政大学理工学部教授

江戸時代の百科事典や地理書は、日本を世界の中でどのように位置づけたのか。当時の文献は海外からもたらされた情報に基づき、世界の国々について説明しているが、中には架空の国すなわち怪物の国もある。怪物の国を想定することで、ひとは怪物ではない自分を再確認し、アイデンティティを守ることができる。江戸時代の日本国に住む人々もまた、世界における異常な国を想定し、「怪物の国ではない日本」を意識していた。

『和漢三才図会《わかんさんさいずえ》』における日本

正徳二年（一七一二）の自序を持つ寺島良庵《てらじまりょうあん》著『和漢三才図会』は、江戸時代を代表する絵入り百科事典の一つである。この本は和漢古今にわたる事物を図・漢名・和名などを挙げて解説しており、巻十三と巻十四には異国の情報が掲載されている。良庵は『和漢三才図会』を編述するにあたり、中国明代の『三才図会』（王圻著）をはじめ、色々な資料を参照し、日本にふさわしい百科事典を作ろうと試みた。

良庵が手本とした『三才図会』は、そもそも「日本」をどのように説明しているのだろうか。『三才図会』には「日本国」の説明として、仏教僧を思わせる人物図と、倭寇《わこう》（十三世紀から十六世紀、挑戦・中国の沿岸を掠奪した海賊集団）について簡単に言及する。明代の中国人にとっての日本観を反映しているのだろうが、江戸時代の日本人である良庵はかくの如き情報を『和漢三才図会』に用いることを避けた。

また、『三才図会』には、日本国とは別の国として「扶桑《ふそう》国」を絵入りで説明した箇所がある。扶桑とは東海の日の出るところにあるという木、またはその地のことで、日本国の異称でもあった。良庵は文献に記される扶桑国が日本なのか否か、非常に気になったのであろう。良庵は『三才図会』を引用しつつ、こう書いている（本稿における『和漢三才図会』の引用は、『日本庶民生活史料集成』による）。

扶桑　三才図会に云ふ、扶桑国は大漢国の東に在り。（通典に云ふ、大漢国の東二万余里に在り）地中国の東に在り。其の地に扶桑の木多し。葉桐に似て初生は筆の如し。人之れを食す。実は梨の如くにして赤し。……国人鹿を養ふ。牛の乳を以つて酪と為す。其地鉄無くして銅有り。金銀を貴まず。市に租税無し。其の婚姻の法は大抵中国と同じ。宋の孝武帝の大明二年自り罽賓《けいひん》国に比丘五人有り。遊行して其の国に至り始めて仏法を通ず。

一体この「扶桑」なる国は何なのか。『和漢三才図会』では、「按ずるに、扶桑国の所在分明ならず。所謂中国の東にして大漢の東且つ罽賓《けいひん》国の僧行きて仏法を弘むといふときは、すなわち（罽賓は西域の地乃ち撒《さ》馬《ば》児《じ》罕《かん》なり）疑ふらくは是れ北東に当るか。誤りて以つて扶桑を日本と為す。而して扶桑を日本の別号と為すは当たらず」と補足されている。良庵は扶桑国を日本ではないとし、異国として他の国々の中に配置したのであった。

異国と外夷の違い

『和漢三才図会』は巻日本以外の諸外国を二分し、世界の人物を「異国人物」（巻第十三）と「外夷人物」（巻第十四）で区別している。「異国人物」と「外夷人物」の違いについては、巻第十四の最初に「外夷は横文字を用い、中華の文字を識らない。また物を食べるのに箸を使わず手でつかんで食べる」とある。ここから、「異国人物」は外夷とは異なり、「中華の文字を用い、箸を使う人物」と認識されていたことがわかる。中華の文字すなわち漢字と箸を持つか否かで、世界は「異国」と「外夷」に分類されるのである。『和漢三才図会』が示すのは、日本の外側に日本と異なる国々がただ位置しているという単純な考え方ではなく、国には序列があるという価値観だ。そして、『和漢三才図会』いうところの「異国人物」とは、震旦《しんだん》、朝鮮、耽羅《ちんら》、兀良哈《おらんかい》、琉球、蝦夷、韃靼《だったん》、女真、大宛《たいわん》、交趾《かうち》、東京《とんきん》であり、それ以外の国は「扶桑」も含めすべて「外夷」なのである。

ところで良庵が参照した中国の『三才図会』の「人物」の巻は中国の人物から叙述が始まり、いつのまにか外国人が羅列される。その叙述の順番からすると、中国を中心として周縁に至る無意識的な中華中心主義がみてとれるようにも思う。

ところで、中村惕斎《なかむらてきさい》の百科事典『訓蒙図彙《きんもうずい》』は、寛文六年（一六六六）の書で『和漢三才図会』よりも古い。この書の巻之四「人物」を見よう。公、卿、士……と日本国の身分の上の人物から始まり、いつのまにか国内の職業別人物図鑑のようになり、さらには鬼、仙、仏、と「人物」の範疇を超えたような存在者を載せる。さらには南蛮、中国、朝鮮と外国人を紹介したかと思うと、再び日本の職人たちを載せ、巻末には長脚や小人などの架空の国々の住人を登場させる。

こうしてみると、『和漢三才図会』の「異国」と「外夷」の並べ方は、中国の『三才図会』とも日本の先行作『訓蒙図彙』とも異なる、自国意識と世界認識が見えるように思う。『和漢三才図会』では、日本人についての説明はどのようになされているのだろうか。『和漢三才図会』は天・人・地の順に書かれるが、日本人に関する総論はない。日本国内の人間一般についての記述がなされた後、人間の身体論があり、その後で「異国人物」と「外夷人物」の巻が続く。意識的か否かはわからないが、良庵は世界の人間を「人（日本人）」、「異国人物」「外夷人物」に分けているように見える。

「異国人物」は漢字と箸を使う人々で、日本人と生活文化を共有している「内なる他者」である。しかし、「日本人」を「異国人物」の仲間として位置づけようとはしない。朝鮮についての記述も、竹島淳夫のことばを借りれば「友好的雰囲気からはほど遠く、中国は別格として日本を他国より優位におく態度をとっている」（竹島一九九六）。このあたりに良庵の日本意識がみてとれるように思う。

怪物の如き外夷人物

『和漢三才図会』には実在の国々とともに架空の国に関する情報が混在しており、胸に穴のある人（穿胸）や、足が異常に長い人（長脚）や手が異常に長い人（長臂）、小人【図1】や女人だけの国など、異常な存在者の説明がなされている。それらはすべて「外夷人物」で、中華の文字と箸を持たない人々、すなわち中華文明の外側に属するとみなされた。「外夷人物」の中には、日本と混同されやすい「扶桑」や、貿易の相手国である「阿蘭陀《おらんだ》」なども含まれる。

『三才図会』には中国古代の『山海経《せんがいきょう》』などを淵源とする伝説的な異国情報が含まれていた。良庵は荒唐無稽と思われる記事を捨て、信憑性の高い本を作ろうと努力した。巻十四の附録で「案ずるに、山海経に載する所の異形、異類は三才図会、広博物志等にも亦備《つまびら》かなり。然るに彼の輩最も城池有ること無く、多くは恠異変化の見ゆる所、故に省略して、其の一、二を挙げて左に記す」と書いている。あまりにも怪しい話は省略したというのだ。しかし、その一方で世界のどこかに穿胸や長脚が存在している可能性は否定されなかったのである。こうした認識は『訓蒙図彙』でも同様であっ

図1　『和漢三才図会』国立国会図書館蔵

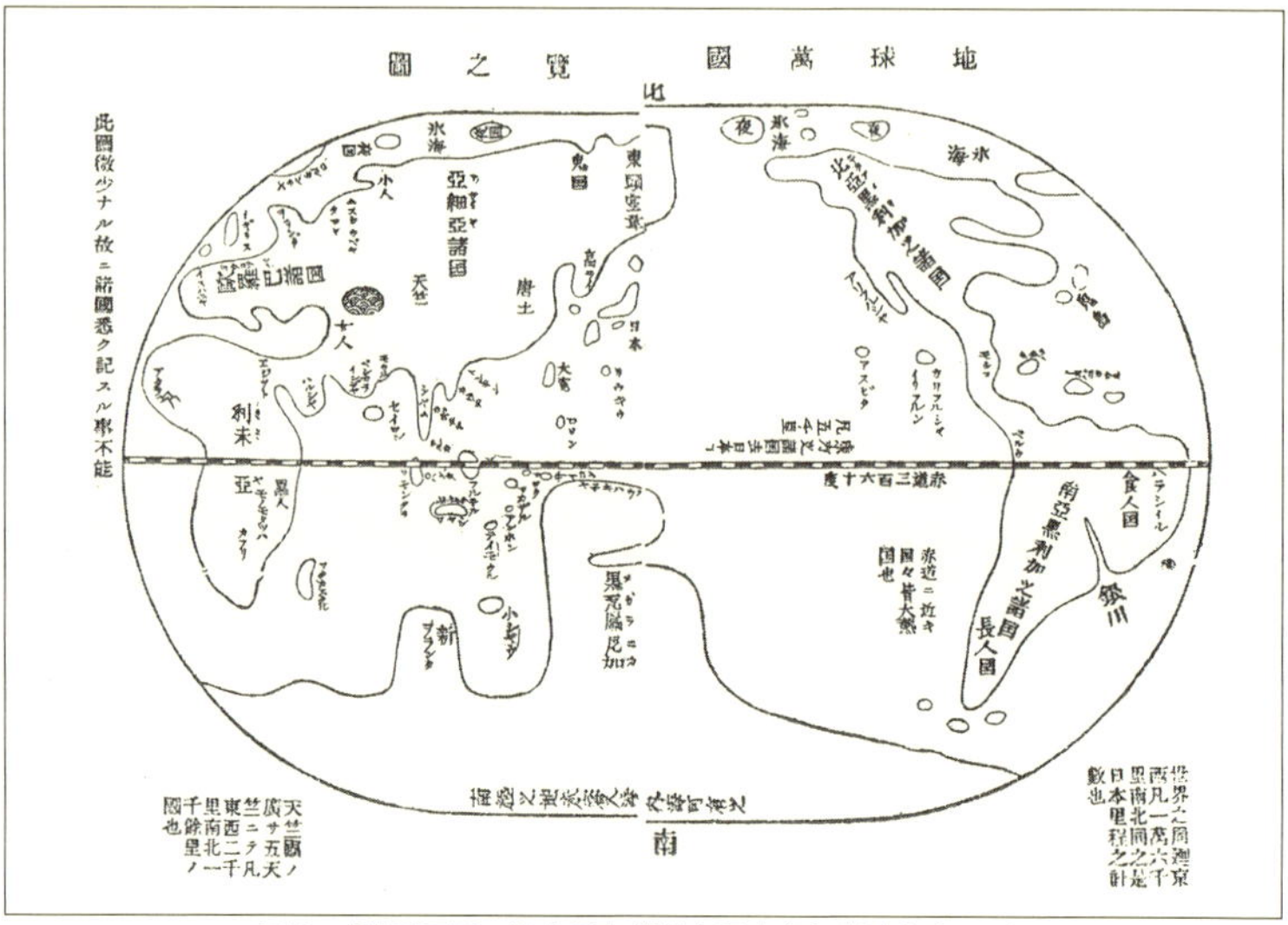

図2　「地球万国一覧之図」（『華夷通商考』岩波書店より）

た。『訓蒙図彙』でも『和漢三才図会』よりは数が少ないが、やはり穿胸や長脚、小人などを載せており、後続の絵入百科事典『唐土訓蒙図彙』でも架空の国の情報が含まれていた。

　世界には怪物のような存在者が生息しているという考えは、当時の地理書においても認められる。元禄八年（一六九五）の日本初の世界地理書『華夷通商考《かいつうしょうこう》』（西川如見《じょけん》）では、海外諸国を中華（中国）・外国・外夷に分類する。如見によれば外国とは漢字を用いる国で、外夷はそれ以外である。『和漢三才図会』を先取りする考えが、この書には既に見られる。

　そして、『華夷通商考』増補版には「地球万国一覧之図」があるが、その中には「小人」「女人」「鬼島」「夜国」などのこれまた荒唐無稽な国々が含まれている【図2】。これらの架空の国は、一六〇二年に北京で刊行されたマテオ・リッチの世界図『坤輿《こんよ》万国全図』に示されたものであった。リッチの世界図は中国のみならず日本および周辺諸国にも伝わり、知識人に影響を与えた。リッチ図に架空の国々が登場していることについて、川村博忠はこう述べる（川村二〇〇三）。

> リッチ世界図は大航海時代の成果を背景にして世界の地理的知識に正確さを誇る一方で、その図中には矮人国、女人国、鬼国、長人国など非現実的な空想の国々が登場

図３〔日本図〕法政大学国際日本学研究所蔵

していることは意外である。たとえばスカンジナビア半島の北東端にあるコラ半島に矮人国（小人国）があって、（中略　この国の人は男女とも背丈は三尺余りにすぎない。五歳にして子を産み、八歳にして老人となる。常にこうのとりに襲われるので、それを避けるため穴を掘って居住している。毎年夏三月になると穴を出て、こうのとりの卵をつぶす。羊をして騎馬のように乗っている）と解説される。

川村によると伝説的な国々の情報は、リッチやジュリオ・アレニら明末の在華西洋人宣教師による世界図や地理書によって日本にも伝えられ、日本社会に普及していった。

怪物たちは遠方へ

日本に伝えられた新たな怪物情報は、世界地図の中に怪物の生息地を示した点で注目される。日本人は小人の国は日本の周辺にある島であると考えており、女島や羅刹《らせつ》（悪鬼）国もまた日本地図の中に描き込んでいた。**【図３】**は元禄五〜七年刊と考えられる日本図であるが、京都を中心に東西に広がる本州・四国・九州を描き、周囲諸島の中に「小人」「らせつこく　女しま」が混ざっている。京都を中心とした日本の国土の向こうに怪物がいるという見方であり、これ以外にも少なからぬ地図に小人島などが描かれる（田中ほか二〇一三）。興味深いことに、西川如見の世界地図は、小人国や鬼国などの怪物の国を日本の周辺諸島ではなくもっと日本から遠ざけた所へ位置づけている。

怪物の移動は他の資料でも見られる面白い現象である。一例として、飛頭蛮（轆轤首）を挙げよう。貞享三年（一六八六）の山岡元隣《やまおかげんりん》著『古今百物語評判』には「絶岩和尚《ぜつがんおしょう》肥後《ひご》にて轆轤首《ろくろくび》見給ひし事」という話がある。和尚は西国行脚の途中、宿泊先で女の頭が胴体から抜けて窓の破れから飛び出たのを見た。この話について以下の評がつけられる（『百物語評判』の引用は『続百物語怪談集』による）。

> 此首の事、唐にも侍り。博物志《はくぶつし》には、南方に尸頭盤《しとうばん》とて毎夜人の首むくろよりぬけて、耳をもて翼とすと見えたり。又捜神記《そうしんき》には、女の首とびし事を載せたり。……天地のかぎりなき造化の変に至りては、水母《くらげ》の目なく蝙蝠のさかさまにかゝり、梟の昼目しいたる類、一わうの見識にてはかりがたし。されば肥後にもあるまじきにもあらず。いかさまにも都方には希にも聞き及ばず。すべて、あやしき事は遠国にある物なりと思ひ給べし。

十七世紀の日本の知識人は中国の文献に飛頭蛮の記述があることを知っており、日本国内にも同様の怪異があると認識していた。元隣は怪物的な存在を全て否定しようとせず、天地の限りない造化の変に至っては、人の目から見て不思議と思えることもままあり得ると考えた。だが、同時に彼はそのような怪しい出来事は都のような場所、すなわち文化の中心地では起こらないと考えていた。元隣にとって肥後の国も中国も遠国であり、飛頭蛮がいる可能性もあるのだった。

「あやしき事は遠国にある物」、これは怪物論における鉄則である。そして、遠国とは常に相対的な概念である。では、『和漢三才図会』ではどうであったか。『和漢三才図会』の外夷人物の中に、「飛頭蛮（ろくろ首）」がある。

三才図会に云ふ、大闍婆国の中、頭を飛ばす者有り。其の人目に瞳子為し。其の頭能く飛ぶ。其の俗に祠所《まつる》名づけて虫落と曰ふ。因つて落民と号す。……

按ずるに、以上の数説異同有り。闍婆国の中にある所の種類か。而して其の国中の人悉く然るにはあらず。中華日本に於て亦た飛頭人有りと謂ふ者は嘘なり。自ら一種の異人のみ。

良庵は文献を引用し、飛頭蛮は闍婆《じゃば》国のあたりかと推測しながらも、中国や日本国内で頭を飛ばす人がいるという噺は嘘であると考えた。

世界のどこかに飛頭蛮がいるという情報は、その後も当時の社会に流布し続けた。寛政十一年（一七九九）序の『画本異国一覧』（花光園花丸作、岡田玉山画）は、アジアの国々から西洋諸国を含め五十三の国を解説する絵本であるが、相変わらず空想上の国や荒唐無稽な情報も含まれている。この書では尸頭蛮は北アメリカにあるという**【図4】**。この国の人は目に瞳がなく、深夜に首が抜け出て汚い物を食うという。日本では足を伸ばして寝るというが、この人々は首を伸ばして寝るなどと、まじめなのかふざけているのかよくわからない説明までついている。絵に描かれた人の頭も、どことなく異国人風に描かれている。飛頭蛮の生息地はかつては日本国内の「遠国」、あるいは中国かその先と考えられていたが、今度は北アメリカである。

図4　『画本異国一覧』法政大学国際日本学研究所蔵

さらに『画本異国一覧』を眺めると、日本からはるか彼方に怪物が生息すると書かれている。例えば「墨瓦刺国」は五代州（アジア、アフリカ、ヨーロッパ、アメリカ、オセアニア）の外で、南極出地五十度のへき地だそうである。この国の人は首が二つある。また「智里国」は南極出地七十度の国で、この国の人は穴の中にいて土砂を食うという。土を食う人といえば、『和漢三才図会』の「外夷人物」中にある「三蛮」と「無啓《むき》」がよく似ている。「無啓」は北海に在るとされていたが、南極方面に移動している。

「あやしき事は遠国にある」のが鉄則である以上、ひとが「遠国」と感じる所にこそ怪物は存在する。そしてどこを遠国と感じるかはひとによって異なる。日本の地方やアジアは遠国ではないと感じた日本人は当時存在しただろうが、南北アメリカやメガラニカ（伝説上の大陸、南極を中心として南半球の大部を占めると考えられた）は誰にとっても十分すぎるほど遠い未知の世界であった。それゆえアメリカやメガラニカには異常な首を持った怪物の居住地として最適だったのである。

未知の世界としてのアメリカとメガラニカ。これらの地は江戸時代の日本人のみならず、ヨーロッパの人々にとっても未知の、怪物が生息する地であった。荒俣宏はヨーロッパにはアジアの奥地や地の果てに途方もない怪物人種や化け物が住んでいるとする、プリニウス以来の「遠方生息怪物学」とでも呼ぶべき学統があるという。そして聖書に記述されていなかった地が発見されるに至り、

アメリカにはやばやと〈新世界〉なる名称が与えられている。人為的につくられた世界、という意味であるが、さすがに人間が創ったと主張するわけにはいかないから、悪魔が創った世界と定義するほかなかった。この地方を先駆的に探検したダ・コスタの『新インド記』にも、キリスト教世界から追放された悪魔どもがみなこの大陸に逃げこんでいた、との記述がみられる。そうなれば、新世界に住む生きものはすべて怪物ばかりということになる。アメリカを描いた初期の図版の多くが、さまざまな怪物の住む土地としてこれを紹介した事実を思いおこすべきであろう。いや、ことはアメリカばかりではない。一八世紀まで未発見の土地

であった南半球の島々や大陸に関する怪物幻想も、つい二〇〇年前まで現実のものであった。

（荒俣一九九一）

と述べる。つまり、アメリカや南半球の島や大陸を怪物の地とみなすのはヨーロッパ流の思考であった。こうした考え方が江戸時代の日本にも流入していたのである。再度『華夷通商考』の図を見ていただきたい。南アメリカに「食人国」と「長人国」が配置され、南半球に伝説の大陸メガラニカが広がっている。『画本異国一覧』の怪物たちがアメリカや南半球に存在すると書かれているのも、当時の先進的な世界観の反映だったのである。

怪物ではない〈日本〉の私

宗教史学者のホワイトは「人間社会の縁に存在する怪物は、その存在（実在のいかんは問わず）によって、人間の自己同一性を左右する、核心的ともいえるきわめて重要な役割を果たしてきた」と述べる（ホワイト二〇〇一）。怪物とは常に他者であり、異常な他者を意識することによって人間は自分の人間らしさを確認する。世界の広さを認識していた江戸時代の日本人にとって、自国の周囲は人間社会の縁というにはあまりに近すぎ、その地の他者は怪物というには自分た

図５　「浅草金龍山境内において大人形ぜんまい仕掛の図」　川添裕コレクション蔵

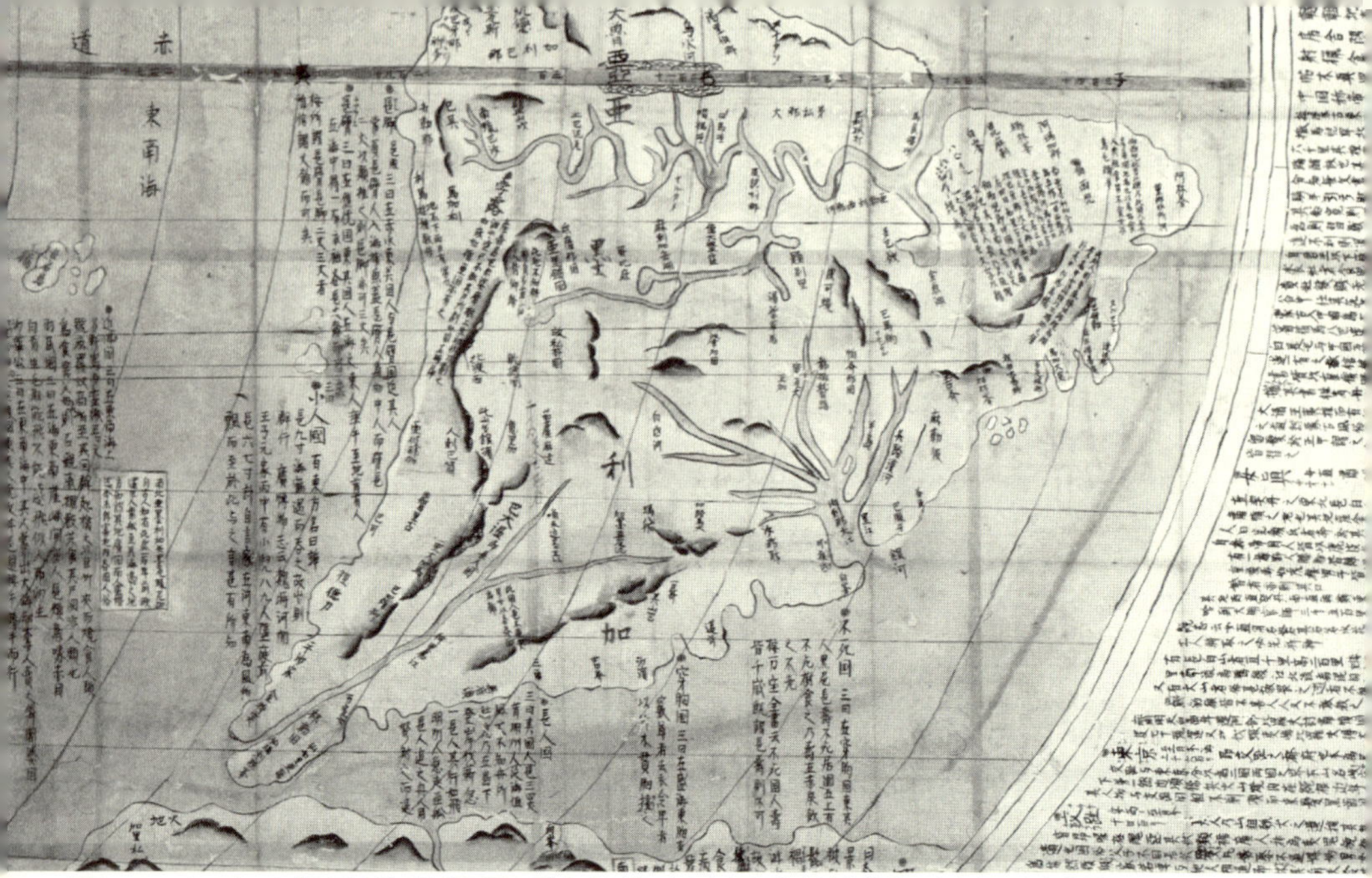

図6　マテオ・リッチ「万国全図（坤與万国全図）」（部分）東京都江戸東京博物館蔵・東京都歴史文化財団イメージアーカイブ

ちに似ており、「人間的」であった。当時の書物や地図は「世界にはたくさんの国があり、日本の周辺には自分と比較的似た他者的な人間がおり、さらに遠方には非人間的な怪物的存在者がいる」というメッセージを発信した。遠方の怪物を想定することによって、自己の人間らしさと、近隣の異国人たちの理解可能な他者性が保証される。

自国の周囲に異国人物が、さらにその向こうには外夷人物がいるとする『和漢三才図会』で見られた世界認識は、世界の中での日本人の人間らしさを象徴するものだった。

江戸時代の庶民娯楽、見世物においても怪物的な異国人の像は人気があった。**【図5】**は、朝比奈義秀（怪力で知られた鎌倉期の悲運の武将。異世界巡礼伝説の主人公）を人形にした見世物を描く。朝比奈に比して人間達の小さいのは、小人国の趣向であろう。しかも、煙管の上を歩く人々は唐人である。小人を見世物にしようとして模型のスケールを小型化するのは普通であるが、この見世物は朝比奈を巨大化し、それ以外の人形を相対的に小人に見せるという奇抜な出し物だった（もっとも、人形が巨大すぎて興行開始直前に差止めとなってしまったが）。

このように「怪物ではない日本の私」という自意識は、江戸時代の人々に強く求められ、百科事典等の他、様々な文献や絵などで繰り返し再現されたことがわかる。

江戸東京博物館が所蔵する世界地図（万国全図）**【図6】**はマテオ・リッチの地図を原図に、様々な情報を書き加えたものである。リッチ図にあった怪物情報はそのまま、『三才図会』による数々の怪物情報までも記されている。中国流の怪物認識を自己流に継承した江戸時代の日本人が、西洋人の怪物認識も取り入れると、世界はまことに怪物だらけとなるのであった。この地図を見るひとはこう思ったことだろう。

「世界は驚異に満ちている。だが、幸いなるかな。日本の私は怪物ではない」と。

▼参考文献

荒俣宏編著『怪物誌　ファンタスティック12』（リブロポート、一九九一年）
川村博忠『近世日本の世界像』（ぺりかん社、二〇〇三年）
竹島淳夫「『和漢三才図会』に見る異国・異国人」（『国文学　解釈と鑑賞』六十一巻十号、一九九六年）
太刀川清校訂『続百物語怪談集成』（国書刊行会、一九九三年）
寺島良庵『和漢三才図会』（『日本庶民生活史料集成』二十八巻、三一書房、一九八〇年）
田中優子・川添裕・小秋元段・小林ふみ子・横山泰子『江戸人の考えた日本の姿――世界の中の自分たち――』（法政大学国際日本学研究所、二〇一三年）
ホワイト、デイヴィッド・ゴードン『犬人怪物の神話』（金利光訳、工作舎、二〇〇一年）
横山泰子「近世文化における轆轤首の形状について」（小松和彦編『日本妖怪学大全』小学館、二〇〇三年）

Ⅱ 「和の国」イメージの普及

▼第Ⅱ章では、この国の呼称から生じた「和の国」イメージを追う。「和」、ないしその和訓「やわらか」いという言葉は、平らか、安らか、円満、あるいは色好みと多様な意味をもつ。実は採用された経緯も不明の表記ながらも、その語義の広がりに合わせるかのように、国風としてあえて実質的な意義を見いだすことが古くより模索された。次章にみる「武国」としてのイメージとは明らかに対立する部分がある言説はずだが、葛藤をみせることもなく「和」の国イメージが語られる。その様相をかいま見てみよう。

扉絵：『閨花鳥襌』法政大学国際日本学研究所蔵

「倭国」から「和国」へ

小口雅史●法政大学文学部教授

「和」の国イメージの起源を考えるとき、誰でも容易に想起するであろうものが、「ヤマト」＝「大和」であろう。ヤマトは本来は奈良南方の三輪山の西麓・南麓から城上・城下・十市郡あたりの呼称であったが、やがて現在の奈良県全域を指す語となり、やがてヤマト政権が全国へと勢力を広げる過程で、その支配領域全体をヤマトと呼称するにようになった（岸一九八五）。

実は、国号「日本」をめぐっては多くの研究があり、今なお活発な議論が続いているが（小口二〇二二）、最終的に「大和」と表記されるようになったヤマトについては、その意味や用字について、さほど活発な議論があるわけではない。

一般にはヤマトの語義は、山に囲まれた処《ト》の意だとされ（『和訓栞《わくんのしおり》』など）、それに最初に宛てられた漢字は、「倭」であった。記紀では、『記』がすべて「倭」の字を用い「日本」の用字を使わないのに対して、『紀』は、しばしば記の「倭」を「日本」に置き換えている。ただその指すものは奈良盆地を指したり全国を指したりしていて一定ではない。『記』の「倭」にも全国を指す用例が含まれている。したがって「日本」の訓みの一つにヤマトがあることは疑いない。『万葉集』の場合は複雑で、「倭」「日本」とも広狭両様の用例が混在しているが（「日本」も狭義で頻繁に使用されている）、「倭」の使用頻度が次第に低くなっていく。「倭」という漢字には、「みにくい」「矮小」（日本人を小柄な民族と考えることと関係する）といった意味があり、『旧唐書』東夷伝には「倭国自らその名の雅ならざるを悪《にく》み、改めて日本となす」という著名な一文があり、これが理由だとされているが、「倭」には「廻って遠い」の語義もあり、中国人は本来、中国の東方、遙か遠いところの意味で使用していた、という見解もある。いずれにせよ、「倭」とヤマトとは音としては結びつかないものである（以上、岸一九八五）。

律令制下になると、ヤマトの地はまず「大倭国」と表記される。天平九年（七三七）には一時的に「大養徳国」と改められるが、天平十九年（七四七）には「大倭国」に戻される。残存史料からすると、七五〇年代には、現代まで続く「大和国」表記に改められているのであるが、この時代の正史である『続日本紀』は、なぜかその改正記事を載せていない。

これについて興味深いのが、「倭」よりも「日本」が、また音仮名的にも「倭」よりも「和」が好まれたという時勢の流れに加えて、「和」の字義に、武力を用いないで平和的に治めるという意味があり、天平宝字元年（七五七）に橘奈良麻呂の乱を未然に防いだ藤原仲麻呂の自負を示した用字の変更ではないかという説（岸一九八五）である。一方、戦前にも類似した説がすでに提起されていた。井乃香樹は『万葉集』四二七七番歌の詞書に天平勝宝四年（七五二）のこととして「大和国守藤原永手朝臣」とみえることなどを根拠に、すでに孝謙天皇の天平勝宝年間に「大和国」と表記されていたとし、ヤマトは柔和な土地、平和な土地という意味であり、「大倭」では、「倭」の持つ矮小という語義と「大」の字が矛盾するから「大和」としたのであると力説している（井乃一九四三）。この説は発表された時代の雰囲気を反映していて、必ずしもすべてに従うことはできないし、ヤマトが柔和な土地、平和な土地を示しているとする一連の史料解釈についても、疑念がないわけではないが、結論自体については注目できる。

残念ながら、直接関連する史料が残存していないこともあって、「大和」表記への改正について確たる定説はまだないが、古代人がその表記に和らぎを感じた可能性があることは興味深い。ただ仮にこれが事実であったとしても、それが直接近世の「和」の国のイメージとつながるかどうかもまた問題である。

ところでこの問題に関連してもう一つ気になるのが、「大和魂」という語である。現代においては、国語辞典類では「日本民族固有の気概あるいは精神」といった勇ましいイメージで説明される語であることはいうまでもない。しかしその一方で、この語が早く『源氏物語』少女巻などに見えるものであることも古くからよく知られている。『日本国語大辞典』（小学館）では、

「ざえ（漢才）」に対して、日本人固有の知恵・才覚または思慮分別をいう。学問・知識に対する実務的な、あるいは実生活上の才知、能力。やまとごころ。やまとごころばえ。

とあり、また『国史大辞典』（吉川弘文館）では、

漢詩文を読んだり作ったりする能力、あるいは漢籍に関する学識をいう「からざえ（漢才）」に対して、日本風の知恵・才覚をいう語として、平安時代から用いられた。……平安時代の用法としては、……学問に対して、実務的な事がらを処理する能力という意味で用いられていた。……

とある通りである。

　これについては小林秀雄が興味深い解釈をしている。小林は「大和魂」も「大和心」も女の言葉だという。男性の学問である漢学ばかりやっていると、人間は人間性の機微が分からぬ馬鹿になると女はみな考え、「大和魂」を持った人とは、そうしたかたくなな知識とは反対の、人間のことをよく知った、優しい正直な人をいうのだとする。小林は、本居宣長の「大和魂」という語の用例を丁寧に追い、こうした結論を導き出している。

　あるいはこうした国学者らの「大和魂」「大和心」についての解釈も、どこか深層で、「大和」＝「和の国」イメージの形成に関わっているのかもしれない。残された課題はまだ多い。

▼参考文献

・井乃香樹『日本国号論』（建設社、一九四三年）
・小口雅史「国号「日本」「日の本」の起源とその意味、そして後代への影響——近年の国号論議の隆盛をうけて——」（『日本のアイデンティティ——形成と反響』法政大学国際日本学研究所、二〇一二年）
・岸俊男「「倭」から「ヤマト」へ」（『日本の古代』1倭人の登場、中央公論社、一九八五年）
・神野志隆光『「日本」とは何か——国号の意味と歴史』（講談社現代新書、二〇〇五年）
・小林敏男『日本国号の歴史』（吉川弘文館、二〇一〇年）
・小林秀雄『学生との対話』（新潮社、二〇一四年。初出は大学教官有志協議会・国民文化研究会編『日本への回帰』第六集、国民文化協会、一九七一年）

やわらかな好色の国・日本、という自己像

小林ふみ子
◉法政大学文学部教授

和食・和風・和服……「和」の字は今も、日本風のものを表す記号として用いられる。実はどのように選ばれたのかもわからないこの文字に、江戸時代以前の人々は実質的な意味を見いだし、この国は「和=やわらかい」風をもつ、と考えた。やわらかい気候（何度も厳しい天災に襲われたというのに）、やわらかい気風、やわらかい言葉と、その認識はあらゆる次元に及ぶ。そして、男女の関係に通じた、という意味での「やわらかい」にたどりつく。それはまさに、「男女の仲をもやはらげ」るという（『古今和歌集』仮名序）和歌を詠みつぎ、『伊勢物語』『源氏物語』といった色好みの物語を古典として奉じ、遊郭が栄えて「色道」なるものが行われるこの国にふさわしい、ということになる。

そんなやわらかい国、という理解は、次章でみるような「武国」としての認識とあきらかに食いちがう。そのことは、いずれの認識も、当時の人々のなかの幻想であったにすぎないことをよく示していよう。さらに近代に入ると、前者だけが不都合なものとして忘れ去られる。

本節ではそんな、やわらかな国・日本という言説が、幻影にすぎないものながらも、どれほど広く行われたかをたどっていこう。

「和」の字の実体化――中世まで

この国を「和」の字で表したことの根拠は見いだされていないことは、本章の小口コラムにある通り。それは、

本居宣長《もとおりのりなが》が『石上私淑言《いそのかみのささめごと》』（宝暦十三年〔一七六三〕起稿、写）、『国号考《こくごうこう》』（天明七年〔一七八七〕刊）で論じて、少なくともその時点から一部では知られていたことであった。では、いわゆる聖徳太子の「十七条憲法」の「和ヲ以テ尊シト」云々のくだりとの関連はないのか。それについても宣長は『国号考』で、『日本書紀』継体天皇七年十二月の詔に「日本邕邕《やはら》ぎて」（原漢文）とあり、その文字が『詩経』の註釈で「和」と解釈されることと併せて、「すべて後に考ふればおのづから似よりたる事はおほくある物也」と、後世のこじつけと断じている。

しかし、「和」を国風とする言説は、さまざまな次元で行われる。宣長は同書でこれについて、いう。

> 和の字の義につきて、大きにやはらぐは吾御国の風俗也など、いふは、又後の附会の説也。文字は借り物也といふ事をしらぬ故にかゝる説はいでくる也。

宣長がここまでいうことは、逆にみれば、こうした説明が必要になるほど、人びとが「和」の字が実態を反映したものと考え、大和の名称を「大きにやはらぐ」国風によるものと付会して解釈してきたということであろう。その言説の源は中世以前にさかのぼる。この国の固有の詩歌の形式は、ある時点から「漢詩」との差異化のために「和歌」「やまと（＝大和）歌」と呼ばれ、その最初の勅撰集『古今和歌集』の仮名序でそれが「男女の仲をもやはら」げる機能をもつとされた。さらに和歌そのものが、中世の註釈書の解釈では、天竺の陀羅尼《だらに》、唐土の漢詩を和らげた「大きにやはらぐ歌」とされた（たとえば、文明四年〔一四七二〕成、東常縁《とうのつねより》講、宗祇《そうぎ》記『古今和歌集両度聞書《りょうどききがき》』）。そうした認識は謡曲「白楽天」でも以下のようにくり返され、人口に膾炙した。

> 天竺の霊文を唐土の詩賦とし、唐土の詩賦をもつてわが朝の歌とす、されば三国を和らげ来るをもつて、大きに和らぐ歌と書いて大和歌と読めり。

和歌だけではない。この国の人の人柄をやわらかい、と形容した例も早くよりみられる。平安末の菅原孝標女《すがわらのたかすえのむすめ》の作とされる『浜松中納言物語』巻一では、日本の母から日本に生まれた河陽県の后がこう描かれる。

　母宮の御あり様に似て、もてなしありさま、物うちの給へるけはひ、日本の人にいさゝかもたがはずたをやかになつかしう、やはらかになまめき給へるあり様、この国の人には似ざりければ、さぶらふ人も、宮の御ありさまに似つゝ、たをやかなれば……

日本の血を引く唐土の女性が、日本の人さながら「やはらかになまめ」いていた、という。

この国を「和国」と表記したことに端を発するこのような認識は、中世までにすでに芽ばえていた。「やわらかな国」としての日本という言説はここから始まる。

やわらかい言葉

江戸時代の人びとは、日本語そのものがやわらかいと考えた。たとえば、次章の韓論文も取りあげるように、近世日本人の国家意識や対外意識を論じるときに必ず触れられるのが近松門左衛門作の人形浄瑠璃『国性爺合戦《こくせんやかっせん》』（正徳五年（一七一五）初演）。その筋に基づく、江島其磧《えじまきせき》作の浮世草子『国姓爺《こくせんや》明朝《みんちょう》太平記《たいへいき》』（享保二年（一七一七）刊）巻二では、平戸に漂着した明の皇帝の妹栴檀皇女《せんだんこうにょ》に対して長崎の丸山遊郭の女衒《ぜげん》又兵衛が「我等日本のやはらか詞《ことば》をしへ込で上物にいたします」という。日本の言葉は「やはらか」だというのだ。さらに『国性爺合戦』で和《わ》藤内《とうない》が韃靼人《だったんじん》を従えて月代《さかやき》を剃らせる場面に準じて、同作巻六で、「東寧」（台湾）の地の風俗を日本風に改めさせる（！）場面は、次のように表現される。

国姓爺は、我が切とりし東寧《とうねい》といふ三百里四方の離れ島をたかさごと、やはらかに和訓して、家作り、町のさま、男女の姿も皆日の本の風儀をさせて、詞《ことば》つきも和語をおしへ、月代《さかやき》そらせて、薬種《やくしゅ》をきくやうなむつかしひ名をあらため、じやが太郎兵衛……

「やはらかに和訓して」というのは、ここで漢名を「薬種をきくやうなむつかしひ名」といい、一般にも漢字を「四角な文字」と称した日本人にとって、それを音読みにせず、その意味を汲んで訓じることがやわらかい表現と見えたということである。たとえば俳文集『本朝文選《ほんちょうもんぜん》』（宝永三年〔一七〇六〕刊）所収の木導「出女説《でおんなのせつ》」の「傾城傾国は、唐人のつけたる名にして、白拍子ながれの女は、我朝のやはらぎなるべし」、また咄本『夜明烏《よあけがらす》』（天明三年〔一七八三〕刊）序にも次のようにみえるのと同じ発想といえる。

古語に曰、一老夫あり、山林に樵る。一老姥あり、川流に衣を洗ふなど、いはずして、春雨五月雨のつれづれも、むかしむかしと和らかに噺しかけるが、日本の習し。

定番の昔話の開口部を、あえて同意の漢文訓読調の表現と較べて「やはらか」とする。

このような「やはらか」な言葉を使っていれば、人の心をもやわらぐ、と考えられた。平賀源内作の擬浄瑠璃『長枕褥合戦《ながまくらしとねかっせん》』（明和九年〔一七七二〕刊）序文は「陣粉看《ちんぷんかん》を引かへて、国字《かな》に和らぐ人心」と、漢字漢文と比べ、かな文字の効果で人の心がやわらかになるという。

このように、日本の言葉そのものを、漢字・漢文と比較してやわらかいとし、おかげでその気風もやわらかいと考える認識があった。それは言語としての中国の文言《ぶんげん》と比較して、ということではない。あくまでも日本人にとって、そのままでは理解に壁があり、音読みによって読み下しても硬さを免れない漢文・漢語・漢字に対しての、やわらかさに過ぎないのだが、多くの日本人には当たり前の認識だったろう。

やわらかな気風、やわらかな女

「やはらか」だとされたのは言語だけではない。さきに源内の「国字に和らぐ人心」の例を挙げたように、そうした見方は国の人心、さらには土地柄、気象にまで敷衍《ふえん》されてゆく。貝原益軒《かいばらえきけん》『扶桑紀勝《ふそうきしょう》』（成立年未詳、写）巻一は、この国の風についてこう説明する。

> 日本は東海の中にあり、天地の生気は東に初まる。是和気の多くさかんなる所なり。故に神国にして、いにしへ今、風俗すなほなる事、諸洲にまされり。民俗仁にして殺すことを好まず。且つ義をこのみて勇あり。恥をしり、節を守りてつたなからず。廉潔にしてけがれず。道にちかし。

「和気」は、言語どころか、人々の気風や性質をも超えて、気候にも及ぶ。かなを漢字と比べ、和語を漢語と較べて「やはらか」いと称したとき、それはあくまで中国との比較の上に立った相対的な認識にとどまっていた。しかしここではそれ自体の絶対的な実質としてみなされる。益軒としては大まじめな記述だったろう（刊行されず写本での流布のためこの言説自体の影響力は限定的だろうが）。またさきにも触れた浄瑠璃『国性爺合戦』第二・獅子が城内の場には、唐土の女たちに「大きに和らぐ大和の国」を羨ましがらせる場面がある。

> とても女子に生まれるなら、こちや日本の女子になりたい。なぜといや。日本は大きに和らぐ大和の国といふげな。なんと女子の為には大きに和らかなは好もしい国ぢやないかいの。ホウ有がたい国ぢやのと目を細めてぞうなづきける。

後年の『誹風柳多留《はいふうやなぎだる》』六十五篇（文化十年〔一八一三〕刊）にも「和らかな風に恐れる異国船」。やわらかな風は、この国全体に満ちた気風で、逆説的に異国を怖がらせるものとされる。

こうなるとこの国の女性は、ますますやわらかくたおやかになる、と考えられた。江島其蹟作の浮世草子『けいせい色三味線』（元禄十四年〔一七〇一〕刊）江戸之巻・第四には、琴浦というなじみの遊女のいる男に口説かれた別の遊女が次のようなセリフを言う場面がある。つまり「大和心」は「やはらいだ」言動を引き出すというのだ。

私もあなたならばととびたつ斗、おもひますれど、いかにしても琴浦さまの手前あればと大和心《やまとごころ》になつて大きにやはらいだる口上。

こうした認識は、これまで挙げた通俗的な言説にとどまらず、国学的な著述とも響きあう。賀茂真淵《かものまぶち》『国意考《こくいこう》』（明和二年〔一七六五〕成、文化三年〔一八〇六〕刊）には、この国には和歌の心があるために「理《ことは》りの上にて和らぎを出る故に、世治り、人静也」といい、当代には偽りが多くなってはきているが、それでも「むかしの和らぎたる心は世にみちぬ」、歌の伝統のおかげで「和らぎたる心」が溢れているとみる。本居宣長の『源氏物語玉の小櫛《おぐし》』（寛政十一年〔一七九九〕刊）もまた、物語中には外来の儒佛の言う善悪とは合わないことも多く、「たゞなだらかにやはらびて、儒者などの議論のやうに、ひたぶるにせまりたることはなし」と言う。この国の物語のもつ価値観の独自性を言うにあたって「なだからにやはらびて」という表現を用いるのである。「やはらか」さが横溢するこの国という認識は、このように通俗的な言説から国学的な著作まで、さまざまな位相で共有されていた。

やわらかな＝好色の国として

やわらかいという言葉の語義はさらに広がりをもつ。物理的な触感としての意味以外に、おだやか、しなやかだということ、そこからさらに融通が利く、くだけているという意味が生まれる。それは、まさにこの国の古典として重視されてきた『伊勢物語』『源氏物語』に表れた「色好み」の価値観に通じてゆく。「和国」と称し、「男女の仲をもやはらげ」る力をもつ歌が脈々と詠み継がれ、「色好み」を礼讃する古典を奉じる、この国。やわらかはやわらかでも、男女の色事が発達したという意味での自国認識をこの国の人びとが作りあげる条件は整っていた。

たとえば咄本『二休咄《じきゅうばなし》』（貞享五年〔一六八八〕刊）巻二。堅物の息子三九郎は、遊郭に行かないようでは「やはらかなる我国」の人間として失格だとばかりに、こう説教される。

日本は和国なり、和国とは大きにやはらぐとの訓あり、其やはらかなる我国に生れし三九郎が、其かたさにてはく〵、人間とはいはれぬ也。

これで三九郎は、二休と西鶴ならぬ太鼓もち「西覚」に伴われて登楼する。また初期の洒落本『聖遊郭《ひじりのゆうかく》』（宝暦七年〔一七五七〕刊）は、この国の気風をこう描く。

四角な文字の廉《かど》取て、鳥は木に住ム、魚は水にすむ、人は情の下にすむと臼つき歌にうたはすはこれも和国の道ならめ。郭《くるわ》の歌は客の浮気をたねとして万のはうたとぞなれり。長歌短歌《ながうたはうた》、せんどう馬かた、たけき悪者《あくき》の心をやわらぐるも、ゆかりのつきの一ふしぞかし。

角がとれ、情けが深い「和国の道」。浮気心に発した俗謡がどんな人の心もやわらげる、そんな国だという。

天明元年（一七八一）、長崎に来朝していた中国の貿易商陳仁謝と丸山の遊女連山が心中した一件は、「堅い」唐人がこの国でやわらかくなった実例として人々の格好の話柄となった。当時、江戸の俗文学界の寵児であった寝惚《ねぼけ》先生こと大田南畝が馬鹿羅州阿林子《ばからしゅうありんす》の筆名でこの事件を狂文で綴った『和漢同詠《わかんどうえい》』（天明二年（一七八二）頃刊）は「かたい男も大日本《おふやまと》、和らぐふうぞくいつしかに」云々と、まさに唐土の男がこの国のやわらかな風俗に染まったという。さらに同人が黄表紙評判記の『岡目八目《おかめはちもく》』（天明二年（一七八二）刊）の「発端」として記した一話は、野暮で色事に疎い「はけ長島といへる大国」（はけ長とは当時流行の長い鬢）の大王、鴻以賢《こういけん》がこの事件を聞いて、神が男女の道を教えた色事の先進国、日本に憧れるという設定だ。

われいやしくも一国の王と生れ金銀まん〳〵たりといへども、此国諸国と不通《ふつう》にして色事の道伝はらず。伝へきく日本は万国にすぐれ、神のおしへしいもせの道、色で丸めた丸山には毛唐人さへうつゝをぬかし……われ何とぞ日本へ渡日《とにち》して色をかせいで見ん。

色事の道の伝わらない「通」でない自国を出て、それに秀でた日本に渡りたいと言わせてみるのである。

この発想は春本に好都合である。じっさい、鈴木春信画『今様妻鑑《いまようつまかがみ》』（明和八年（一七七一）刊）の序に曰く、世は結局「皆色事」。堅物だって骨抜きになり、

一ト口唄の乙声も和らぐ国の楽ときけば、かの朗詠もめりやすも、とくればおなじ谷川の水、もらさぬ枕の秘蜜。

『和漢朗詠集』もめりやすも、同じ「和らぐ国の楽」、色事の前奏とこじつけて、行為の描写の導入とする。また北尾政演《まさのぶ》こと売れっ子戯作者山東京伝画作の『床喜草《とこよぐさ》』（天明四年（一七八四）刊）に序を記した戯作者仲間唐《とう》来参和《らいさんな》も、「此冊子を見て心を和《やは》らぎ給へと、やわ〈ママ〉らぐ国の名を直に床喜草と題する……」、つまりこの書名は、「やわらぐ国」の名の通り心をやわらげられるように「床（が）喜（ぶ）」＝「とこよ」とした、という。常世とは、

古来想像された海を隔てた異界のはずだが、「蓬萊」の観念との混同からか、この国を指すものと見なしたのであろう（『日葡辞書』の「Tocoyono cuni」〈常世の国〉の項は「日本」と説明される）。

「やはらぐ国」であることをもって、好色をこの国の本来の気風だと宣言するのが、神道講釈師増穂残口《ますほざんこう》の『艶道通鑑《えんどうつがん》』（正徳五年〔一七一五〕序、刊）。歴史上の色事を綴ってゆく、その冒頭「神祇之恋」は、「人の道の起りは夫婦よりぞ始まる」にもかからわず、その夫婦の情が「いつ〳〵よりかみだれてあさましき業《わざ》に成行」、その乱れは外来の思想の影響だと難じる。「夫婦」というのは穏便な表現だが、要は、恋、色事のことである。曰く、

神国に生れて神の御殿を仰がず、大きに和らぐ和《くわ》の字を忘て異国の教を先にする事、大きに理に違ふより起これり。神代より已来、兄弟、差合を繰らず、類親、心を隔てず、和を本として夫婦《さいあい》せり。人王は三十代に至りて此格見へたり。歴史に詳かなり。それより『空穂』『竹取』の昔、『源氏』『狭衣』『伊勢』『栄花』の物語、男は女に懸想《けさう》じ、女は男に思ひ乱れて、一夜の契も心にし叶はゞ百年の命も物かはと成しぬ。然らば余り和過て猥りなるによりて、異国の礼を借りて節を用ひ来りしに、此頃は其礼計《ばか》りを守りて根本の和の道を喪《うしな》ふ。

神代の昔から日本では「和」を大切に、兄弟、親族睦まじく、古典の物語に見られるように男女が互いに切に求め合ってきたが、あまりにも「和」が過ぎて猥らになったので、唐土から「礼」を借り来たったために「和」が失われたという。そこで、

我朝に生れたる人は、神代の徳化を明らかにして大きに和らぐの域を本とし、及ばずながら敷島の道に足を踏込、和歌の浦の詠に心を慰め、恋慕愛別の情・蕉風蘿月の楽を知らんこそ、本を立る君子なるべけれ。

この国の人ならば「大きに和らぐの域」を本領とし、和歌を詠んでその精神を身につけ、汚れのない恋の心を

学ぶべきだと言い放つ。「大きに和らぐ」この国の気風とは、すなわち身も心も恋に捧げる男女の情を重んじる心であり、そうであってこそ日本人だとされるのだ。このような独自の通俗的な神道説は、その後刊行した七つの著述と併せて残口「八部書」として普及し、そこには、「天竺」「支那」「日本」の対抗図式と、そうした神道の教えをもつ（と残口が考える）日本の優越性の主張がみられることが指摘されている（前田勉一九九八）。

こうした理解は、どこまで人びとに額面通りに受けとめられたのか。『艶道通鑑』が刊行一年で千余部売れたといわれ、その他、残口の著述がくりかえし印刷され、また再版されるなどしたこと、反論も含めて多くの著述を生んだことは、中野三敏（二〇〇七）をはじめとする、多くの残口研究に説かれ、大きな影響力をもったことは確かである。

その影響は、神道を離れていわゆる色談義にも及ぶ。『洒落本大成』中野三敏解題のいうように、写本ながら『詼楽誮論談《かいらくやさろんだん》』（宝暦四年（一七五四）序）のこんな記述が、まさにその余波であろう。

> 抑《そもそも》、日本色道の理深ふして小むつかしき儒者の水上……神道は本、色をもつてす。故《かるがゆへ》に子々孫々の栄へを目出度とす。是をもつて辱《かたじけなく》も人皇に至つて女御の外に十二の后を立て是を覚知し給ひて天下平《たいらか》なり。諸侯覚知すれば茶小姓、白拍子を抱え在国の徒然を凌ぐも、則、国家の後ロ立となる。……情は武士の最第一、先、是を悟る。万民是を覚知すれば身を楽しみ人交わり和らかなり。

この国は上から下まで「色道の理」で貫かれて平和に治まっているという。「日本神国の誮《やさ》しき色道にて治め給ふ」「神道の有難きに入らばおのづと和らかに、素人《はくじん》の道明けく知る」ともいう（「素人」は上方の私娼）。色事を説く神の教えに治められた国、とされるのである。

どこまでが本気なのかはわからない。こう明言することのおかしみを狙っている面も否めない。しかし、文芸や演劇、春画も含む絵本や一枚摺に至るまで好色の文化が栄えたこの時代、こうした言説がそれを肯定する論理を生んだことは間違いない。

近代以後の消長

大いに「和」らぐこの国は、温和で人情も穏やか、そしてそのやわらかさで色事に寛容、というより、むしろ積極的でさえある。そんな言説は、近代以後どうなったのか。

富国強兵を進めた明治期から、徐々に軍国主義化していった時代の流れを考えるならば、「武国」日本の認識が世を覆い、対する「やはらか」な日本という意識は消え去っていったことがまっさきに想像されよう。それを証明することは困難だが、代わりにその末路を示唆する例を挙げて本稿の結びとしたい。

それは日露戦争後まもなく、明治四十年に刊行された芳賀矢一『国民性十論』（冨山房）、日本人の「国民性」として十の性質をあげてそれを解説した書である。その十条とは「忠君愛国」「祖先を崇び、家名を重んず」「現世的、実際的」「草木を愛し、自然を喜ぶ」「楽天洒落」「淡泊瀟洒」「繊麗繊巧」「清浄潔白」「礼節作法」、そして十番めが「温和寛恕」となる。「和」の字を含むこの項目は、どのように説明されたのだろうか。

それはむしろ、当時の西洋で唱えられていた黄禍説に対して、たしかに日本人が「武勇の国民」ではあるけれども本質的に侵掠を好むわけではないと弁明するところから始まる。

細戈千足国《くしほこちたるのくに》の名の通り、日本人が昔から武勇の国民であることは疑がない。近古時代の武士道があったことも著しい事実である。今日の日本が昔の武士時代を離れてからはまだ日が浅いことも亦事実である。けれども日本国民は昔からの歴史に於て決して侵略的の武人では無い。自衛上の必要の場合に憤然立て其武勇を奮ふのである。

自衛のための武力を行使するのみだといい、続いて根拠として神功皇后の「三韓征伐」、元寇への対応、幕末の尊皇攘夷、明治の征韓論、日露戦争をあげ、「いづれも侮辱に対しての敵愾心興奮の結果」とする。その上で、異民族への寛容さ、残酷な童話が少ないこと、日本の武士は文武二道の兼備を志し情けを重んじること、肉食をせず、動物を愛護すること、刑罰が過酷でないことなどを論拠に「我国民は神話時代に於て已に平和な農民であった」「農業の民は各その田地を守つて安楽にその収穫を楽しむのである。決して他の侵掠を試みぬ」とする。しかし、末尾が以下のように結ばれることは、以後、こうした言説が消えゆく未来を暗示している。

> 西洋人は日本の黄禍を恐る、必要はないと同時に他の東亜人若しくはいはゆる有色人種と同じく侮辱を甘んじても服従する国民では無いといふ事を悟ればよいのである。温順柔和な天照大神の女神も時によりては武装して立たれたのである。

「温順柔和」なはずであったこの国も、そうでない側面を全面に出す時代を迎えた。そのなかで、「やはらか」な国日本、という認識は忘却の彼方に追いやられた。

戦後、バブル期を迎えつつあった日本を評して、山崎正和が『柔らかい個人主義の誕生』（中央公論社、一九八四年）と言ったとき、かつての「やわらかな国」という自国認識がその頭の片隅を過ぎることはあったのであろうか、なかったのであろうか。

▼参考文献

中野三敏「残口任誕」（『江戸狂者論』中央公論新社、二〇〇七年）
前田勉「増穂残口の「日本人」意識」（愛知教育大学『日本文化論叢』六号、一九九八年）

本稿は『国際日本学研究叢書16　日本のアイデンティティ』（法政大学国際日本学研究所、二〇一二年）所載の拙稿を増補・修正したものである。

本文中の引用はそれぞれ、『白楽天』『浜松中納言物語』は『日本古典文学大系』、『国号考』『源氏物語玉の小櫛』は『本居宣長全集』、『国意考』『艶道通鑑』は『日本思想大系』、貝原益軒『扶桑紀勝』は『益軒全集』、『国性爺合戦』は『新編日本古典文学全集』、『けいせい色三味線』『国姓爺明朝太平記』は『八文字屋本全集』、『聖遊郭』『訙楽誂論談』は『洒落本大成』、『本朝文選』は『古典俳文学大系』、『和漢同詠』『岡目八目』は『大田南畝全集』、『夜明烏』『二休咄』は『噺本大系』、『長枕褥合戦』は『風流てばこの底』（太平書屋）、『床喜草』は太平書屋版影印、『今様妻鑑』は『日文研所蔵近世艶本資料集成2』により、適宜読みやすく表記を改めた。

世阿弥《ぜあみ》能にみる日本意識

――「平和」と「幽玄」――

竹内晶子●法政大学国際文化学部教授

江戸時代、能は武士階級の式楽となり、庶民が観る機会は限られた――というのが、江戸時代の能についての一昔前の説明だった。しかし実際にはこの時代、能の詞章（謡曲）を謡うという娯楽が全国の庶民にも広がっている。正式の座に属さぬ役者たちによる、いわば非公式の能の上演も絶えることなく行われていた。江戸時代の庶民たちにとって能は――とりわけ謡曲は、かなり身近なものだったのだ。

さかのぼって室町時代、その能を大成し、中核となる美学と作品群を作ったのが世阿弥（一三六三?～一四四三?）だった。彼の作品において、「日本」はどう現れているのだろうか。

まずは人も自然も穏やかで豊かな平和な国、というのがぶれることのない原則である。そこでは人と人の間に争いがないため道が広く関も閉ざされず（「関の戸ささで通はん」〈老松〉）、また自然すらもが平和に統治されている（「四海波静かにて、国も治まる時つ風」〈高砂〉）。

その一方、将軍家の政治的意向を反映することの多い神能で、八幡大菩薩の母とされた神功皇后の「三韓征伐」に言及する曲が多いのも事実である。ただし興味深いことに、異国の征服に触れられた後には多く、その結果としての「平和」が強調されるという傾向がみられる（「然るに神功皇后、三韓を従へ給ひしより、和国異朝の道広く、人の国まで靡く世の、わが日の本は長閑なる」〈弓八幡〉）。

「平和」に直接触れない場合であっても、征伐という武勲を華々しく寿ぐわけではない。たとえば神功皇后その人をシテとする〈箱崎〉において三韓征伐は、シテが箱崎の箱の由来を語る際に、ごく軽く触れられるだけである。実際この作品は徹頭徹尾、異国征伐そのものではなく、皇后が異国に向かう途上で埋めたとされる「三学の妙文の箱」をめぐって展開する。〈放生会《ほうじょうえ》〉も同様に、三韓征伐よりもその際の殺生を償うために始められた「放生会」を一曲の焦点とする作品である。

あくまで「平和な国」としての日本というこの特色は、世阿弥作の可能性の高い〈白楽天〉にも見ることができる。

「日本の智恵を計れ」という宣旨をうけて白楽天（ワキ）が日本にやってくるが、住吉明神（シテ）が漁夫姿で現れて詩歌の応酬をし、「神風」をもって唐船を吹き戻した——というこの作品は、李氏朝鮮が対馬を攻撃した応永二十六年（一四一九）の「応永の外寇」を踏まえて制作された可能性が高いことが、指摘されている（伊藤一九八八、天野二〇〇二）。しかしこの作品の詞章が強調するのは日本の軍事的優位というよりは、むしろ日本の平和が乱れないということ、「動かぬ国」であるという点なのである（天野の指摘にあるとおり、「動かぬ国」という表現は、前場の終わりと終曲部の二度にわたって現れる、いわばこの曲のキーワードである）。恒久に平和な国として日本を予祝するというのが、日本を描く際の世阿弥の大きな特色といえるだろう。

その一方で、「日本ならざるもの」は世阿弥作品でどう描かれているのだろうか。

世阿弥は芸論において、異国・唐土のもの（言葉、言葉の響き、人物）は能の理想たる幽玄にそぐわないものとしつつも、実際の能作では「漢音」の使用を必ずしも忌避しない（竹本一九八七）。しかし異国の登場人物は、作品でも取り上げることが少なかった。異国の登場人物をシテとする世阿弥作品は三作品あるが、〈室君《むろぎみ》〉のシテ韋提希夫人《いだいけぶにん》はそもそも人ならぬ神霊（室《むろ》の明神）としての出現である。残りの〈難波《なにわ》〉も〈呉服《くれは》〉も、作品の主眼はシテ（王仁《おうにん》の霊、呉織《くれはとり》と漢織《あやはとり》の霊）の異国風な風体ではなく、それぞれの本説たる和歌説話にある。〈難波〉においては、むしろ「極力和語で表現しようとする傾向」が認められるほどであり（竹本一九八七）、登場人物の異国性を和風の表現で「中和」せんとする世阿弥の努力の跡を、そこに見ることができるだろう。

また世阿弥はかたくなと言って良いほどに、自作の能舞台を日本に絞った。唐土の物語素材を取り上げるときには、あえて日本を舞台に「翻案」し、さらに「日本風」にすべく工夫を凝らしたのである。

たとえば蘇武《そぶ》の故事を本説とする〈砧〉は、舞台を九州芦屋の里に移した上で、「三年の別離」という和歌世界の約束事を取り入れる（田口一九九八）。一番の聞かせどころとされる「砧の段」は、連歌的、早歌的とも称される、連想によるイメージ連結からなる詞章の巧みさで名高い。

班婕妤《はんしょうよ》の故事を本説とする〈班女〉は、舞台を野上の里と糺の森に移す。さらに、「秋風」＝「飽き風」、「扇」＝「逢ふ儀」、という日本語の同音に基づく連想関係、および「扇」＝『源氏物語』の「夕顔」、という文学的連想も利用し、物語を作り直す（竹内一九九九）。両者ともに、唐土の故事を能に仕立てるにあたり、こうした日本の文芸ネットワークの中に故事を組み込むことによる「和風化」を図ったのである。言い換えれば世阿弥にとっては、唐物の故事を「幽玄」にするためには、単に人物・舞台を日本にするだけでは足りなかったのであろう。「幽玄」のあり方と「和様」の強いむすびつきが、こうした工夫からは伺える。

「平和」の強調と、「幽玄」という美的意識。それが世阿弥能が描くの日本の、際立った二つの特徴といえるだろう。

▼参考文献

・天野文雄「《白楽天》と応永の外寇――久米邦武と高野辰之の所説を検証する――」（『ZEAMI』一号、二〇〇二年。『世阿弥のいた場所――能大成期の能と能役者をめぐる環境』ぺりかん社、二〇〇七年に再録）

・伊藤正義「各曲解題　白楽天」（『謡曲集』下、新潮日本古典集成、一九八八年）

・田口和夫「〈砧〉を読む――三年・夕霧――」（『能楽研究』二十三号、一九九八年）

・竹内晶子「作品研究『班女』」（『観世』六十六巻四号、一九九九年）

・竹本幹夫「能における漢詩文の受容」（『和漢比較文学叢書』六【中世文学と漢文学Ⅱ】、汲古書院、一九八七年。『観阿弥・世阿弥時代の能楽』明治書院、一九九九年に再録）

「班女」（『能御絵鑑』）野上記念法政大学能楽研究所蔵

日本の春画《しゅんが》・艶本《えほん》にみる「和合《わごう》」

石上阿希
◉立命館大学衣笠総合研究機構専門研究員

本稿では、近世期の春画・艶本にみられる「和合」の思想について、いくつかの艶本の序文にみられる「国生み神話」や「神の教え」といった言葉を手掛かりに考察を行う。また、男女の交わりを描く・語ることに関して中国の養生書がどのような影響を与えていたのかを検討し、最後に「夫婦」や「家」に対する思想と春画・艶本の関係について分析する。

はじめに

近世期に入り、出版が産業として成り立つようになると、出版物として多くの春画・艶本が制作されるようになる。春画・艶本とは、あらゆる性の交わりを描いた絵画や本を指す。それまでの享受層は貴族など高位の人々に限られていたが、出版技術の発展によって庶民も春画・艶本を楽しむようになった。当時の浮世絵師のほとんどは春画・艶本の制作に携わっており、多種多様な趣向の作品が作られた。

なぜ、これほど多くの春画が制作されたのか、または求められたのか。そこには様々な要因が考えられるが、その一つに「和合」に対する考え方が関わっているのではないか。本稿では、日本の春画・艶本にあらわれた「和合」の思想について、中国からの影響を視野に入れた上で考察していきたい。

日本春画・艶本の思想

一言で「春画・艶本」と言ってみたものの、本稿で対象とするものは江戸初期から幕末にかけての種々のものであり、それらを一括りにして論じることは難しい。描かれた人々やその組み合わせも多種多様であり、肉筆・版画・版本など形式も様々である。主題や趣向も幅広い。しかし、時代や地域、制作者が異なっても、共通する言説をみることができる。

それは、しばしば序文で語られる色道の理である。江戸後期に刊行された『天野浮橋《あまのうきはし》』（柳川重信画、天保元年〔一八三〇〕刊）の序文をみてみよう。

抑《そも〲》世界《かい》の始《はしま》り二神あまのうきはしのうへより。天《あま》のとぼこをおろし青海《あをうな》はらをさぐり給ふ。其した丶り。おのころ島となる。二神此島にあまくだりし時。せきれいを御らんじ。男女《みと》交合《まくばい》をさとし。夫婦の道をはしめ。国土《こくど》山川草《そう》木《もく》までも。うみ出し給ひしのち。高天《たかま》の原より。日向《ひうが》の国にあま下り給《たま》ひて。豊芦原《とよあしはら》。なかつ国の主《あるじ》となり給ひし。陰陽《いんよう》わかち。末世《まつ》に至《いたり》て巧《こう》言令色《げんれいしよく》は。よく愚《ぐ》人を惑《まよ》はす。

古事記、日本書紀に載る国生み神話をひき、男女

図1　柳川重信『天野浮橋』　国際日本文化研究センター蔵

の和合が世界の基本であることを述べる序文と共に、伊弉諾尊《いざなぎのみこと》・伊弉冉尊《いざなみのみこと》の二神が天の浮橋から天沼矛《あめのぬぼこ》を差し出している図が描かれる**【図1】**。それ以降は一転、当世の男女を描いた春画が展開するわけだが、このような男女の交わりと粛々と語られる世界の起源を並べるところに、艶本作者の意図する笑いがあるとともに、春画を描く正統性を自負する姿勢が見え隠れしている。

『天野浮橋』は江戸後期の艶本であるが、伊弉諾尊・伊弉冉尊の神話をひく例は江戸初期からみられる。寛永（一六二四～四四）頃に刊行された『ぼんない書』の冒頭も同様に国生み神話の記述から始まり、それに続いて「玉門はこれ三世の諸仏出世ほんぐはいのみなもと。しゆじやう成仏の直道也」と述べており（『咲くやこの花』）、神道・仏道綯い交ぜの男女の理が説かれている。

このように神話や仏道だけでなく、『源氏物語』、在原業平の名を挙げ、春画あるいは男女の交わりの来歴を語る艶本は枚挙に暇がない。寛延元年（一七四八）頃刊『艶色吾妻鏡《えんしょくあづまかがみ》』の序文では、

　今の世の人かしこきはよくしることなから、其中《そのなか》にもしらぬやからもはや声替《こゑかわり》すると師匠《しせう》もなくてをのつから、恋知訳《こいしりわけ》しりと成事、上代《じやうたい》よりは至《いたり》てはつめいなり。是則神《これすなわちかみ》の道《みち》、神《かみ》の教にして有難《ありかたき》御事なり。

と、男女和合は神の道の教えであり、それゆえに有り難いものであると説いている。

喜多川歌麿の春画『ねがひの糸口』（寛政十一年〔一七九九〕刊）の序文では、男女の交わりを描くことの目的を次のように述べる。

　普《あまね》く此神《かみ》の恵《めぐみ》をうやまひ仰《あふ》ぐ好人《すきひと》の心《こゝろ》を動《うごか》さむと。桜木《さくらぎ》に鏤《ちりば》め侍《はべ》る。

「神の恵み」を尊び、それを桜木（板木）に描きとめることで、色好みの、あるいは好事家の人々の心を動かそ

うという宣言である。ここまでみてきたように、男女の交わりが神々の行いとして始まったこと、またそれによって世界が創出されたことは、時代を問わず春画・艶本で語られてきた。それによって春画・艶本を描く建前を主張するわけであるが、交わりを絵として描くことには別の効用もあったと述べることもある。鳥居清長の代表的春画『袖の巻』（天明五年〔一七八五〕頃刊）の序文は、やはり国生み神話から始まる。その後、話は漢王が李夫人の姿を壁画にとどめ、それによって「心《こゝろ》を慰《なぐさ》め」たことや越王が西施との睦言を錦画にあらわして「気鬱《きうつ》の胸《むね》もうち解《とけ》」たことに言及する。つまり、これらの絵と同様に、春画が心を慰め、気鬱を晴らすものであると価値付けている。これは制作者側の言い分であるが、一方の享受者側にもこのような考えをみることができる。しばしば引かれる例であるが、柳沢淇園《やなぎさわきえん》は随筆『ひとりね』の中でいつくかの春画・艶本の書名を挙げ、「書をよみ、手ならひなどして、気つきたらん時よむべし。心を養ふてよし」と述べる（『日本古典文学大系』九十六巻）。

もちろん、全ての春画・艶本の効用はこれだけではない。花笠文京が『恋のやつふじ』（国貞画、天保八年〔一八三七〕刊）の序文で「春心《あだごゝろ》の発《おこら》ぬやうにつゞりては好士《こうし》の覧《らん》に呈《てい》する由《よし》なし」と述べるように（『定本・浮世絵春画名品集成』六巻）、扇情も重要な役割の一つである。春画・艶本の制作者が、繰り返し和合の根源を仰々しく語るのは、扇情という本音との落差をつけて笑いに変えるためだったとも考えられる。

本音と建前、冗談と自負を混じり合わせながら、春画・艶本はその冒頭に男女和合のありがたさを掲げていたのである。

中国養生書の影響

春画・艶本の冒頭には、国生み神話の他に男を天とし、女を地とする陰陽思想もしばしば説かれる。享保元年〔一七一六〕に刊行された女性向けの教訓書『女大学宝箱』のパロディとして作られた月岡雪鼎《つきおかせってい》作・画とされる『女大楽宝開《おんなだいらくたからべき》』（宝暦六年〔一七五六〕頃刊）には、巻頭の図として農作業を営む人々の図があり、その上部には次のような言葉が記されている。

それいにしへより今にいたるまで、人をつくり、又その人のたのしみとなる事、此道にまさることなし。元より色道はひやくせうのうさくにひやうして、男を天とし、女を地として、おとこよりたねをおろしむるにしたがひ、地の女より子をうむ也。

豊穣な世界を築くためには、天と地が適切に響き合うことが重要であると述べる。『女大学』では人を養うものは百姓の農作に始まると述べているが、『女大楽』ではそれを男と女に変えている。

このような陰陽思想の源泉はいうまでもなく中国にある。特に春画・艶本で述べられる天地陰陽説は、中国の養生書から大きな影響を受けていた（石上二〇一三）。その最たる書物が『黄素妙論《こうそみょうろん》』である。本書自体は中国の書物ではなく、明の嘉靖十五年（一五三六）に刊行された『素女妙論《そじょみょうろん》』を基にして和訳、補記されたものである。『素女妙論』は、黄帝が仙女である素女に長寿の秘訣を問うという問答形式で房中の術を解いた書で、室町時代末期に医師曲直瀬道三によって抄出和訳され、『黄素妙論』として松永弾正に献上された。戦場の伽の場で生まれた書物であったが、ほどなく写本として貴人の間で閲覧されるようになる（福田一九九二）。

当初は写本で広まった『黄素妙論』であったが、江戸時代に入り、版本として流通するようになる。長澤規矩也氏は、本書の諸本として江戸初期に刊行されたものから末期のものまで五点の諸本を挙げており（長澤一九七九）、稿者はそれに加えて一点の諸本を確認した（石上二〇一五）。これらの諸本から『黄素妙論』が江戸時代を通じて広く読まれていた書物であったことがわかる。

では、それほど延々と読まれ続け、引用され続けた『黄素妙論』の思想とはどのようなものであったのだろうか。なぜ男女の営みが養生にとって重要なのか、黄帝からの問いに対し、素女は次のように答えている。

〇くはうていとふてのたまはく、おとこをんなのましはり和違いかん
〇そぢよこたへていはく、それてんちいんやうかうがうしては万物をしやうじ、なんによのいんやうましはりあひてしそんをしやうす、しかるあひだ、てん地のゐんやうましはらざる時は、四時ならす、ばんもつしやうぜす、男女のいんやうあはさる時はじんりんめつして、しそんたゆる……

万物を生ずる天地の交わりと男女の交合を並列し、これを行わなければ人倫は滅してしまうと述べる。男を陽、あるいは天とし、女を陰、あるいは地とする考えは、古代中国の房中術の基本的な理論である陰陽五行説に基づいている（劉二〇〇三）。

ただし、『黄素妙論』は『素女妙論』をそのまま和訳したものではなく、道三によって抄訳されたものである。道三は『素女妙論』の形式を引き継ぎつつも、原典の「不老長生」といった古代中国の房中術的思想を弱め、享受者に即した編集を行っている（町二〇〇九）。その内容は、天地陰陽男女交合を説きつつ、性交の方法や男女交合の際に避けねばならない事柄や日にち、性薬の調合法などであり、長生を保つというよりは、いかに性交を楽しめるようにするかという具体的な方法を述べている。

道三によって、再編成された房中書であったが、中国養生書の根幹ともいえる男を天とし、女を地としてその交わりが万物を生ずるという基本的な考え方は、これ以降の日本の艶本に引き継がれていくことになる（石上二〇一五）。江戸初期には『黄素妙論』の本文に春画的挿絵を加えた艶本や肉筆絵巻なども作られたが、『黄素妙論』の書名を冠にしたこれらの書物以外にも、『黄素妙論』の本文を切り貼りし、その教えを散りばめた艶本の事例が幕末まで多数確認できる。先に挙げた『女大楽宝開』の絵師とされる雪鼎も、自身の艶本の中で何度も引用している。

なぜ『黄素妙論』はこれほどまでに日本の艶本に受け入れられたのか。おそらく、『黄素妙論』が中国養生書のそのまま和訳したものであったのなら、ここまでの影響力を持ち得なかっただろう。江戸初期に京都長嶋与三

から復刻刊行された『黄素妙論』の跋文には、本書の制作意図が明確に記されている。

人として、いんやうわがうのみちをしりやすく、婚合《こんがう》のことはりを、おこなひやすからしめむとするものなり

中国養生書の説くように長生を目的として性交を行うのではなく、和合の道を説き、交合の理をわかりやすく知らしめることを目的としていたからこそ、和合を「神の教え」「神の恵み」とする日本の春画・艶本の中へ抵抗なく流れ込んでいったのではないだろうか。

和合をことほぐ

天と地である男と女が互いに共鳴することで万物が生まれ、子孫繁栄へと繋がるという考え方を説く春画・艶本では、夫婦和合も当然のことながら重要視される。春画・艶本が嫁入り道具として贈られたという風習も、この性質に基づくものであろう。雪鼎にはその名も『婚礼秘事袋《こんれいひじぶくろ》』（明和〔一七六四〜七二〕末から安永〔一七七二〜八二〕初め頃刊）という艶本があり、詳らかに夫婦の閨房の所作を指南している。本書は寛延三年（一七五〇）に刊行された『婚礼仕用罌粟袋《こんれいしようけしぶくろ》』のパロディとして作られた艶本であるが、これには通常の版よりサイズが大きい豪華版があり、婚礼のためにあつらえたものと考えられている（ガーストル二〇一一）。

「夫婦和合」を説くことは、当然ながら春画・艶本の専有するところではなく、数々の教訓書などでもみることができる。渡辺浩氏は、中国の代表的な儒学書や教訓書に「夫婦和合」の教えがない一方で、近世期を通じて日本の書物に確認できるそれらの教えの実例を挙げている（渡辺二〇〇〇）。その一例をみてみよう。慶応二年（一八六六）刊の教訓書『女有識孳文庫《おんなゆうしょくみばえぶんこ》』には次のようにある。

夫婦は人倫《じんりん》の本、万世《よ》の初《はじめ》也。……おつとは天にたとへ、女は地《ち》にかたどりたるものなれば、妻《つま》は夫にしたがひ、夫は妻をあわれむべき事、天《てん》道自然《ぜん》の道理《り》なり。

陰陽和合を説く春画・艶本と、夫婦和合を説く教訓書を並べてみたとき、そこには同類の思想が存在していることに気づく。

中国では「夫婦別有」と述べられるものが、日本では「夫婦相和シ」と説かれることについて、渡辺氏は、中国では両性に異なる社会的役割を当てはめ、正しく隔離することが天下の秩序の基礎だと考えられていることに対し、日本では夫婦が「家」のために共生する存在であるからこそ、両性が正しく交わり和睦することが求められていたと指摘した。多様にある春画・艶本の中には、夫婦の道を指南するものも少なくない。夫婦が仲睦まじいことは、すなわち「家」の安泰を意味する。この点において、春画・艶本は婚礼の場に存在しても何ら不思議のない書物であったといえるだろう。

親への孝行を教訓とする作品もある。葛飾北斎が作・画を手がけた『萬福和合神《まんぷくわごうじん》』（文政四年〔一八二一〕）である。「おさね」と「おつび」という二人の幼なじみの娘を主人公として、彼女たちの色好みの人生を描く。物語は、お金持ちの娘おさねと貧乏な家の娘おつびの両親が毎晩睦まじく交わるところから始まる。貴賎の別なく好きものの両親の営みから生まれた二人は、それぞれに色の道を進んでいくことになるが、結婚や出産を経て、おさねは最下級の遊女である夜鷹にまで身を持ち崩す一方、おつびは妾ながらも裕福な家の後裔の母となり、若後家として男妾を囲いながら悠々自適な生活を送る。色の道を好むことは同じながら、何が二人の行く末を分かったのか。物語の最後に、二人のもとに和合神が現れ、その理由を次のように説明する。

おつびはたとへさせずきの手まへかつての其中に、親の為めとの孝心の、手かけ奉公に身をくだき、させと

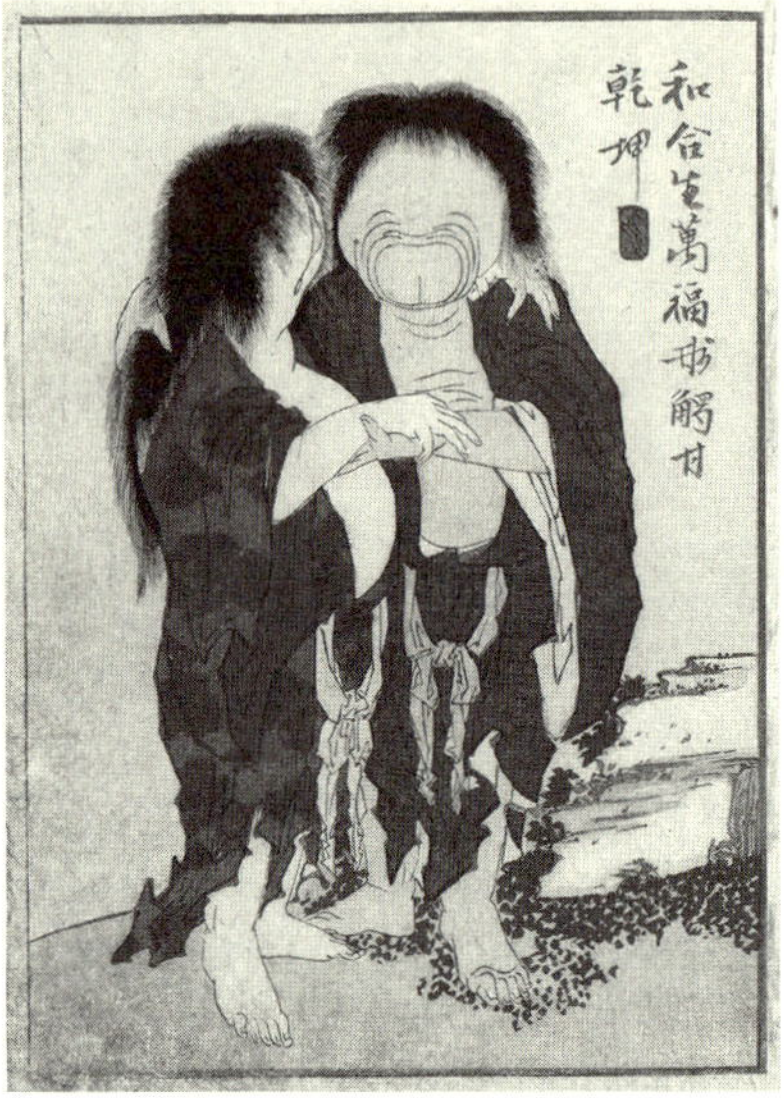

図２　葛飾北斎『萬福和合神』
国際日本文化研究センター蔵

図３　葛飾北斎『北斎漫画』 個人蔵
立命館アート・リサーチセンター提供

ふしたるめぐみ有て、か丶る身の上とはなりにける。

つまり、親への孝行心の有無が二人の命運を分けたのだと諭すのである。個人的体験としての快楽のみを追求したおさねが転落の人生を歩み、親への孝心を忘れず、跡取りとなる子をなしたおつびが栄えるというこの物語は、「家」の存続と繁栄を願う当時の社会にふさわしいものであったといえるだろう。

そして、二人の前に現れる和合神の姿もまた、夫婦和合を象徴している【図２】。和合神とはもともと中国の神であり、二人の神が財宝を踏みしめ、手には蓮の花や円盒を持つ姿が基本的な図像である。北斎自身も本来の和合神を『北斎漫画』四編（文化十三年（一八一六）刊）の中で描いているが【図３】、『萬福和合神』では、二人の神を男と女とし、肩を組み、手を取り合った形として描く。この姿は服部幸雄氏が指摘した通り、日本の伝統的な双体道祖神の姿と重なる（服部二〇〇五）。双体道祖神は夫婦和合や豊穣をもたらすものとして信仰されるものである。北斎は、中国の和合神に日本の道祖神を加え、艶本にふさわしい神の形を作り出していたのである。

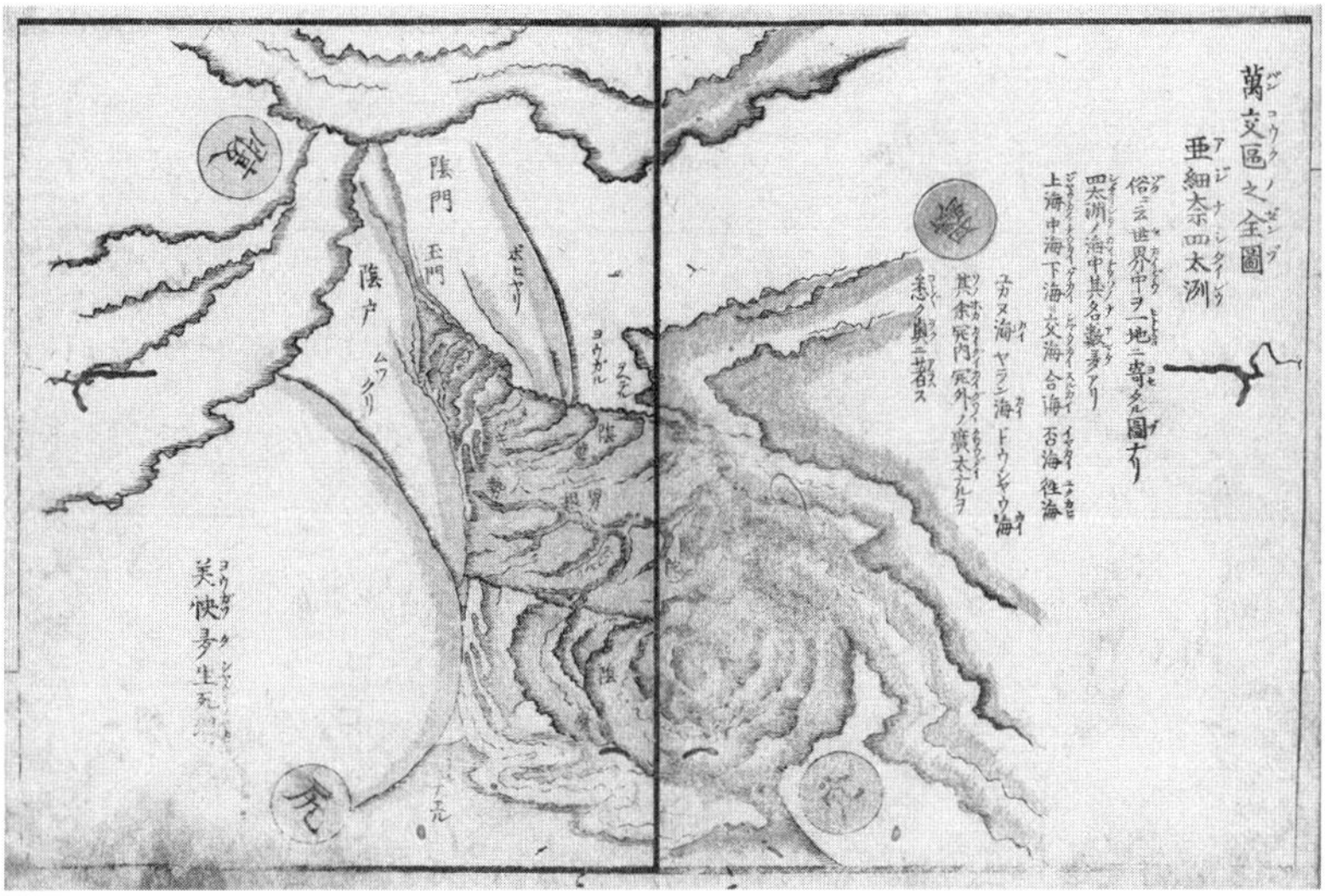

図4　暁鐘成『万交区新話』国際日本文化研究センター蔵

おわりに

最後に、伝統的な思想と新しい知見が絡み合ったパロディ艶本をみて本稿の終わりとしたい。暁鐘成作『万交区《ばんこうく》新話《しんわ》』（嘉永五年〔一八五二〕刊）である。本書は、寛政元年（一七八九）に刊行された森島中良『万国新話』を基にしている。アジアの諸説をまとめた『万国新話』のパロディとして作られた本書は、西洋の情報も取り入れながら、様々な空想の国を描き出している。その中でも「両根地毬略《リヤウコンチキウリヤク》全図《ゼンヅ》」と「万交区之全図《バンコウクノゼンヅ》」の二図は、男女が世界の根元であるということを表現した新しい図であった。前者は、双円形の地球図に擬えて、南根を男、北根を女として描く。これは東西を二つの半球で描く蘭学系世界図を基にしている。後者は、「世界中《セカイヂウ》を一地《ヒトトコロ》に寄《ヨセ》たる図《ズ》」で、地なる女と海なる男との交わりを壮大に描く【図4】。まさに、天地陰陽交合して万物を生じる有様を表した絵である。これらの表現は、中国古来の陰陽思想に基づきながらも、西洋からもたらされた新しい知見を取り入れたものであり、様々な思想を綯い交ぜにしながら結実した日本的な表現といえよう。

中国や西洋から日本へと様々な知識、書物が流入してくるなかで、春画・艶本はそれらと日本の和合の思想を混じり合わせて様々に表現していた。春画・艶本の特質の一つにパロディが挙げられるが、常に新しいものを取り込みながら、それらを春画・艶本の表現として再生産することで「笑い」を含ませていた。「表」を「裏」に変えてその落差を笑うことを意図したものであるが、そこには性に対する「本音」や「自負」がちらちらとのぞいているようにも思える。男女の享楽的な姿態、突飛な表現、笑いを誘う誇張。春画・艶本をながめたとき、多くの人はその描写に目を奪われ、心を動かし、気鬱を散じ、あるいは閨房の参考とするだろう。しかし、それらの根底には和合をことほぐ価値観が「鎮座」しており、それが時折のぞく「本音」の正体の一つであったのかもしれない。

▼参考文献

『天野浮橋』（国際日本文化研究センター蔵本、KC/172/Ya）
『艶色吾妻鏡』（国際日本文化研究センター蔵本、KC/172/Ni）
『ねがひの糸口』（国際日本文化研究センター蔵本、YR/5/Ki）
『袖の巻』（国際日本文化研究センター蔵本、YR/5/To）
『女大楽宝開』（個人コレクション蔵）
『黄素妙論』（天理大学附属図書館蔵本、499-イ-13）
『女有識莩文庫』（東京学芸大学附属図書館蔵本、T1A0/14/74）
『萬福和合神』（国際日本文化研究センター蔵本、KC/172/Ka）
アンドリュー・ガーストル『江戸をんなの春画本』（二〇一一年、平凡社）
石上阿希「日本春画における外来思想の受容と展開」（『立命館文学』六百三十号、二〇一三年）
石上阿希「中国養生書と艶本」（『日本の春画・艶本研究』平凡社、二〇一五年）

『近世随想集』（『日本古典文学大系』九十六巻、岩波書店、一九六五年）
『国貞【恋のやつふぢ】』（『定本・浮世絵春画名品集成』六巻、河出書房新社、一九九六年）
長澤規矩也『図書学参考図録　第二輯　解説』（汲古書院、一九七九年）
服部幸雄『さかさまの幽霊』（筑摩書房、二〇〇五年／『さかさまの幽霊』平凡社、一九八九年）
福田安典「『竹斎』の周辺」（『語文』五十九号、一九九二年）
『房内書』（花咲一男『咲くやこの花』太平書屋、一九九九年）
町泉寿郎「曲直瀬道三『黄素妙論』にみる房中養生について」（『曲直瀬道三——古医書の漢文を読む』二松学舎大学21世紀 COE プログラム、二〇〇九年）
劉達臨『中国性愛文化』（鈴木博訳、青土社、二〇〇三年）
渡辺浩「「夫婦有別」と「夫婦相和シ」」（『中国——社会と文化』十五号、二〇〇〇年）

II 「和の国」イメージの普及

日本の春画・艶本にみる「和合」◉石上阿希

Ⅲ 「武の国」——願望のゆくえ

▼第Ⅲ章では、「文」つまり儒学の教えの国である中国・朝鮮に対して、武家が統治するこの国の特質を言い表す言説として、兵学・儒学の文献において展開された「武国」としての日本像に着目する。このような言説が、一部の知識人に享受されるだけの学問的著作にとどまらず、人びとにとって親しみやすいかたちでどのような表象を生み、どんな内実をともなって浸透したかを眺める。前章の「和」と、明らかに矛盾しつつ、一方で武威《ぶい》による泰平の実現としてそれとつながる面をもつこの言説の両義性と虚構性を考える。

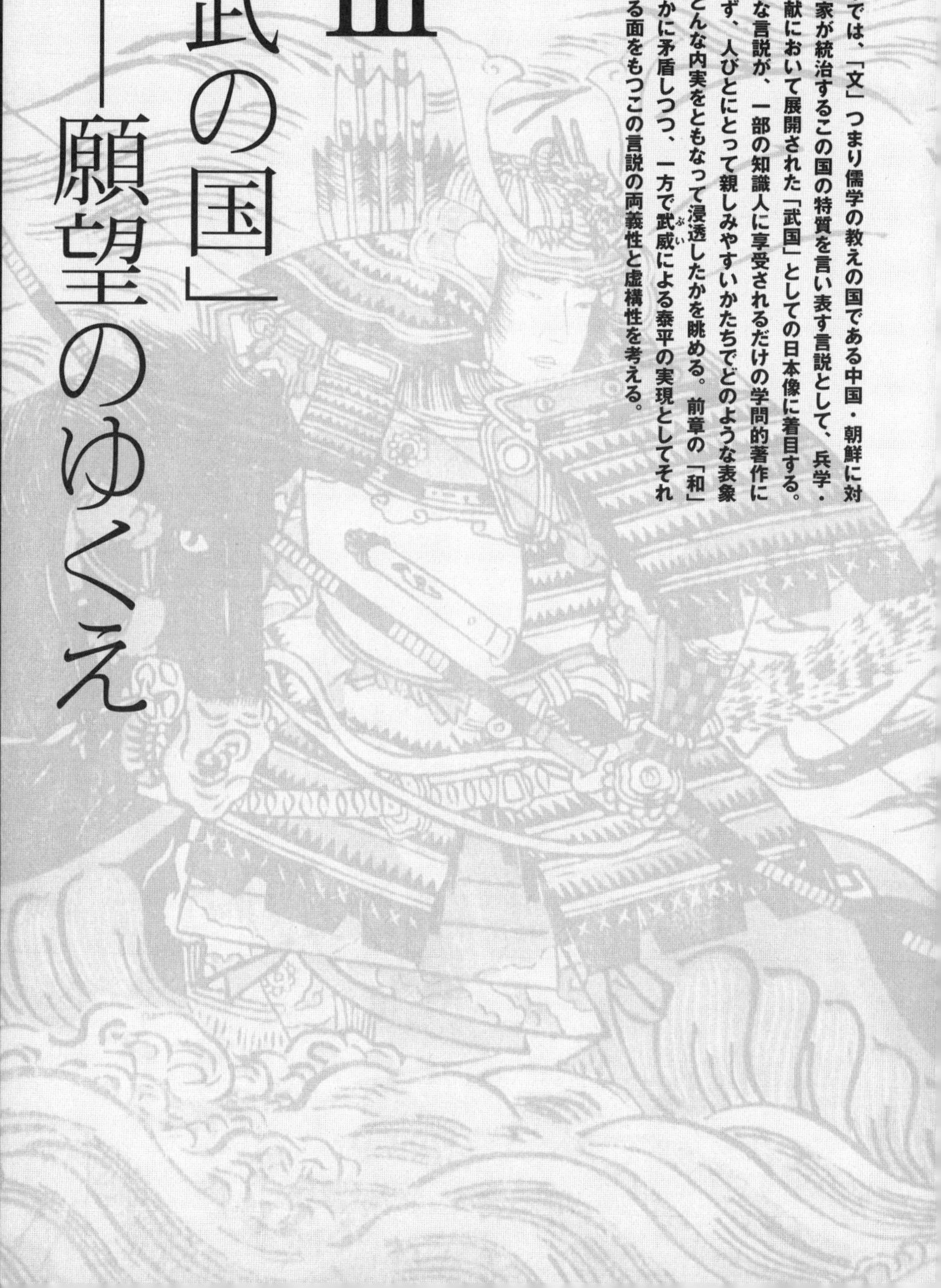

扉絵：『絵本武者草鞋』法政大学国際日本学研究所蔵

近松の浄瑠璃に描かれた「武の国」日本

韓京子
◉韓国慶熙大学校外国語大学助教授

「武」は、武家社会や合戦を題材とする時代浄瑠璃において、主に武将や家臣たちの超人的な活躍や武勇として描かれてきた。近松門左衛門（以下、近松）の浄瑠璃にも「武」は描かれているが、それまでの浄瑠璃とは異なる特徴が見られる。近松の浄瑠璃における「武」の表象には、近松自身の日本に対する強い国家意識と、異国に対する優越感が浮き彫りになっていた。なぜ、このような違いが見られるのだろうか。本稿では、近松の時代浄瑠璃には、「武の国」としての日本がどのように描かれていたのか、そこには、いかなる意図が含まれていたのかを考えてみたい。

『国性爺《こくせんや》合戦《かっせん》』に表現された「日本」

『国性爺合戦』（正徳五年（一七一五））には、異国に対する日本優越意識が随所に見られる。いくつかを例にあげよう。第一に、日本が神道の国ということである。初段には、明の忠臣呉三桂《ごさんけい》が、明には儒教、天竺には仏教があり、日本には「正直中常の神明の道」があるが、そのような教えのない韃靼《だったん》は畜類同然の国であるとして、韃靼国を見下す場面がある。ここには、儒教の中国、仏教の天竺、神道の日本という三国世界観や、韃靼国を文化的に劣り、徳化されてないと見なし、北狄《ほくてき》、畜生国と蔑む、華夷思想があらわれている。近松は、明の忠臣による発言として、日本を明や天竺と対等な文明国と権威付けていた。外国を意識した自国認識のあらわれといえよう。

第二に、日本は、神が加護する神国ということである。近松は、日本の神の加護を外国までにも及ぶものと描いていた。国性爺が「神風」によって無事に唐土へ到着したこと、猛虎を伊勢大神宮の御札で制したこと、そして、次々と城を撃破し諸侯王となることができたのは、いずれも神威によるものとしていた。近松は、国性爺の武勇や明復興への活躍を「神明擁護の験」として意味付けていた。国性爺は、自らの功績を「日本の神力」によるものとして、天照大御神《あまてらすおおみかみ》を勧請していた。この行為は、後日談である『国性爺後日合戦』（享保二年〔一七一七〕）では「日本の威勢を募り、大明が威勢を削り……日本の手下に付ける謀」と見なされていた。外国における自民族に対する神の「加護」にとどまらず、異民族に対する「支配」へと意味が変化していくのである。

第三に、日本は、他国に優る武国ということである。国性爺は韃靼との決戦に、「日本弓矢に長じ、武道鍛錬隠れなく、韃靼夷聞き怖じして二の足になる」ことを想定し、日本からの加勢に、韃靼軍が恐れをなすところを攻めようと企てていた。国性爺が用いた作戦は、日本が武道に優れていることが外国にも知れ渡っているという認識をもとにしていた。四段目では、呉三桂と明の太子に、二人の老翁が碁盤の上に国性爺の勇猛な戦いぶりを見せる場面が設けられている。日本流の軍術を用いた合戦の様子が次々と描き出され、日本の「武」の優越性が強調されている。注目したいのは、この場面において、老翁が「ついには、晴れて天照らす、日の本和国の神力にて、太子の位」は安泰であると述べていることである。実は、二人の老翁は、明の太祖洪武帝とその臣下劉《りゅう》基《き》であった。その二人が明の復興を日本の神力に委ね、肯定的に捉えているのである。明の太祖と名軍師による、日本の神威《しんい》と武威《ぶい》に対する権威付けといえるだろう。五段目の末尾は、「大日本の君が代の神徳武徳聖徳の満ちてつきせぬ」と、復興した明永暦帝《えいれきてい》の御代を言祝ぐ文句で結ばれている。日本が神国であり、武に優れた武国であることから明が復朝し、世に安泰をもたらせたことを明示したものであり、日本の優越意識を端的にあらわしていた。

このような武国観は、すでに江戸時代初期から見られる。熊沢蕃山《くまざわばんざん》の『三輪物語』巻六には、「日本は武国なり。

……兵を以て国の第一とする事なり。……異国より恐れて手ささぬ」と、日本が武国であることに異国が恐れをなすため侵略されることがないとしている。江戸時代を代表する農書『農業全書』（宮崎安貞、一六九七）の貝原楽軒の記した付録にも同様のことが記されている。そこにはさらに、「神武天皇と神功皇后の、英武の御徳ましますに感じて、天下人民の生質おのずから武にうつりて、武国となれるゆえなり」と、日本が武国になった由来が語られている。神武天皇の東征や神功皇后の外征の偉業に感化された民が、武を尊び武国となったため、異国が日本に脅威を覚えるようになったと捉えていた。江戸時代中期の新井白石も「我国は万国にすぐれて武を尚ぶ国とこそ古より申し伝へたれ」（『折たく柴の記』）と、日本を異国に優る「武」の国として意識していた。

以上のように、『国性爺合戦』にあらわれた武国意識は、この時期に高まったものではなく、すでに江戸時代の人々に広く持たれていたのである。この神国観と日本の武威を異国より優れたものと誇る意識が、近世日本の武国観念の特質であった（前田一九九七）。松下郡高《ぐんこう》が、日本に生まれた者が、「今百有余年御治世長久の御恩沢」を蒙るのは、「ひとえに御武徳の御影」（『神武権衡録《しんぶけんこうろく》』）というように、世が泰平なのは、日本が武威をもって国を治める武国であるためと見なされていた。そこには、日本は神国であるという意識が同時に働いていた。近世において、神国ということと武国であるということは、切り離される意識ではなかった。日本は神国であり、武威をとどろかす武国であることが、外国より優れた国であることを誇るという自国・自民族優越意識へとつながっていた。『国性爺合戦』は、当時広まっていた神国、武国であるという優越意識を背景に、日本の武威、神威が唐土にも及ぶものとして描かれた代表的な作品といえる。

武威による他国の支配

江戸時代の日本は、武士が支配した武威の国家であった。先述したように、『国性爺合戦』では、日本の武威は異国にも知れ渡り、恐れられているものとされていた。ただ、『国性爺合戦』では、日本がその武威をもって外国を服従させるのではなく、あくまで、国性爺たちは明復興のための個人的な援軍として描かれていた。

しかし、『国性爺後日合戦』では、国性爺が武威によって明を日本の支配下に置こうとしているとして、明朝廷内における葛藤が描かれる。明の五府将軍石門龍は、明再興後の国性爺の行動について問題を提起する。国性爺が、明の再興をすべて日本の手柄にするだけでなく、日本の神を勧請したり、城構えや内裏まで日本風にして、人々に日本を尊ばせていると非難する。石門龍は、日本は「もとより武勇烈しい」国であり、いずれ国性爺が日本勢を引き寄せ、明を滅ぼそうと企てているのではないのかと疑う。その非難に対し、国性爺に縁のある甘輝は、理にかなったものと見て反駁することもできずにいた。帝から日本風を改めさせよと命を受けた甘輝は国性爺に、明が復興したにもかかわらず、明の風儀、礼儀作法を日本風に改めようとしたため、「万民日本の武威に恐れ。常に心やすからず恐れる」と異見する。その根拠として、秀吉の朝鮮侵略をあげ、敵兵の耳を埋めた耳塚が日本にあることは唐にも知られており、民百姓までが、国性爺が日本勢を引き入れ明までを征服するだろうと恐れをなしていると難じる。日本の武威は、『国性爺合戦』では、他国が恐れて日本を侵略することができないというものであったが、『国性爺後日合戦』では、日本が武威により外国を征服するものへと変化していた。

日本が外国を服従させるとする武威表現は、秀吉の朝鮮侵略を扱った『本朝三国志』(享保四年(一七一九))においで露骨となる。近松は、「一天四海の内のみか、人の国まで日本の誉れを末世に残す」ものとして朝鮮における戦勝を称えていた。耳塚を築き、盧舎那仏《るしゃなぶつ》を建立して春長父子の菩提を弔い御代長久を祝う。その余興に朝鮮における合戦の模様を描いた「男神功皇后」が人形浄瑠璃として舞台にかけられていた。秀吉の朝鮮侵略を神功皇后の三韓征伐に結びつけ、その偉業を継承するものとして意味を与えている。耳塚に象徴される、外国が恐れる日本の武威をことさら強調していた。江戸時代には、神功皇后の三韓征伐や秀吉の朝鮮侵略を武国の証と見なし、日本には異国に勝る武力があるものという武国観をもとにした優越意識が広く持たれていた(前田二〇〇六)。そのような背景から、外国を侵略する形での武威が浄瑠璃に描かれるようになったのである。

日本の武徳が異国に及ぶという考えは、異国との関連がない作品でも見られる。神代を扱った『日本振袖始《にほんふりそではじめ》』(享保三年（一七一八））の五段目末尾は、「君が代は八島の外の国迄も日本の威を振袖の人民無病延命に五穀は家に満ちける」と、外国までも及ぶ日本の武威が国内に豊穣や安寧をもたらしていると称えている。これは、『日本振袖始』大序において、素戔嗚尊《すさのおのみこと》が伊弉諾尊《いざなぎのみこと》より宝剣を預かり、甥である瓊瓊杵尊《ににぎのみこと》を後見しているため、三種の宝の神徳により、天下は豊かにめでたく治まっていることを言祝ぐ内容と呼応している。三種の神器の一つである天叢雲《あめのむらくも》の剣をもって大蛇を退治する素戔嗚尊の武勇を、日本の武威とみなし、それが異国に及ぶものと捉えていた。

その他、異国との関係の中で日本の武威が描かれた作品に、『百合若大臣野守鏡《ゆりわかだいじんのもりのかがみ》』（正徳元年（一七一一））がある。そこでは、平城天皇が百合若に蒙古退治の勅命を下す際に、神武天皇が夷退治に用いた鏑矢を授けていた。幸若舞曲『百合若大臣』にはない、外敵を退治した由来を持つ鏑矢を百合若に下賜するという設定にしたのは、「猛将に希代の武運を添える」だけでなく、異国に勝る日本の武威を、鏑矢をもって強調させるためといえる。

近松は、『日本振袖始』や『百合若大臣野守鏡』において、いずれも剣や鏑矢という武器をもって、日本の武威をあらわし、その威徳によって、敵を平らげ、世に安定をもたらしたものと描いた。『日本武尊吾妻鑑《やまとたけるのみことあずまかがみ》』（享保五年（一七二〇））では、景行天皇が日本武尊に天叢雲の剣を授けて八十《やそ》の梟師《たける》征伐を命じ、日本武尊はその剣をもって、世を平定した。五段目は、「草なぎの剣になびかぬ方もなく、百億万歳末かけて。民草五穀も穂に穂をめぐみ国に半点くもりもなき剣の威徳ぞあきらけき」と結ばれており、武を象徴する剣に人々も敬服し、平穏な世がもたらされたと、剣の威徳を称えている。このように、近松は日本の武威を描く際、ことさら剣をとりあげていた。近松は、なぜ剣に特別な意味をもたせているのか。この点について、次の章で詳しく見ていくことにする。

剣による世の平定

『日本振袖始』や『日本武尊吾妻鑑』では、記紀神話をもとにしながらも、「剣」の存在が際立つように描かれていた。そこには、刀剣を国を治める道具とみなす考え、さらに、「天瓊矛《あめのぬぼこ》」を「武」の象徴とみなす武国観が存在していた（久堀二〇〇四）。天瓊矛は、伊弉諾尊と伊弉冉尊《いざなみのみこと》が国産みの際に授かった矛のことである。近松は『日本振袖始』大序に「ちはや振袖広戈の国平らけく御す。天照太神の御孫。天津彦火瓊々杵の尊と申こそ代々に王たる始なれ」と、広戈《ひろほこ》が国を平定し、瓊々杵尊が降臨して世を治めたと、「広戈」について触れている。これは、『日本書紀』巻第二で、大己貴神《おおあなむちのみこと》が国譲りの際に治国に用い、神に献上した「広矛」をさすと見られる。近松は、広戈を神代に世を平定したものとして言及しており、「天瓊矛」と同じ意味として捉えていたと思われる。

　前田勉氏によると、近世日本の武国観の特質は、「神国」であるということに「弓箭きびしき国」ということが結びついていた点にあり、吉川神道では「武国」の起源を記紀神話に置き、日本が武国であることを「天瓊矛」によって正当化していた（前田二〇〇六）。吉川唯足や山鹿素行らによって唱えられた、「天瓊矛」神話を起源とする武国観が成立するのは、十七世紀中頃であり、近世全体を通じて広く見られる。さらに、正親町公通《おおぎまちきんみち》の門人跡部《あとべ》良顕《よしあき》は『三種神器極秘伝』において、「矛は剣なり」と述べ、「矛」を「剣」と同一視していた。剣に関して、山崎闇斎《やまざきあんさい》は、次のように興味深いことを述べていた。

　昔から、日本の平らげ様ぞ、皆剣ぞ。天上の事は只今の禁裏也。物を平ぐるは剣を以て切り平らぐるは、昔の素戔嗚、大己貴のが、今の将軍がそのなりぞ。づんと神代から日本はかふしたことぞ。

（『神代巻講義《じんだいのまきこうぎ》』）

　闇斎は、刀剣を、国を治めるものとして捉えていた。素戔嗚尊をはじめ、大己貴尊、そして、今の徳川の将軍まで、一貫して剣をもって世を平定していた。そしてその世を治める方法は神代から継承されているものと説くのである。山崎闇斎は、「今の武家は素戔嗚尊なるぞ」（『神代巻講義』）と明言しており、武家の起源を、剣を持って世を平らげた素戔嗚尊に見出していた。先述した『日本振袖始』において、素戔嗚尊が伊弉諾より宝剣を預かり、世を平定し、異国まで武威を轟かすものとしたのは、素戔嗚尊に近世武家の起源を見るという認識が背景にあったからである（久堀二〇〇四）。

では、近松は浄瑠璃の中で剣にどのような意味を持たせていたのであろうか。近松の浄瑠璃では、先に言及した『日本振袖始』や『日本武尊吾妻鑑』のほか、源頼光と家臣の活躍を題材とする頼光四天王物において、剣の物語が展開される。

『嫗山姥《こもちやまうば》』（正徳二年〔一七一二〕）は、頼光四天王による鬼退治譚を、頼光が「天下の重宝」である名剣をさがす物語として再構成したものである。『嫗山姥』大序には、漢の高祖劉邦《りゅうほう》が天下を掌握する際に得たといわれる宝剣、太阿、子路などの宝剣にまつわる中国の故事が多数引用される。その結びは「我が神国の天の村雲百王護国の御守りのべふす民こそ。めでたけれ」と、神国である日本は、天叢雲の剣の加護があるため、安泰であると言祝がれる。大序が剣に関する逸話ではじまり、祝意を込めた言葉で結ばれているのは、単に浄瑠璃における常套的な表現としてだけではなく、作品全体の構想と関わるからであった。頼光が手に入れた名剣は、『平家物語』や『平治物語』では、「髭切」「膝丸」として、源家重代の剣とされていたが、『嫗山姥』ではそれを頼光が「日本」、「和国」の名剣としていることに注目しておきたい。源氏の名剣にとどまらず、日本を治める宝剣として、意味付けているのである。

次に、『栬狩剣本地《もみじがりつるぎのほんじ》』（正徳四年〔一七一四〕）は、謡曲『紅葉狩』を踏まえた作品で、勅命による惟茂《これもち》の鬼退治を主筋としつつ、宝剣の由来を語る物語となっている。四段目に設けられた節事〈剣の本地〉では、日本には神代から伝わる三振りの剣――十握の剣（天の羽斬）・天叢雲の剣・大己貴尊の剣――があり、帝が惟茂に授けたのは、このうち大己貴尊の剣であることが語られる。この剣は「平国《くにむけ》の剣」と呼ばれるもので、「八幡宮の御母神功皇后異国退治の宝剣」という来歴を持っていた。ここでは、神功皇后が天照大御神のお告げにより、神の守護のもと三韓へ攻め入ると、剣が自ずと抜け出て「新羅百済高句麗の荒き夷」を攻め滅ぼしたと、三韓征伐の様子が細かに描かれる。近松は、鬼退治のための剣に関する由来を語る節事の場面において、神功皇后の三韓征伐に象徴される日本の武威をあらためて強調していた。

以上のように、『日本振袖始』をはじめ、『日本武尊吾妻鑑』や、『嫗山姥』、『栬狩剣本地』において、剣は実際世を平定するための武器として用いられていた。それらの剣は、神から授かったり、鬼や外敵を征伐したりと、過去に世を平定してきた来歴を持つものであった。そのような剣であったからこそ、威力が発揮したものと描かれていた。

剣の威徳による治世

近松は、剣のもつ威力を、日本が武威を大いに振るい、世を治めるものとして描いていた。その一方で、晩年の作品には武力に頼らない政道を説いてもいた。

『唐船噺今国性爺《とうせんばなしいまこくせんや》』（享保七年（一七二二））は、台湾でおこった朱一貴の乱を扱った作品である。福建省の国守である六安王は、帝位簒奪の謀叛を企てており、その成就を期して、三足両耳の鼎《かなえ》の地金で剣を鋳させていた。従事官金海道は、この鼎は秦の始皇の代に失われた「代々の天子御位を嗣《つ》ぎ給う信《しるし》として伝わりし御宝」であり、日本の「内侍所」と同じ意味を持つものと語る。内侍所を含め三種の神器は、帝位の正統性をあらわすだけでなく、智仁勇の三徳を象徴する。近松は、鼎も三種の神器同様、帝位を象徴し、徳を備えるものとした。金海道は、鼎の徳をもって世を治めるべきだと、六安王《ろくあんおう》をいさめる。しかし六安王は、「末世当代は慈悲仁義もいらず。剣を以てかたはし切取にしくはなし」と徳治ではなく武力で天下を治めることを主張し、剣の鋳造にこだわる。これに、一人の鍛冶が次のように異見する。

そもそも天子将軍の宝剣とは。能きるる計を宝とせず。仁の地金義のやき刃。礼と信とをかざりとし智慧の箱におさめ。自衛をもととするの徳。たたかわずして国治り民したがう。されば樊噲は剣を抜いて人は切らず。一曲奏でし舞の手に強敵恐れ退き。……日本には太刀と訓じ。大治とは大きに治まると書文字。此徳を以味方の軍兵に下知し。敵にむかう時は一振の剣千振万振の剣と成て。一度振れば三城をなびけ。二度振れば五城をなびかす。

天子や将軍などの為政者の剣は、「仁義礼智信」の五常の徳が備わるため、武器として用いられなくとも、民が従い、国が治まるだけでなく、外敵からも恐れられるものであると説く。その際、日本の太刀を取り上げ例説する。近松は、「日本には太刀と訓じ。大治とは大きに治まる」と、「太刀」には「大きに治まる」徳が備わるものという意味付けをしているのである。中世以来、三種の神器は「智仁勇」の三徳をもって説明され、近松も「宝剣は勇、神璽は智、我内侍所は仁の鏡。智仁勇の三宝」（『吉野都女楠《よしののみやこおんなくすのき》』）と、捉えていたが、最晩年の作品『唐船噺今国性爺』では、さらに五常の意味を持たせたのである。それは、三種の神器に象徴される徳を為政者は身につけるべきだという、政道についての忠言であったと考えられる。

『栬狩剣本地』には、「弓矢の法」、すなわち武将のあり方が説かれている。侍所の帯刀太郎は、弓矢は「神武不殺の威徳」をあらわし、「凡大将たる身の弓は袋、剣を箱に治ながら、東西南北の敵を鎮め退くる。一帳弓の理に至るを、精兵の射手とも、又は文武両道の弓取とも、是を名付けたり」という。武将は、卓越した知略、武勇を備えながらも、むやみに武力を行使して殺傷しないことをよしとしていた。そうすることで、民が自ら帰服するものだとする。弓や剣を用いず、天下を治めることを、真の弓取といったのである。すなわち、武力を直接用いずとも、世が治まるのを理想の政治と主張していた。

絶筆である『関八州繋馬《かんはっしゅうつなぎうま》』（享保九年〔一七二四〕）においても、「内に仁愛を施し、外厳しく警護せば、刃も用ず徳に随い、自治る道理」と、治世の理想像が明言されている。為政者たる者は、「刀」の力ではなく、仁愛の徳を持って天下を治めるべきであるということを説いており、『唐船噺今国性爺』や『栬狩剣本地』において説かれた為政者のあり方と通じていた。

近松は、日本が神国であり武国であることからくる自国優越意識が広まっていた中、外国を意識しつつ「武の国」

日本を描いていた。『国性爺合戦』においては、神威や武威が世に安泰をもたらすものであり、それが外国へも及ぶものとされていた。日本の武威は異国にとって畏怖の対象であったが、『国性爺後日合戦』や『本朝三国志』においては、異国を従え支配するものと描かれる。神代や古代を背景とした『日本振袖始』や『日本武尊吾妻鑑』においては、日本の武威が「剣」に結びつけられ、その威徳が強調されていた。武士が武威をもって支配する近世日本において、近松は、素戔嗚尊や神功皇后に象徴される日本の武威を称えていた。神威、武威により治まる「武の国」日本を、優越意識をもとに描きつつ、実際では武の行使による治世ではなく、「剣」の徳をもって世を治めるべきとして、為政者のあり方を説いていたのである。

▼参考文献

跡部良顕『三種神器極秘伝』(『神道叢説』国会刊行会、一九一一年)
新井白石『折たく柴の記』(『日本古典文学大系』九十五巻・戴恩記 折たく柴の記 蘭東事始、岩波書店、一九六四年)
内山美樹子「『関八州繋馬』とその周辺」(『歌舞伎――研究と批評』八号、歌舞伎学会、一九九二年)
内山美樹子『浄瑠璃史の十八世紀』(勉誠社、一九九九年)
久堀裕朗「享保期の近松と国家」(『江戸文学』三十号、ぺりかん社、二〇〇四年)
熊沢蕃山『三輪物語』(『神道叢説』国会刊行会、一九一一年)
前田勉「近世日本の武国観念」(『日本思想史その普遍と特殊』ぺりかん社、一九九七年)
前田勉『兵学と朱子学・蘭学・国学』(平凡社選書、二〇〇六年)
松下郡高『神武権衡録』(『日本思想闘諍史料』四巻、東方書院、一九三一年)
宮崎安貞『農業全書』(『日本経済叢書』二巻、日本経済叢書刊行会、一九一五年)
山崎闇斎『神代巻講義』『近世神道論前期国学』(『日本思想大系』三十九巻、岩波書店、一九七二年)

渡辺浩『日本政治思想史』（東京大学出版会、二〇一〇年）

＊本文引用は『近松全集』（岩波書店）による。引用に際しては、私にルビ・節章を省略し句読点を補い、仮名を漢字に改めた。

III 「武の国」——願望のゆくえ

近松の浄瑠璃に描かれた「武の国」日本◉韓京子

曲亭馬琴の「武国」意識と日本魂《やまと》

大屋多詠子
◉青山学院大学文学部准教授

「武の国」に関わる言表から、馬琴の日本意識を探る。「武国」観念は「文」たる儒教を否定する傾向にあるが、馬琴は文武両道を重んじ、さらには神の教えは儒教に等しいとする点に特徴がある。「武国」観念は「武威」と勇武の資質をその内容とするが、馬琴は「武威」よりも仁政を重んじ、また勇武の資質とされる「日本魂」を「忠孝」と考えた。馬琴の「武の国」とは、神儒一致の思想の上に見られる自国優位意識といえる。

はじめに

近世に入ると、「武国」たる日本について、盛んに論じられるようになる（前田一九九七・二〇〇六）[1]。「武国」とは自国優越意識であり、その内容は、第一に「武威」の支配下にあること、第二に勇武の資質があることであるという。

「武国」観念の変遷は三期に分けて説明される。第一期は十七世紀中頃、幕府神道方の吉川惟足《これたり》、兵学者の山《やま》鹿素行《がそこう》らの言説に見られるように、「天瓊矛《あめのぬぼこ》」神話を起源として「武国」観念が成立する。「天瓊矛《あめのぬぼこ》」とは『日本書紀』においてイザナギ・イザナミの国生みの際に、二神が天神から賜った矛であり、それが「武国」日本の象徴とされる。第二期は十八世紀前半の享保期から対外危機の迫る以前で、古文辞学派の荻生《おぎゅう》徂徠《そらい》が「文」の優位性を説いたのに反撥して武国観念が喚起され、元和偃武《げんなえんぶ》以降の泰平は「文」ではなく「御武徳」によるものという優越意識が確固たるものとして定着する。第三期は、十八世紀後半以降の対外危機の時代であり、「西洋列強の侵出という対外危機に対して、万世一系の皇統の優越性と神明擁護の国の特権性を内容とする「皇国」「神国」とともに、武国観念が高揚」した時期である（前田一九九七）。

曲亭馬琴が生きたのは、第三期に当たり、外国の脅威を現実のものとして認識していたことも指摘されている（播本二〇一〇）。本稿では、馬琴の「武国」意識がどう形作られているか、「日本魂」という語にも着目しつつ、論じてみたい。

馬琴の日本意識と「武の国」

代表作『南総里見八犬伝《なんそうさとみはっけんでん》』を想起してもわかるように、馬琴作品の主要登場人物には武士が多い。馬琴というと「武」との関わりが強いイメージがあるようである。しかし、「武国」に限れば、あらたまって論じた言表がそれほどあるわけではない。国学者本居宣長《もとおりのりなが》が儒学を否定したことを批判する文脈に、馬琴の日本意識が見え、そこに「武の国」についても言及がある。「武の国」を手がかりに、馬琴の思想的立場と日本意識について簡単に見ておきたい。

天朝は武の国なり、からくには文の国なり。文武は車の両輪のごとし。武のみにして文なければ野《いや》し。譬《たとへ》ば猟人《かりびと》の刀佩《たちはけ》るが如し。文のみにして武なければ虚《むな》し。譬ば咲る花に実なきがごとし。こゝに隣国の文を借りてもて、我邦の武の資《たすけ》とし、文質彬々《ぶんしつひんひん》たるおほん政をもて、今に伝へさせ給ひしは、先王の御いさをにして、これを仰《あほ》げばいよ〳〵高し。

（文政二年〔一八一九〕『独考論《どっこうろん》』上巻第三・四）

馬琴は日本を「武の国」と捉え、「文の国」たる中国から文字と教えを受け入れ、今に伝えたことは「先王の御いさを」であり、文武両輪が揃って良いとする。一方、宣長は古代においては教えなどなくても世が治まっていたが、儒教が導入されてから、それが乱れたと考えた。馬琴は、この宣長の「儒学をなみせし一條」については「をさ〳〵偏執《へんしう》より出て、心せまきわざなるべし」と批判する。

さらに馬琴は「我邦の道としいふは、上ミ天子より下は庶人《しよじん》まで、おの〳〵祖神をまつるのみ」であり、これが「神のをしえ」であるという。「国を治め家をとゝのふることも」「まつりごと」というように、「ひとへに神を祭る如く、妄想をはらひ除き、君臣上下すべて正直ならんには無為《ぶゐ》にしてよくおさまるべし」という。しかし、時代が下って人心が荒廃し、「おのも〳〵言《こと》をかざり、いつはりを事とすなれば」神の教えのみでは導くことが難しく、「中《なか》葉《ごろ》より、から国の文字をかり、からくになる聖人の教《をしゑ》にもとづけて、善道にをしえ導き、又すゑ〴〵なる愚民には、仏のをしえをも借リて喩《さと》させ給ひしなり」というように、儒教、さらには仏教をも導入して教え諭したのだとする。その理由は「皇国には文字なければ、神の教《をしゑ》を伝へがた」いためである。馬琴は中国から文字や教えを借用して、政治を行っていることを「万国に勝れたる天朝の御威徳」と考え、恥ずべき欠点とは捉えない。この考え方は古くは北畠親房の『神皇正統記』（興国四年〔一三四三〕修訂）にも通う。親房は「応神天皇の御代より儒書をひろめられ、聖徳太子の御時より釈教をさかりにし給し、是皆権化の神聖《かみ》にましませば、天照太神の御心をうけて、我国の道をひろめ、ふかくし給《たまふ》なるなるべし」（瓊々杵尊條）と天皇が儒仏を取り入れ神道を広め深くしたとする。

馬琴は、季節や気候も変わらないのに、中国の言葉が日本に伝わって、その逆がないのは、「大皇国の唐国に立まさる事あればなり」といささか強引な論を展開する。また国字もみな漢字の省略体であり、その中国由来の文字を使って書を著した国学者が、儒教を否定するのは偏見であるとも述べる。同様に、日本の故実を知らずに中国だけを尊ぶ儒者をも「腐《くされ》儒者」と貶めている。例えば、『白石叢書』巻十九「白石先生著述書目附録」の馬琴の書入に、孔子の画像に賛して「日本夷人物」と自著した荻生徂徠を「腐儒」と呼んでいることが指摘される

（播本二〇一〇）。

このように儒仏をも許容する馬琴は和漢兼学を重視する（朝倉一九九六）。宣長についても儒教を排斥することは批判するが、その和漢兼学については認めている。馬琴は「宣長が説たる事どもは、そのよしなきにあらねども」（『独考論』第三・四）というように、宣長を新井白石と並んで学者として高く評価しており（天保二年〔一八三一〕十月二十六日付殿村篠斎宛書翰）、その学問の影響を受けてもいる（播本二〇一〇）。同様の立場から、宣長の弟子の平田篤胤についても漢学を学んでいないと厳しく批判もする（『独考論』下巻第八）。

冒頭にも述べたように、「武国」観念は、自国優越意識であり、外来の「文」を否定する傾向にある。儒教の徳治主義は、現実の「武治」には役に立たないというわけである（前田二〇〇六）。例えば「神道は則ち此国の武道也」と神と武を同一視する松下郡高《ぐんこう》は「儒仏の二道此国になくては、治世の政成らぬといふ事は決而なく、既に東照宮御一代、数度の御合戦に御勝利を得給ふ」（『神武権衡録《じんむけんこうろく》』▼2）と儒仏を排除する。また中村元恒《もとつね》は「我が邦は武国なり。自ら武士道あり。此れ儒道を仮らず仏意を用ひざるは我が邦自然の道なり。文国は孝を尚び武国は忠を尚ぶ」（『尚武論《しょうぶろん》』天保十五年（一八四四）跋）という具合である。

だが右に見たように、馬琴に特徴的であるのは、「武国」を文武両道、和漢兼学を主張する文脈で用いていることである。さらに一歩進んで馬琴は「から国なる孔子の教は、則神の教にひとし。貴賤今日一切の所作《しょさ》は、みな儒の教によらざるはなし」とする。日本には文字がないために儒教を使って日本人に教えたが、それは「神の御はからひ」であり、もし「八十万の神たち」が儒教を憎むのであれば、「彼神風などいふものもて」退けられたはずであるのに（これは『雨月物語』「白峯」の西行の台詞にも見える『五雑組《ござっそ》』四の孟子不渡来説を踏まえるか）、そうではなく、日本に儒教が伝わり、漢文を作る技術も、中国の人に恥じないまでになったのは、「神の御しわざ」であるから、「孔子の教えは我邦の神の教にひとし」というのである。それを知らずに、外国ばかり尊ぶ儒者・仏者は不義である、という。

馬琴は日本を「武の国」かつ『大皇国』とする。「大日本は神代より、百万載の今に至て、革命の時なし。万国の中、又有りかたくもいと貴い大皇国なれば、他の国には比べがたし」（文化七年〔一八一〇〕刊『昔語質屋庫《むかしがたりしちやのくら》』巻之二第四）とも述べるように、反革命・万世一系である点をもって「大皇国の万国にすぐれたるを、誰かあほがざるべき」（『独考論』上巻第三・四）とする。

馬琴の皇国観については、宣長の『漢字三音考《かんじさんおんこう》』（天明五年〔一七八五〕刊）や皇国観から日本の尊厳を説く『馭《ぎょ》戎概言《じゅうがいげん》』（寛政八年〔一七九六〕刊）、天皇親政を理想とする史観によって書かれた栗山潜鋒《くりやませんぽう》の『保建大記《ほうけんたいき》』（元禄二年〔一六八九〕刊）等に対する高い評価からも指摘されている（播本二〇一〇）。このように皇国観は国学者と同様でありながら、馬琴は神の教えは儒教に等しいという議論を展開する。

これは近世初期に中世以前の神仏習合に反撥した儒家神道《じゅかしんとう》や、山崎闇斎《あんさい》の垂加神道《すいかしんとう》に近い考え方でもある。林羅山《らざん》は神道と儒教の理は一つであると神儒合一を説いて、仏教を排した（鈴木二〇一二）。闇斎もまた儒教と神道に一致を認め、仏教については批判的な立場にある（澤井二〇一四）。彼らの後に、神儒の一致に異を唱えた宣長ら、国学者が台頭してくるわけであるが、馬琴の考え方は、神儒一致の点においては、国学以前の儒家神道や垂加神道に近いように思われる。馬琴による蒲生君平《がもうくんぺい》伝である『蒲《がま》の花かたみ』（文政八年〔一八二五〕成立）に、「むかしは儒官、あきらかに天朝の故実に通じて、六経をもてこれが資にしたり。ここをもて名正しく、事行れざることなし。今の俗儒は、天朝の故実を知らず、夏夷順逆《かいじゅんぎゃく》の理（華と夷、順《したが》うことと逆《さか》らうこと）に暗くして、名を乱《みだ》り言を紊《みだ》るゝもの、百五六十年来比々として皆これなり」と、百五六十年前の儒者は、天朝の故実に通じていたとしているが、それはまさに羅山や闇斎の頃である。

馬琴は「上ミ天子より下は庶人《しょじん》まで、おの〳〵祖神をまつる」のが「神のをしえ」であるとする（『独考論』巻三・四）。『南総里見八犬伝』第百三十二回、八犬士に金碗の姓を賜るよう天皇に奏請することになるという場面では「儒の道をもて論ずれば、後なきを不孝とす」とし、又「我大皇国の神の教《をしえ》は、死を忌《いみ》て生を善《よし》し、世々その子孫相続を、守らせ給はぬ家はなけれど」、不孝にして子孫がない場合は養子をもらって家を継がせるのも「不孝の罪を免る」べきためとする。馬琴は神の教えを儒教の「孝」と捉えていたことがわかる。▼3

これは水戸学の会沢正志斉『新論』（文政八年〔一八二五〕刊）の考えにも似る。『新論』は、皇統が絶えることなく、代々の天皇によって三種の神器が継承されてきたことを、君臣の義、「忠孝」の教えが守られてきたゆえと考える。同様に正志斉は、宣長の『直毘霊《なおびのみたま》』を批判した『読直毘霊《とくなおびのみたま》』（安政五年〔一八五八〕成立）でも「皇統の正しくましますことも、其実は天祖伝位の御時よりして、君臣父子の大倫明なりし故なることを論ぜざるは、遺憾と云べし」と「君臣父子の大倫明」、すなわち「忠孝」について言及しない点を難じる（田中二〇一二）。

馬琴は武門に対して王室が正統であるとみなしており（徳田一九九二）、宣長の、将軍は天皇が統治を委任した司であるという委任論（寛政八年〔一七九六〕刊『馭戎概言』）と同様の考えを持っていたとされる（播本二〇一〇）。天保四年（一八〇三）以降、徳川斉昭《なりあき》『告志篇《こくしへん》』の繙読を経て、後期水戸学へ傾倒することも指摘されているが（朝倉一九九六）、これは『告志篇』に見られるような正名論（君臣上下の名分を正すべきとする論）にも通じる。すでに馬琴の尊皇思想はまさに幕末のそれに通ずるものであったといえるであろう。

神儒一致に着目したが、『独考論』では「すゑ〴〵なる愚民には、仏のをしえをも借リて喩《さと》させ給ひしなり」とも述べていたように、馬琴は仏教をも許容する。『玄同放言《げんどうほうげん》』「第三天象　嗚呼《ヲコノ》物語」（文政三年〔一八二〇〕刊）では、神儒仏ともに日・天を尊ぶことを論じ、「談天空語故《モトヨ》り嗚呼なり」と断りつつも「彼我の分別、遠きことかは。かう揣《はか》りつゝ、われはしも、三教その道異《こと》なれども、その理は一致ならんとおもへり」と、馬琴は三教の理の一致をも考える。▼4 概して儒家の仏教に対する評価が低かった江戸時代において（黒住二〇〇三）、三教の一致を考えた馬琴は儒家神道とも異なる独特の立場を取るといえるだろう。

話が拡散したが、以上のように、宣長批判、儒仏の肯定の文脈に、馬琴独特の日本意識がうかがい知れた。それは他国の教えを「万国に勝れたる天朝の御威徳」ゆえに受け入れたという逆説的な自国優越意識であり、「武の国」かつ「大皇国」である日本を拠りどころとしたものなのである。

馬琴の描く武士と「武威」

『独考論』に見える「武の国」の語を手がかりに、馬琴の日本意識について確認したが、そこでは「武の国」は前提としてあって、具体的な説明はないままであった。では馬琴の「武の国」とはどのようなものであろうか。冒頭に述べたように「武国」観念の内容は「武威」の支配と勇武の資質の二点であるとされるが、まずは前者について確認する。

基本的には、「武威」の支配とは「武家はその武力を以て天下を取得《とりえ》たるものなれば、ひたすらに武威を張り耀《かが》やかし、下民をおどし、推しつけへしつけ帰服させて、国家を治むるにも、只もの威光と格式との両つを恃みとして政をした」（堀景山『不尽言』成立年未詳）というようなものである。

一方、馬琴は「武威」をどのように捉えていたのであろうか。国を治めるべき武士をどのように造型しているかという点から考えてみたい。例えば、『南総里見八犬伝』冒頭の里見義実は良将とされるが、その際、文武両道を高く評価されている。

> 武弁の家に生れても、匹夫の勇に誇るは多く、兵書兵法に通ずるすら、今の時には稀なるに、なほうらわかきおん年にて、人も見ぬ書をいつのまに、読つくし給ひけん。さもなくておのづから、物に博《ひろ》くは天の作《なせ》る、君は寔に良将なり。（第一回）

「匹夫の勇に誇る」者は多く、兵書兵法に通ずることさえ稀であるのに、広く「和漢の書を引、古実を述、わがゆくすゑの事さへに、思量《おもひはか》りし俊才英知」を讃えられている。さらに「文武の道に長《たけ》給ふ、良将の賜《たまもの》なり。名医は国を医するとかや」「乱れし国をうち治め、民の艱苦《かんく》を救ひ給はゞ、寔にこよなき仁術ならん」（第四回）というように、文武に秀でるのみならず、民の苦しみを救う良将は、国を医する名医に等しく、国を治める政道は仁術であるとする（『国語』晋語八に拠る）。また、義実は悪人の首実検に際して「夫兵は凶器なり。徳衰へて、武を講じ、沢足らざれば、威をもて制す。こは已ことを得ざるのみ。城を攻、地を争ふも民を救ん為なれば、われ楽みて人を殺さず」（第四回）と慨嘆する（『国語』越語下に拠る）。

義実は、民を救うためにやむを得ず、徳沢が衰えれば武威を講じることもある、楽しんで人を殺したりはしないと述べる。ここでは、「武威」による武治よりも「徳沢」による仁政を重んじているといえるであろう。

また仁といえば、忘れてはならないのは『南総里見八犬伝』の犬江親兵衛仁《まさし》である。親兵衛も最終的には館山城主となる。その知勇に秀でることはもちろんであるが、仁の玉を持ち、唯一、人を殺さない犬士であり、伏姫の神薬で敵味方にかかわらず多くの人の命を救いもする。

「武治」と儒教による「徳治」「仁政」とは一見、正反対に位置するものでありながら、馬琴はそれを理想の武士の造型のなかに両立させようとする。

だが、これは馬琴に限ったことではない。例えば、江戸時代に広く親しまれた『太平記』でも楠正成兄弟を「智仁勇の三徳を兼ね」（巻十六）る人物として称えている。智仁勇の三徳は江戸時代の儒学者の神道論で、しばしば三種の神器にたとえられる（清原一九三二）。また、陽明学派で神道をも論じた熊沢蕃山は、「日本は武国なり。しかるに仁国と云は何ぞや」という問いに答えて「仁国なるが故に武なり。仁者は必ず勇あるの理明かならずや」（寛文十二年（一六七二）刊『集義和書《しゅうぎわしょ》』巻第十義論之三）という。その根拠は『論語』憲問「仁者は必ず勇あり」にあり、蕃山は「それ日本は仁国也。故に古より勇者多し」（『集義和書』巻第十義論之四）とも述べている。

また先述の松下郡高は儒教を否定する立場を取るが「儒道の理を取て論じたるは御合点被レ成安き為也」と敢えて、儒教の「仁」で良将良士のあり方を説明する。

日本神武の気を備へ給ふ良将良士の行ひ給へし仁といふは、士卒を仕ふに第一賞罰を明らかにして、高下親疎の差別なく、政法を厳重にして、威有ッて猛からず、士庶人をいたはり、諸人内外より君恩を難レ有存、志を励み、忠を尽して、一命を鴻毛より軽んじ主人と存亡を倶にし、危きを不レ恐がごとく万人を仕給ふは、神武の内より出たる仁にして、名将と世に唱ひ有人、皆如レ斯。

（『神武権衡録』）

郡高は、公平で忠孝を重んじ、主のために死をも厭わない心が仁であるとする。後述の「日本魂」にも近い考え方である。このように、儒者であるか否かに関わらず、武は仁、武士たるもの仁であるべきと説く考えがある。馬琴もまた理想の武士に、知勇を兼ね備えた仁者を描いた。馬琴の理想の「武国」もまた「仁国」といえるのであろう。

馬琴作品における「日本魂《やまとだましい》」

次に「武国」観念のもう一つの内容とされる勇武の資質について確認する。

天保二年（一八三一）成立の『半閑窓談《はんかんそうだん》』は、馬琴が『椿説弓張月』の構想に用いた『水滸後伝』を評したものであるが、第三十回で登場する日本の海賊について馬琴は「天朝は、邉境《へんきょう》の細民までも、武勇の外国《トツクニ》勝れし事、隠れあるべうもあらざれば」（『半閑窓談』評三十六）と評する。天朝の民は、辺境に住む貧しい民であってもその武勇は隠れないところであると異国との比較の場面において論じられている。

この勇武の資質は、いわゆる「大和魂」につながっていくとされる（前田一九九七）。馬琴の「日本魂」については、『異聞雑稿《いぶんざっこう》』「光勝寺の僧定心」や合巻『金毘羅船利生纜《こんぴらぶねりしょうのともづな》』にやはり外国に対しての日本を意識した用例が指摘されている（服部一九九七）。ここでは、外国との比較の文脈ではない用例を中心に、再度、馬琴の「日本魂」について確認しておく。

小学館『日本国語大辞典』の「やまとだましい」の項をみると、馬琴の例も引かれている。文化五年（一八〇八）

刊『椿説弓張月《ちんせつゆみはりづき》』第二五回「事に迫りて死を軽んずるは、日本だましひなれど多は慮の浅きに似て」とは、死を決意して崇徳院の御陵に詣でた為朝の夢に現れた、崇徳院が為朝を諌める場面である。これに対して「日本民族固有の気概あるいは精神。「朝日ににおう山桜花」にたとえられ、清浄にして果敢で、事に当たっては身命をも惜しまないなどの心情をいう」と定義づけられている。確かにこの例からは、一般的には「事に迫りて死を軽んずる」のが日本魂であったと考えられていたことがわかるが、崇徳院が「……多は慮の浅きに似て、学ざるの悞《あやまち》なり。さはあらぬか」と続けるように、馬琴は命を軽んずることは否定していることには注意が必要であろう。

結論から先にいえば、馬琴の「日本魂」とは基本的には「忠孝」を指す。例えば文化五年（一八〇八）刊『三七全伝南柯夢《さんしちぜんでんなんかのゆめ》』巻之三「夜轎《よかご》の驟雨《むらさめ》」では、不義不忠と非難されることをも恐れずに進んで、若君の放蕩の罪を身に引き受ける主人公が勇む様子に「おん悞《あやまち》をわが身に負て、君を救ひ奉らば、不義ともいへ不忠ともいへ、厭ふは却忠ならず、と義に勇む日本だましひに」と表現する。文政六年（一八二三）刊『南総里見八犬伝』第四十九回では「力二郎《りきじろう》・尺八《しやくはち》等は、虚《そら》見つ日本《やまと》魂の、人に捷《すぐ》れしものならずは、死しての後も主《しゆう》を思ひ、親を慕ふて姿を見せんや」と犬山道節の乳母の子、力次郎・尺八兄弟が幽霊となっても忠孝のために姿を見せたことを称えている。

また「日本魂」は、武家の女性に対して用いられることもある。文化五年（一八〇八）刊『俊寛僧都嶋物語《しゅんかんそうずしまものがたり》』巻之六第一四套の上では、約束を違えない誓いとして二面の鏡を打ち合わせようとする舞鶴姫を称えた表現に「鏡は女の魂と、世俗にいふも日の神の、御影をとゞめ給ひてし、恵をこゝに松浦なる、宮居もおなじ二柱に、かけてぞ憑《たの》む開《かけまくも》威《かしこ》き日本《やまと》たましひに、心くまなき誓の金打」、文化六年（一八〇九）刊『松染情史秋七草《しょうぜんじょうしあきのななくさ》』巻之一第二では、我が子は夫に勘当、その夫は主君に疑われ追放された豊浦が家中で一人になりながらも、秋野姫の乳母として勤めを果たそうとする様子を称え「忠信節義は婦女子《をうなご》に、稀《まれ》なる日本《やまと》だましひなり」という。このように馬琴の「日本魂」は男女は問わず、主に武家に対して用いられているようである。

『南総里見八犬伝』の親兵衛についても「日本魂」という語が用いられている。

……噫《あな》や我もて来たる、是この鎗を争何《いかゞ》はせん。携《たづさへ》させ給はずや。」といへば親兵衛頭を掉て、「否、我身には弓箭《ゆみや》あり、是に優《まし》たる案山子《かゝし》はなし。鎗は汝《いまし》携へて、猶も其身の衛りにせよ。然らば〳〵。」とばかりに、心の靮寛《たづなゆる》さゞる、日本魂《やまとだましひ》、唐崎《からさき》の、関路を投て徐々と、馬の足掻を找めけり。

（天保十年（一八三九）刊『南総里見八犬伝』一四七回）

妖虎退治を果たした親兵衛が、安房へ戻るために関所に急ぐという場面である。「日本魂、唐崎の」と、「日本魂」という語から地名の「唐崎」を呼び出している。ちょうどこの場面の地名を生かしたものではあるが、その前後では「辛」の表記であるのが、ここだけ「唐崎」を用いているのが目に留まる。

おそらくこれは唐崎士愛《ことちか》を念頭に置いたものであろう。唐崎士愛は、山崎闇斎門下で垂加神道を学んだ人物で、尊皇思想を広めることを誓い合った高山彦九郎《たかやまひこくろう》の自刃の後を追い、寛政八年（一七九六）に屠腹したことが有名である。また谷川士清《たにがわことすが》に学び、師が漠然と日本人固有の情念と捉えていた「日本魂」に「忠孝」という解釈を加えたと指摘される（鈴木一九九三）。士愛が「日本魂」に「忠孝」の解釈を加えたように、馬琴もまた「日本魂」を「忠孝」として捉えているのは右に確認した通りである。

ただ先に述べたように、馬琴は命を軽んずることは否定する。『椿説弓張月』では、崇徳院の霊が為朝の自害を思いとどまらせていた。また天保六年（一八三五）刊『南総里見八犬伝』第九十三回では、犬山道節の敵、扇《おうぎ》谷《がやつ》定正《さだまさ》の忠臣河鯉孝嗣《かわこいたかつぐ》が「詞雄々しく死を急ぐ、忠と孝とに敷嶋の、日本魂潔き」と死を覚悟して、犬士らに戦いを挑むが、犬塚毛野に「這里《ここ》にて戦歿《うちじに》すべからず、存命《ながらへ》て主君に仕へ、諫めて主君の惑ひを覚さば、忠孝両《ふたつ》ながら、全かるべし」（第九十四回）と諫められる。「忠と孝とに敷嶋の、日本魂」というが、馬琴の考える神の教えもまた「孝」であった。馬琴にとって、神の教えを守る心がすなわち「日本魂」であり、馬琴は、忠孝を果たすためにこそ生き延びるべきとするのである。

おわりに

馬琴の「武の国」に関わる言表から、その日本意識を探ってきた。馬琴は自国優位意識として「武の国」を論じるが、外来の儒仏を否定しない。馬琴は「武の国」であるからこそ「文」の儒教が必要であるとする。かえって馬琴は、「大皇国」である日本の神の教えとは祖先を祭ることであり、儒教と同じであるとする。それはすなわち「孝」であろう。また、馬琴の「日本魂」は外国との対比においても意識されたが、また一方では武家の「忠孝」を指した。「日本魂」とはつまり神の教え、儒教を守ろうとする心といえるのであろう。馬琴は「国を治め家をと、のふることとも、ひとへに神を祭る如く、妄想をはらひ除き、君臣上下すべて正直ならんには無為《ぶゐ》にしてよくおさまるべし」(『独考論』上巻第三・四)と述べていた。馬琴は、天皇の下に、治者たる理想の武士を仁者として描いた。馬琴の「武の国」は、武士が神の教えを守り、武治よりも仁政を行う「仁国」が理想であり、生きて「忠孝」を尽くす「日本魂」を持った登場人物の活躍によって象徴されているといえる。

▼注

1　さかのぼって近世に至る日本人の「武」の自意識について概観しておくと、古代以来の仏教的な「粟散辺土」の小国である日本が神によって安泰であるという神国思想は、蒙古襲来を機に、自国優位意識の色を帯び、それとともにこの時期、「武」の優越・重要性についての言説も増えるようになる。中世における武士の活躍によって、武士自身の「武」に対する意識も高まるが、長い戦乱と、文禄・慶長の役を経て、国家レベルに肥大化した「武」を誇りとする自意識が、「武国」観念として、歴史的に意味づけられ一般化されるのは近世に入ってからである(佐伯真一「日本人の「武」の自意識」『近代国家の形成とエスニシティ』勁草書房、二〇一四年)。

2　成立は享保二十年刊の太宰春台著『弁道書』の三、四年後とされる（前田一九九七）。

3　播本眞一氏は馬琴が「孝」を重んじることに『孟子』の影響を指摘する（播本二〇一〇）。

4　ただし儒教の孝を重んじる馬琴は、家を出て仏道修行を行う生き方には批判的であることが指摘されている（播本二〇一〇）。

▼参考文献

『蒲の花かつみ』（『馬琴研究資料集成』四巻、クレス出版、二〇一〇年）

『玄同放言』（『日本随筆大成』第一期五、一九九三年）

『尚武論』（『武士道叢書』中巻、博文館、一九〇五年）

『集義和書』（『日本思想大系』三十巻・熊澤蕃山、岩波書店、一九七一年）

『神皇正統記』（岩波文庫、一九三四年）

『神武権衡録』（『日本思想闘諍史料』四巻、一九六九年）

『新論』（『日本思想大系』五十三巻・水戸学、岩波書店、一九七三年）

『独考論』（『草書江戸文庫』三十巻・只野真葛集、国書刊行会、一九九四年）

『読直毘霊』（『日本思想闘諍史料』七巻、一九七〇年）

『南総里見八犬伝』（『新潮日本古典集成』別巻、二〇〇三、四年）

『馬琴中編読本集成』（汲古書院）

『不尽言』（『新日本古典文学大系』九十九巻、岩波書店、二〇〇〇年）

朝倉瑠嶺子「馬琴と水戸学――告志篇をめぐって――」（『読本研究』十輯下帙、一九九六年）

足利知夫『鎌倉室町時代之儒教』（日本古典全集刊行会、一九三二年）

清原貞雄『神道史』（厚生閣、一九三二年）

黒住真『近世日本社会と儒教』（ぺりかん社、二〇〇三年）

佐伯真一「日本人の「武」の自意識」（『近代国家の形成とエスニシティ』勁草書房、二〇一四年）
澤井啓一『山崎闇斎』（ミネルヴァ書房、二〇一四年）
鈴木健一『林羅山』（ミネルヴァ書房、二〇一二年）
鈴木淳「日本魂の行方」（『国語と国文学』七十巻五号、八百三十三号、一九九三年五月）
田中康二『国学史再考』（新典社、二〇一二年）
徳田武「馬琴の稗史七則と毛声山の「読三国志法」」（『日本近世小説と中国小説』青裳堂、一九九二年）
服部仁「日本の僧定心の事に見る馬琴の「日本」意識」（『曲亭馬琴の文学域』若草書房、一九九七年）
播本眞一「馬琴の立場――儒・仏・老・神をめぐって――」「曲亭馬琴伝記小攷」「馬琴と異国」（『八犬伝・馬琴研究』新典社研究叢書206、新典社、二〇一〇年）
前田勉「近世日本の「武国」観念」（『日本思想史　その普遍と特殊』ぺりかん社、一九九七年）
前田勉『兵学と朱子学・蘭学・国学　近世日本思想史の構図』（平凡社選書、二〇〇六年）
渡辺浩『日本政治思想史――十七〜十九世紀』（東京大学出版会、二〇一〇年）

※本稿は平成二十六年度科学研究費補助金（若手研究Ｂ：課題番号24720103）の成果の一部である。

武者の国日本の視覚化

小林ふみ子●法政大学文学部教授

「武国」日本のイメージは、どれほど市井の人々にとってなじみがあったであろうか。その人の暮らす場所、知識の程度、男性か女性か、文字は読めるのかなど、さまざまな要因によって左右されたことだろう。近世民衆が武家領主に自己を重ねて「武威」を我がものと見ていくさまを芝居の上演状況や日記のなかに探っていく試みもなされて（池内敏二〇〇六、同二〇一〇）、本章の各稿でも論じられるが、ここでは「武国」日本という認識の広まりにおいて、誰にでももっとも容易に楽しめる媒体として歴代の武将たちを描いた浮世絵や絵本が盛んに出版され、地域、年齢、性別を超えて広く享受されたことが果たした役割が大きいのではないかということを仮説として提示したい。

一般に「武者絵」と呼ばれるそれらは、こう定義される。

当世以前の俗説武勇譚、著名な武者の争闘場面、合戦図、武将図の他、文芸に登場する架空の英雄豪傑の活躍を絵画化したもの（岩切友里子二〇〇二）。

これを記した岩切は、「浮世絵の初期時代から描かれ、明治期に至るまで一枚絵ばかりでなく、武者絵本などの版本の形で長く描き伝えられて広く親しまれ、人々に共通な図像知識を提供してきた」ことの重要性を強調する。こうした図像群の普及が、国家イメージにつながるのかどうか。武者絵が、神代から中世に至るまで主に日本の歴史上の武者たちの勇姿を描いたことは、理屈の上では、武士たちの争乱が作りあげてきた歴史とその結果としてある武士の治めるこの国のありようを可視化するものであったといえる

『絵本武者鞋』
法政大学国際日本学研究所蔵

が、はたして実際にそう機能したであろうか。
たとえば、北尾重政《きたおしげまさ》画『絵本武将記録』（寛政二年〈一七九〇〉刊）宿屋飯盛《やどやのめしもり》（石川雅望）序文にも次のようにあって、武者絵本が歴史を学ぶ手だてと考えられたことが判る。

本邦の歴史の如きも亦、其言《そのことば》、雅馴《がじゅん》にして、大抵真名《たいていまな》をもて記したれば庸人愚婦《ようじんぐふ》の容易に解すべきにあらず。故にひたすら国字《こくじ》の読安きものに入て虚説《そらごと》にあざむかるゝもの甚《はなはだ》少からず。耕書堂主人、是《これ》を愁《うれひ》てこの頃、武将略伝を撰《えら》ぶ。其書、言《こと》を彼国《かのくに》の演義に採《と》り、事は国史の正伝《しやうでん》を失はず。冀《こひねがはく》は総角《そうかく》の童子等、此書を以て階梯となし広く古《いにしへ》を尋て馬牛襟裾《ばぎゅうきんきょ》の訾《そしり》を免れよといふ。

「耕書堂主人」は版元の蔦屋重三郎《つたやじゅうざぶろう》。難解な漢文による歴史書を理解できない人々にも理解できるように編まれたという本書を、歴史を知る「階梯」として勧める序文である。たしかに漢文の史書はおろか、歴史読み物にも手が届かない読者にとっては、武者の活躍を描く簡易な草紙類や武者絵本は、過去に活躍した武将たちについての知識を得る恰好の教材であったろう。前掲の岩切稿は、明治以後、武者絵が、「歴史画」として政府の尊皇愛国の教化策に適うものにかたちを変えていくことを指摘している。これもまた近世に歴史教育の教材であったことの延長上にある。

「本朝」「大和」などを冠して多数の武将を取りあげ、歴史性を強調する武者絵本は、林羅山《はやしらざん》の文章に挿絵を添えた明暦二年（一六五六）刊の『本朝百将伝』をはじめとして、次のような絵本類が刊行されている。

菱川師宣《ひしかわもろのぶ》『大和武者絵《やまとむしゃえ》』（延宝八年・一六八〇刊カ）
『絵入日本百将伝大成《えいりにほんひゃくしょうでんたいせい》』（宝永七年・一七一〇刊）
北尾重政『本朝名誉絵本武者林《えほんむしゃばやし》』（明和八年・一七七一刊）
歌川国芳《うたがわくによし》『新刻日本百将伝』（弘化五年・一八四八刊）
柳川重信《やながわしげのぶ》『日本百将伝一夕話《いっせきわ》』（安政元年・一八五四刊）

とはいえ、「本朝」「大和」を冠することは、この国を対象とすることをいうのみで、異国と比較した相対的な把握を意味するわけではない。実際、日本の武将だけでなく、中国の武人たちをも描く作も出されている。題名からもそれを窺わせるのが嘉永三年（一八五〇）刊の北斎画『絵本和漢誉《わかんのほまれ》』で、その山崎美成《よししげ》による序文にも、「漢《から》に和《やまと》にいにしへの誉《ほまれ》ある人々の戦ふさまをまのあたり見る心ち」がするという。取りあげる画題は、日本二十に対して、中国ほかの異国から十、やはり比重は日本にある。

読本に端を発して『水滸伝《すいこでん》』『三国志演義《さんごくしえんぎ》』の登場人物が人気を博し、歌川国芳《うたがわくによし》らによって描かれたその錦絵が一大ブームとなっていた当時を考えれば中国の武人たちが描かれても不思議はない。それ以前から、武者絵本の類には日本の武将だけでなく、唐土の武将たちを取りあげるものもあった。北尾重政画『絵本八十宇治川《やそうじがわ》』（天明六年〈一七八六〉刊）は樊噲《はんかい》や関羽《かんう》、劉備《りゅうび》と孔明《こうめい》、さらに伝説に類する鍾馗《しょうき》も取りあげる。その四方山人こと大田南畝による序も、「漢の四七の将は兼康ならぬ壁に画がゝれ、後三年の合戦は土佐の巻物に著し」云々と、日本の画題二十一に交え、中国の逸話四図を取りあげることを受け、和漢双方への目配りを忘れない。上方の北尾辰宣《きたおときのぶ》画『絵本武者兵林《むしゃひょうりん》』（宝暦四年〈一七五四〉刊）も上中下各冊に日本の武将の逸話七〜八と『三国志演義』の人物一名ずつを取りあげる。

一見、日本・中国それぞれの武将を図示することは、日本（だけ）が「武国」だとする根拠を弱めるものともみえるが、他方、このような偏った比率で示すことは、日本の方に圧倒的に多くの優れた武将がいたというように読者に感じさせる。他との比較で捉える相対的な感覚は希薄でも、名将の国日本という絶対的な歴史認識にはつながっていくであろう。

そのような認識と武者絵本の効用を結びつけて考える言説も散見する。安永七年（一七七八）刊の勝川春章《かつかわしゅんしょう》画『絵本威武貴山《いぶきやま》』は、序に武者絵本の刊行によって徳川の代の「武徳」「武恩」を知らせよう、という目的を掲げる。

> 治平哉《おさまれるかな》、天地豊穣哉《あめつちゆたかなるかな》、国民《くにたみ》、いづれか武徳によらずといふことなし……此泰平に遊戯《あそび》、武恩広大なるを不可忘《わするべからざる》ことをしらしめむと……

前出の北尾辰宣画『絵本武者兵林』序も「日本の武徳」の「恩」を子どもたちに絵で教えようという意図を語る。

> 太平の御代に出て腹を鼓《うつ》て楽しむこと、宝剣の徳にあらずしてなんぞや。是を用て治るは武にあらずして亦なんぞや。しかれば其恩を…幼童に知らしめんは画を以てせんにはしかじ……其姿の猛《たけき》を喜んで手ごとに是をひらかば夫《それ》よりしてをし及ぼして、我日本《わがひのもと》の武徳をさとさしめん。

さらに十返舎一九《じっぺんしゃいっく》編・渓斎英泉《けいさいえいせん》画『絵本勇見袋《ゆみぶくろ》』（文政十一年〔一八二八〕刊）の狂歌堂真顔《きょうかどうまがお》序も「豊かな御世」を「武に秀たる吾国の功《いさをし》」で、そのようなこの国の男児には「勝軍の武者画」がいちばんだとする言説がみえる。

武者絵の主題は日本の人物に限らないが、歴々の武者たちの活躍の結果としてある泰平の今の世は「武」のおかげだということを広く誰にでも見てわかるように教えよう。これが武者絵本を制作する側の理由付けであり、多かれ少なかれそのメッセージは読者に受容されたことであろう。

この「武」を武士の精神と読み替えれば、この国を中国と差異化するうえで「忠」の国だとする言説とつながっていく。曲亭馬琴が「日本魂」の核を忠孝に求めたことも想起されるが（大屋稿参照）、北斎描く『絵本忠経《ちゅうきょう》』（天保五年〔一八三四〕刊）に寄せた高井蘭山《たかいらんざん》の序文には、はっきりと中国との国情の違いとして語られる。

> 忠孝は日月の如く、車の両輪、飛禽《とり》の双翼のごとし……我日の本の掟は殊に忠を重ずる風《ならはし》なれば、忠孝二ツながら立がたき時は孝を棄《すて》ても忠を執《とる》。此のみは支那の教《をしへ》に異なることあり。

「忠」「孝」のうちとくに「忠」を重んじるのが国の「風」で、それは中国の教えとは異なるところだという。蘭山は、読本の他、多くの実用書・啓蒙書の類を著した人物で、この認識は当時としてけっして特異なものではない。

中国とは（そして朝鮮とも）異なる、「武」と「忠」の国、日本。近代にいたってイデオロギー化してゆく、その素地はすでにここにあった。

▼参考文献

・池内敏『大君外交と「武威」』（名古屋大学出版会、二〇〇六年）
・池内敏「日本型華夷意識と民衆」（『日本の対外関係6　近世的世界の成熟』吉川弘文館、二〇一〇年）
・岩切友里子「浮世絵武者絵の流れ」（町田市国際版画美術館展示図録『大武者絵』、二〇〇三年）

本文中の引用については、『絵本武将記録』は東京大学総合図書館蔵本、『絵本和漢誉』は『北斎の絵手本』2（岩崎美術社、一九八六年）、『絵本八十宇治川』『絵本武威貴山』『絵本武者兵林』『絵本忠経』は法政大学国際日本学研究所蔵本、『絵本勇見袋』は国文学研究資料館蔵本による。

壬辰戦争はどのように描かれたのか
――江戸中後期の絵本・浮世絵を中心に

金時徳
◉ソウル大学奎章閣韓国学研究院助教授

戦争の本質は殺人と破壊であるが、平和の時に語られ、描かれる戦争文学・絵画の本質は娯楽である。サッカーと同じく、戦争文学・絵画は人々の殺人・破壊への欲求不満を解消する。これは芸術として働く純機能である。人間のそのような本能より誕生した壬辰戦争の文学・絵画は近世日本の人たちを魅了し、戦争を素敵でロマン的な何か、愉快な何かとして誤解させた。それは、来るべき近代の戦争への日本人の感覚を予備するものであった。もちろん、このようなプロセスは人類共通のものである。江戸時代に盛んだった商業出版の結果として生まれた膨大な壬辰戦争の文学・絵画は、人類のそのような本能を暴露する膨大な証拠品となっている。

はじめに

一五九二~九八年の間に行われた壬辰戦争は、江戸時代に様々な形で語り継がれ、文献として定着した。壬辰戦争は、西暦六六三年の白村江《はくすきのえ》の戦いの後、ほぼ千年ぶりに日本人が海外で行った大規模な戦争であったのみでなく、七年の長期間にわたって、戦国時代の主な武将などが韓半島で活動したということ、徳川幕府が海外渡航を制限した点などから、江戸時代の日本人の想像力を刺激した。書肆は消費者のこのような心理に便乗し、あるいは新しい消費者を発掘するために壬辰戦争という素材を利用した。江戸時代に製作された壬辰戦争関連の文献のことを壬辰戦争文献群もしくは朝鮮軍記物といい、個別文献の内容や文献の間の影響関係などに関しては研究成果が蓄積されつつある。

壬辰戦争文献群の多くは版本の形で流通され、時代が下るにつれて、より多くの挿絵が文献に掲載されてくる傾向が確認される。同時に、壬辰戦争をテーマにした絵本・浮世絵などの出版も旺盛に行われるようになる。挿絵・絵本・浮世絵の三者は壬辰戦争やその他の対外戦争に関して、十七~十九世紀、言い換えると、江戸時代と明治初期の日本人が持っていた情報と認識を克明に示すものである。木村八重子は壬辰戦争文献群のうち、最も著名な文献である『絵本太閤記《えほんたいこうき》』(寛政九年〔一七九七〕~享和二年〔一八〇二〕年刊)所収の挿絵がその後の挿絵・絵本・浮世絵に及ぼした影響が大きいことを指摘した(木村一九八一)。氏の研究は先駆的であるが、網羅的・体系的ではなかった。

壬辰戦争文献群に含まれる挿絵が浮世絵や同時代の他の軍記文献に載っている挿絵と関連を持つことは当然であるが、それと同時に、壬辰戦争文献群の諸文献に含まれている挿絵は、文献群固有の緊密な相互関連性を有する。先行研究にも壬辰戦争文献群の挿絵に言及した箇所が散見するが(姜二〇一〇はその一例)、本格的な研究はまだなされていないようである。本稿は、十七~十九世紀に製作された壬辰戦争文献群に掲載されている挿絵の歴史的な展開を概観し、関連する絵本・浮世絵との影響関係をも指摘することを目標とする。この研究によって、十七~十九世紀の日本で展開された壬辰戦争文献群の性格をより明らかにすることができることはもちろん、同時期の日本のその他の軍記や周辺諸国で製作された戦争関連の視覚資料との比較研究も可能になることを期待する。

時代区分

①十七世紀後期~十八世紀初め【第一期】

壬辰戦争文献群の初期文献は戦争が勃発した一五九二年から著されはじめたが、挿絵が文献の中に入ってくるようになるのはそれより遅い。挿絵を含んだ初期の壬辰戦争文献は一六五〇年代から見られ始める。日本ではじめて壬辰戦争の通史を整理した小瀬甫庵《おぜほあん》『太閤記《たいこうき》』（一六二〇代刊）の巻二・三・十三を抜粋した『新板絵入太閤軍記《しんぱんえいりたいこうぐんき》』（承応三年（一六五四）刊、四巻四冊）、『太閤記』全巻に挿絵を配置して横本装丁で刊行した『絵入太閤記《えいりたいこうき》』（『元禄板太閤記《げんろくばんたいこうき》』とも、宝永七年（一七一〇）刊、二十二巻十一冊）、江戸時代初期の著名な儒者であった堀杏庵《ほりきょうあん》が日本の文献と中国・明朝の文献である『両朝平攘録《りょうちょうへいじょうろく》』の内容を集成した『朝鮮征伐記《ちょうせんせいばつき》』（自筆の二巻本は寛永十年～十二年（一六三三～三五）の間に成立、九巻本の刊本は万治二年（一六五九）刊）、幕府の御用学者だった林羅山《はやしらざん》による文語中国語文献『豊臣秀吉譜《とよとみひでよしふ》』を僧侶・著述家の浅井了意《あさいりょうい》が日本語訳した『将軍記《しょうぐんき》』（十七世紀後期成立）などである。一方、古浄瑠璃の正本や類似文献にも挿絵が確認される。『絵入読本太閤記大全《えいりよみほんたいこうきたいぜん》』（宝永七年刊）【図1】、『朝鮮太平記《ちょうせんたいへいき》』（正徳元年（一七一一）刊）などがそれである。

第一期の文献の挿絵には中世以来の伝統的な素材・表現が好まれて使われているが、このような特徴は仮名草子の挿絵一般のそれにあい通じる。戦争中に豊臣秀吉が自ら能を演技したエピソード【図2・3】、朝鮮に渡った夫

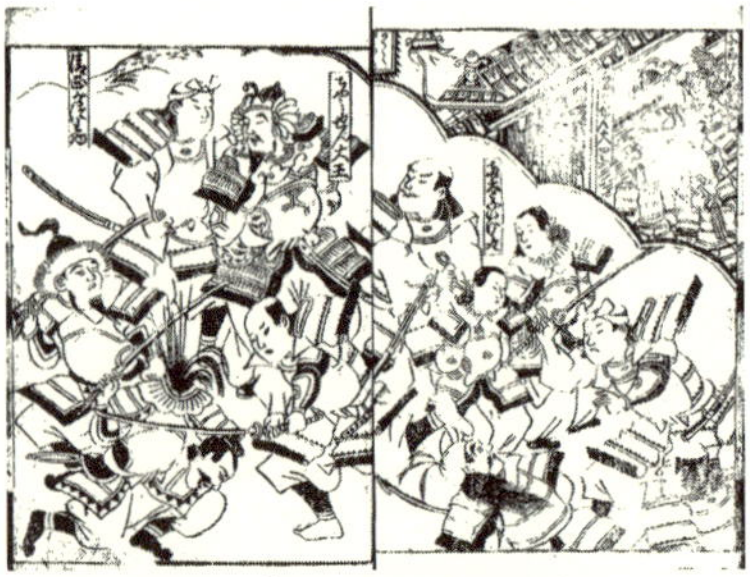

図1　『絵入読本太閤記大全』

図2　『朝鮮征伐記』巻二

図3　『絵入太閤記』巻十四

図4 『絵入太閤記』巻十四

図5 『将軍記』巻下一

図6 『朝鮮征伐記』巻五

の瀬川采女正《せがわうねめのじょう》に妻が手紙を送ったという恋愛話【図4・5】など、戦局とは無関係な、中世以来の伝統に繋がる素材が挿絵になっている。これらの素材は、一世紀も後の『絵本太閤記』六編（享和元年〔一八〇一〕）に至るまでの壬辰戦争文献群の挿絵には殆ど素材として採択されない。

次の例は挿絵が壬辰戦争文献の内容を変えたかもしれない事例として注目される。『朝鮮征伐記』巻五には、一五九六年の第二次侵略に際して韓半島に米俵を搬送する日本軍の様子が描かれている【図6】。それから百五十余年後に刊行された『絵本太閤記』六編巻二に、日本軍が壬辰戦争を始める前にあらかじめ米俵を運んでおいて、戦争中の兵糧に当てたという記事と挿絵が載っている【図7】。『絵本太閤記』所収の記事は先行する壬辰戦争文献には見当たらず、出典の確認が難しいものであるが、『朝鮮征伐記』の挿絵を受け入れる過程でこのような記事を創案したという推定が可能である。具体的な事情はわからないが、後述するように『絵本太閤記』は挿絵の方に重みが置かれている文献なので、絵師・作者・書肆の協力でこのような作業がなされたのではなかろうか。

ところで、『朝鮮征伐記』のこの米俵挿絵は『絵本太閤記』を経て、二百余年後に刊行された『絵本朝鮮征伐記』《えほんちょうせんせいばつき》巻二所収の、百済《くだら》国を復興させるために韓半島に渡る倭軍が米俵を運送する挿絵【図8】にも通じるように思われる。もちろん、『絵本朝鮮征伐記』所収の挿絵は『絵本太閤記』六編巻二所収の挿絵と七編巻六の海戦記事の挿絵【図9】とを結びつけたものと思われ、『朝鮮征伐記』の挿絵を直接参考したわけではない。しかし、十七世紀中期に成立した『朝鮮征伐記』の挿絵が十九世紀中期の挿絵に影響を及ぼしたことを暗示する米俵搬送挿絵は、それぞれの壬辰戦争文献に載っている挿絵が、同時代に存在した様々なジャンルの絵画文献と関係を持つのみでなく、壬辰戦争文献群としての連続性をも有することを示す事例である。なお、十九世紀中・後期の壬辰戦争文献に載っている挿絵の多くが『絵本太閤記』や『絵本朝鮮征伐記』のそれに由来する中、十七世紀中期の『朝鮮征伐記』に掲載されている挿絵が後代の挿絵に痕跡を残しているらしいことも注目される。

②十八世紀中・後期【第二期】

十七世紀末〜十八世紀初めに成立・刊行された『朝鮮懲毖録《ちょうせんちょうひろく》』（元禄八年〔一六九五〕刊）、『宍戸記《ししどき》』（元禄十六年〔一七〇三〕成）、『朝鮮軍記大全《ちょうせんぐんきたいぜん》』（宝永二年〔一七〇五〕刊）、『朝鮮太平記《ちょうせんたいへいき》』（同）などの文献には地図が掲載されているが、地図と挿絵とは別の問題系のように思われるのでここでは論じない。十八世紀の壬辰戦争文献のうち、地図ではなく挿絵を有する文献は大江文坡《おおえぶんぱ》筆・下河辺拾水《しもこうべしゅうすい》画『絵本《えほん》朝鮮軍記《ちょうせんぐんき》』（安永五年〔一七七六〕刊）と寺沢昌次《てらさわまさつぐ》画『絵本武勇大功記《えほんぶゆうたいこうき》』（文政二年〔一八一九〕刊）である。第一期の文献とは異なり、第二期の文献の場合

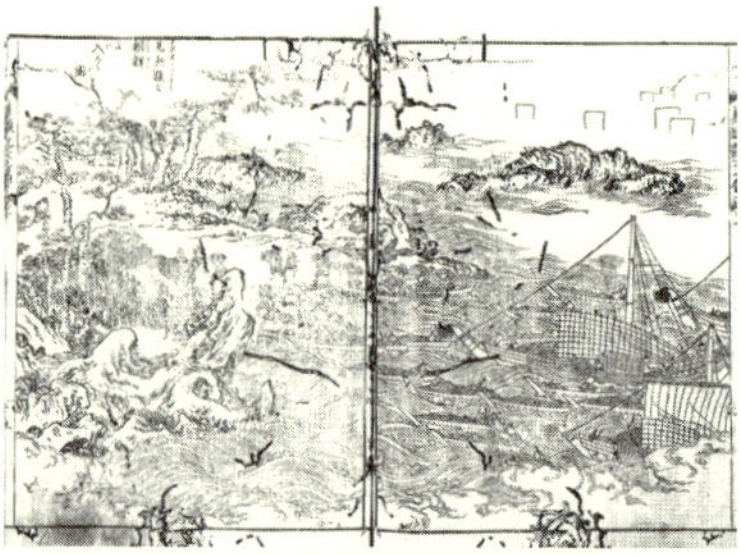

図7　『絵本太閤記』六編巻二

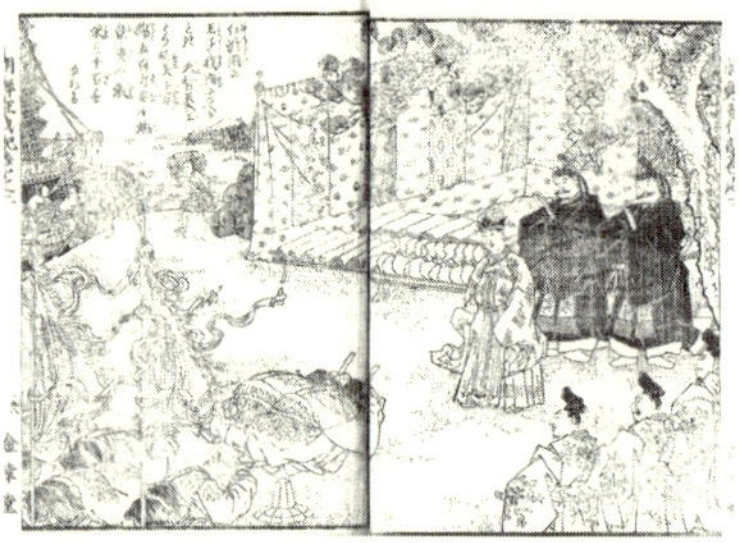

図8　『絵本朝鮮征伐記』巻二

図9　『絵本太閤記』七編巻六

は絵師の名前が知られていて、彼らは浮世絵の絵師として活動している。そして、第一期の文献に比べて、第二期の文献には戦闘場面を描いた挿絵が増えている。日本・明・朝鮮の三国の壬辰戦争文献は『朝鮮軍記大全』と『朝鮮太平記』によって始めて日本で集成され、両文献には朝鮮と明の人名・地名・事件が詳述されている。しかし、李如松などの一部の明国の人名を除くと、『絵本朝鮮軍記』と『絵本武勇大功記』の挿絵からは『朝鮮軍記大全』・『朝鮮太平記』の記事を全面的に利用した痕跡が見当たらない。これは文章に比べて挿絵の方が新しい素材を取り入れることに慎重だったと解釈することができる。（因みに、『絵本武勇大功記』の場合は、李如松を李恕松と間違って書いている。）これらの文献の挿絵においては、人物は歌舞伎役者の演技を模写したかのような典型性を示し**【図10】**、武将が地獄の門を破るといった伝統的な素材も登場する。十九世紀中期に至るまで、後者は原型そのまま（『絵本武勇大功記』**【図11】**）、もしくは応用されて登場する（『絵本朝鮮軍記』（一七七六年間）**【図12】**、『絵本朝鮮征伐記』**【図13】**）。

一方、この時期から日本軍が朝鮮で虎狩を行う場面を描いた挿絵が登場するようである。虎狩の記事は前世紀の文献にも確認されるが、挿絵の素材とはなっていない。伝統的な素材を描くことに慣れている当時の絵師らが虎狩のような素材を受け入れることに抵抗感を感じたか、もしくは、虎狩の場面を版木に再現するのが困難だった可能性がある。

③十九世紀前期【第三期】

十八世紀初めに日本で集成された日本・明・朝鮮の三国の壬辰戦争文献の内容が、この時期になってはじめて挿絵に反映されるようになる。また、近世日本の人たちが壬辰戦争の際の朝鮮側の状況を知るために最も頼りにした柳成竜《リュ・ソンリョン》の『懲毖録』の影響が挿絵から確認されるようになるのも第三期からで、『懲毖録』の影響を受けて、第三期からは李舜臣《イ・スンシン》や亀船が挿絵に頻繁に登場する。一方、壬辰戦争文献群の記事がその他の対外戦争文献群の記事に影響し始めたのは十八世紀中・後期からであったが、その挿絵に他の文献の挿絵に影響を及ぼすようになったのは十九世紀からで、浮世絵との交流の跡も確認される。

一八〇〇年に刊行された『絵本朝鮮軍記《えほんちょうせんぐんき》』を著した秋里籬島《あきさとりとう》は、一七八六年に『都名所図会《みやこめいしょずえ》』という京都名所案内記をヒットさせたベストセラー作家である。名所図会シリーズの成功に鼓舞された彼は、軍記の内容を分かりやすく書き、名所図会風の挿絵（たとえば、鴨緑江を渡って朝鮮に入る明軍を描いた巻九の挿絵【図14】）を多く配置した『源平盛衰記図会《げんぺいせいすいきずえ》』（寛政六年〔一七九四〕刊）、『絵本朝鮮軍記』（寛政十二年〔一八〇〇〕刊）、『保元平治《ほうげんへいじ》闘《かっ》図会《せんず》』（享和元年〔一八〇一〕刊）など三種の絵本軍記を刊行した。『絵本朝鮮軍記』は挿絵を大量に収録した最初の壬辰戦争文献であり、鳥瞰図的な絵画表現が見られる初事例でもある。しかし、彼はこれらの絵本軍記をあくまでも伝統的な絵本ジャンルに属するものと理解したようで、丁付を本のノドに表記するなど、書誌的にも絵本と同じ様式を採択した。前世紀の『朝鮮征伐記』同様、本文と挿絵の割合も一定ではなく、後述する『絵本太閤記』に比べるとやや稚拙な印象を受ける。

一方、『絵本朝鮮軍記』が出版された直後、豊臣秀吉の一生を大量の挿絵と優しい文章で表現した、江戸時代最大のベストセラー（中村一九八二）の『絵本太閤記《えほんたいこうき》』（寛政九年〔一七九七〕～享和二年〔一八〇二〕刊）全七編のうち、

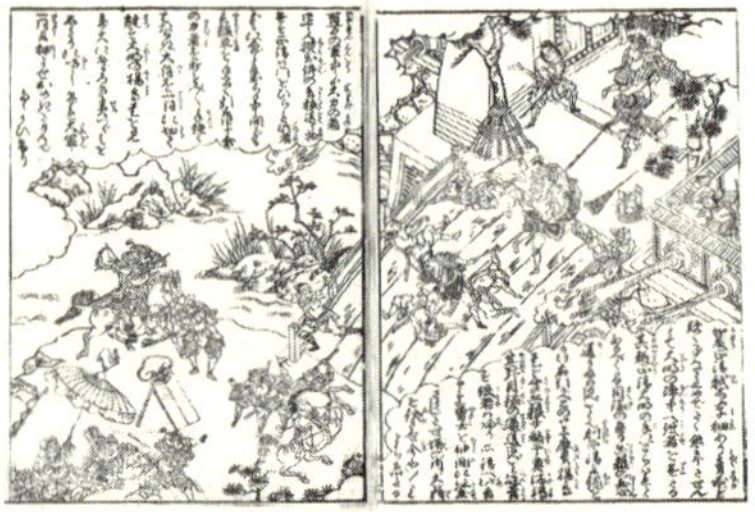
図10 『絵本武勇大功記』

図11 『絵本武勇大功記』

図12 『絵本朝鮮軍記』

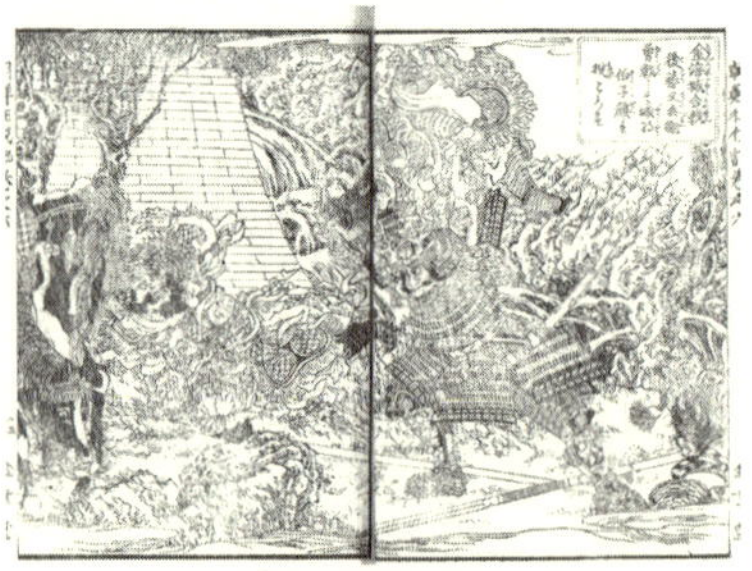
図13 『絵本朝鮮征伐記』巻六

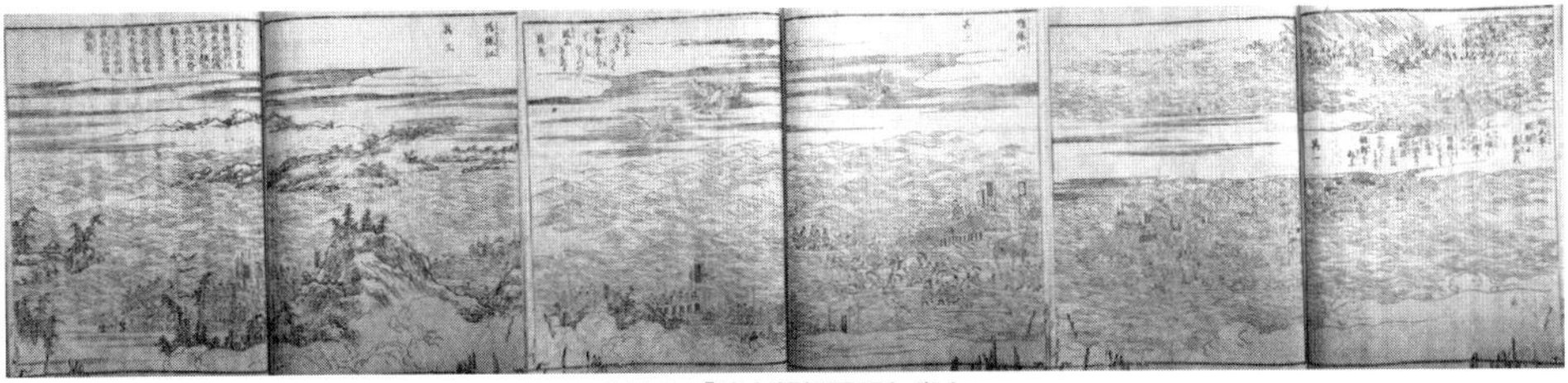

図14　『絵本朝鮮軍記』巻九

壬辰戦争関係記事を収録した第六・七編が一八〇一・〇二年に刊行された。刊行当時、実際の作者である武内確斎《たけうちかくさい》はゴーストライターとして名前を伏せ、「『増補浮世絵類考』に、近世版刻密画の開祖で、画法筆力古今に秀でていると称揚されるように、当時の上方における絵本挿絵の第一人者」（大阪市美一九八三）との評価を受ける岡田玉山《おかだぎょくざん》が作者として名前を掲げた。絵師の名前を強調するのは、当時上方で流行った絵本読本ジャンルの特徴でもあった。『増補浮世絵類考』の評価に見られるように、『絵本太閤記』の挿絵は、『絵本朝鮮軍記』に比べて遠近感が一層克明に表現された鳥瞰細密画技法を使って、静的な山水画風の画面の中に動的で悲劇的な戦闘場面を隠すかのように表現する方法（六編巻十【図15】）、朝鮮・明の異国風物を忠実に再現しようとする実証的な姿勢（六編巻十二所収の跋文【図16】）、薄墨の利用（七編巻八【図17】）などが特徴的である。このような特徴により、『絵本太閤記』は「錦絵制作に豊富な画例を提供してくれる、合戦絵手本としての一面」（木村一九八二）を有するようになった。と同時に、『絵本太閤記』は書誌学的にも読本ジャンルに属していて『絵本朝鮮軍記』とは区別され、本文と挿絵の割合もほぼ一対一と一定し、このような文献の編集方法が定着したことを物語る。『絵本太閤記』の本文・挿絵は周辺の対外戦争文献に影響を及ぼし、特に挿絵の面では弟子の石田玉山《いしだぎょくざん》や松川半山《まつかわはんざん》などによって明治時代にまでその影響力が確認される。

『絵本太閤記』は挿絵の画面構成によって本文の内容を伝える方法でも秀でている。たとえば、『絵本太閤記』の挿絵、朝鮮の水軍が優勢であることを伝える場合は朝鮮軍が画面の右側に（六編巻六【図18】）、日本の水軍が優勢であることを示したい場合は日本軍が画面の右側に描かれる（七編巻八【図19】）。同様の技法は『絵本朝鮮征伐記』巻十七にも見られるが、『絵本朝鮮征伐記』の当該挿絵を見ると、挿絵の説明には「李舜臣軍」となって

図 15 『絵本太閤記』六編巻十

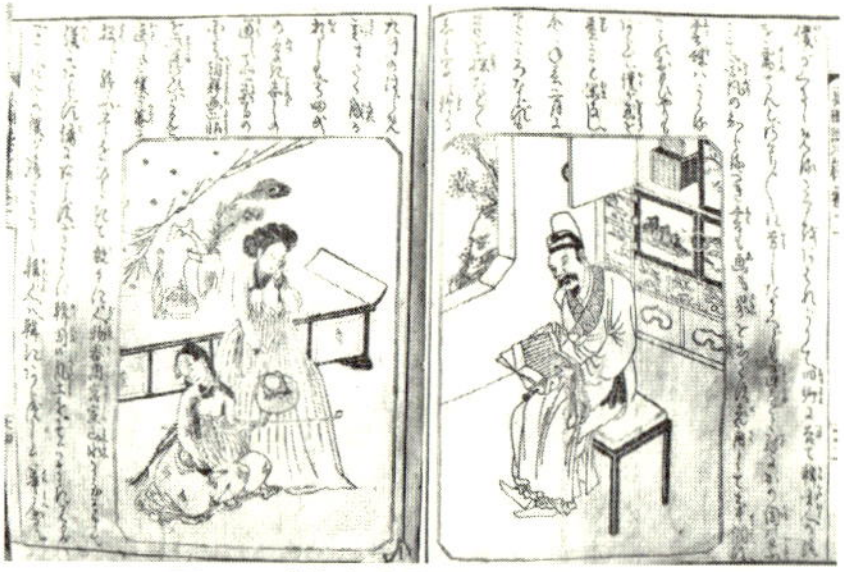

図 16 『絵本太閤記』六編巻十二

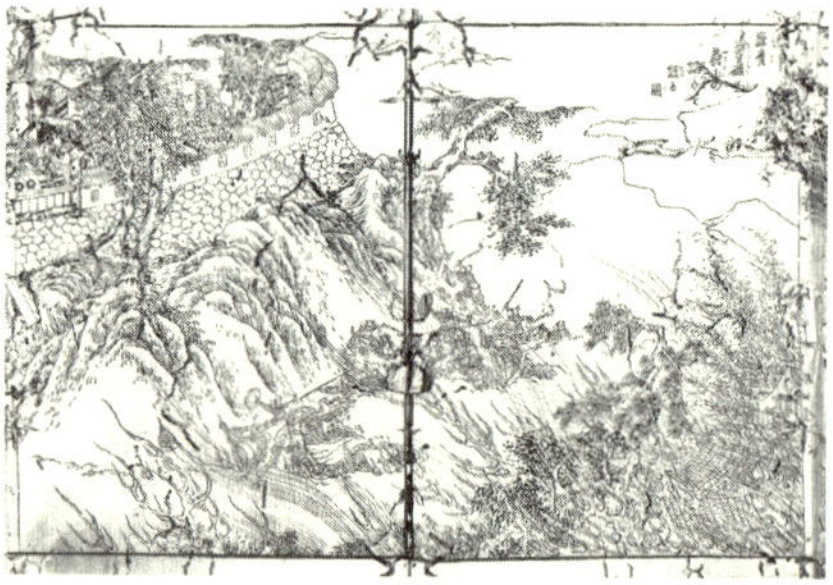

図 17 『絵本太閤記』七編巻八

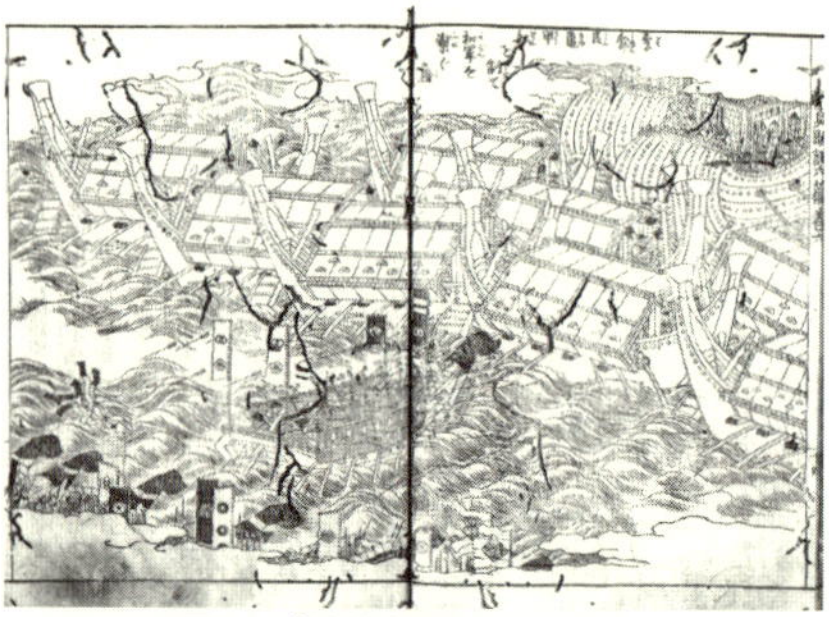

図 18 『絵本太閤記』六編巻六

図 19 『絵本太閤記』七編巻八

図 20 『絵本朝鮮征伐記』巻十七

いるのに、挿絵の中の旗には「大明」と書いている【図20】。これは、本文・挿絵の内容を絵師が理解していなかったか、朝鮮と明の違いに絵師が鈍感だったことを示し、朝鮮と明を厳密に区分して描こうとした岡田玉山の姿勢とは異なる。また、『絵本太閤記』の海戦描写に比べて『絵本朝鮮軍記』巻六の挿絵の描写は比較的単純で平面的である【図21】。

また、一五九三年一月の第二次平壌《ピョンヤン》城の戦いに敗れて後退する日本軍を描いた場面を比べると、『絵本朝鮮軍記』巻六の挿絵は背景と人物の倍率に問題がある【図22】。『絵本太閤記』六編巻八の挿絵は、小規模の部隊を描きながら各個人の表情まで個性的に描き、画面の右側が開けるように描いて冬の寒さを伝える【図23】。『絵本朝鮮征伐記』巻十一の挿絵は凍った川を歩いて渡る感じは見事に表現しているが、それぞれの兵士の描写は画一的である【図24】。

図21 『絵本朝鮮軍記』巻六

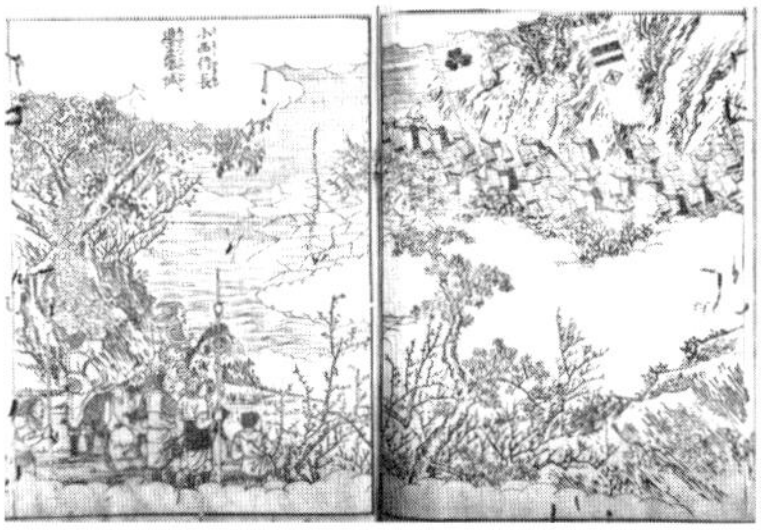
図22 『絵本朝鮮軍記』巻六

図23 『絵本太閤記』六編巻八

図24 『絵本朝鮮征伐記』巻十一

④十九世紀中・後期【第四期】

一八〇四年に『絵本太閤記』が絶版を命じられた後、十九世紀前期の画壇では豊臣秀吉をはじめとする戦国武将を描くことが禁忌となり、代わりに『水滸伝』のような中国素材の武者絵が人気を博するようになる（木村一九八二）。十九世紀中期になって幕府の出版取締りが緩むと、『絵本太閤記』が復刻され、完熟した浮世絵技法の挿絵を大量に掲載した『絵《え》本《ほん》朝《ちょう》鮮《せん》征《せい》伐《ばつ》記《き》』（嘉永六年〜安政元年（一八五三〜五四）刊）が刊行される。『絵本朝鮮征伐記』は、『絵本太閤記』とは異なる意味において細密で平面的な鳥瞰図を収録し、血なまぐさく（巻二十【図25】）、迫真あふれ（巻十八【図26】）、密集的な（巻十一・口絵【図27】）描写が目立つ。一方、朝鮮と明を区分することで異国趣向を顕した『絵本太閤記』とは異なり、中国の軍記を素材とする浮世絵が人気だった十九世紀前期の傾向を反映した中国風の挿絵が目立つ。たとえば、黄石山城の戦いで活躍した朝鮮の武将は孫悟空のような格好をしている（巻十七【図28】）。小西行長と沈惟敬の会談場面には当時流行した異国風の食卓が描かれる（巻一・口絵【図29】）。また、『絵本太閤記』は薄墨技法を導入することで、多色の禁止といった禁令を乗り越えようとしたとしたが、『絵本朝鮮征伐記』には華麗な彩色が施されていて（巻一・口絵【図30】）、幕府の取締りが利かなくなった状況を反映する。最後に、明の『両朝平攘録』に由来する壬辰戦争以前の韓半島の略史が、『朝鮮軍記大全』・『朝鮮太平記』では一種の韓日関係史の記述として膨らんでおり、『絵本朝鮮征伐記』はそれに多くの挿絵を付け加える。多くの壬辰戦争文献では「神功皇后の三韓征伐」伝承が挿絵の題材になるのみであったが、『絵本朝鮮征伐記』では建国神話や百済救援戦争など、様々な事件が挿絵のテーマになっている。

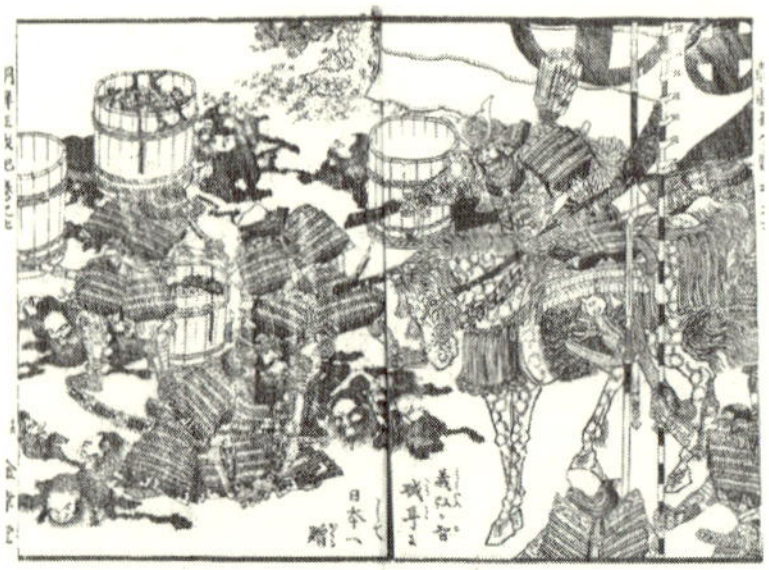

図25 『絵本朝鮮征伐記』巻二十

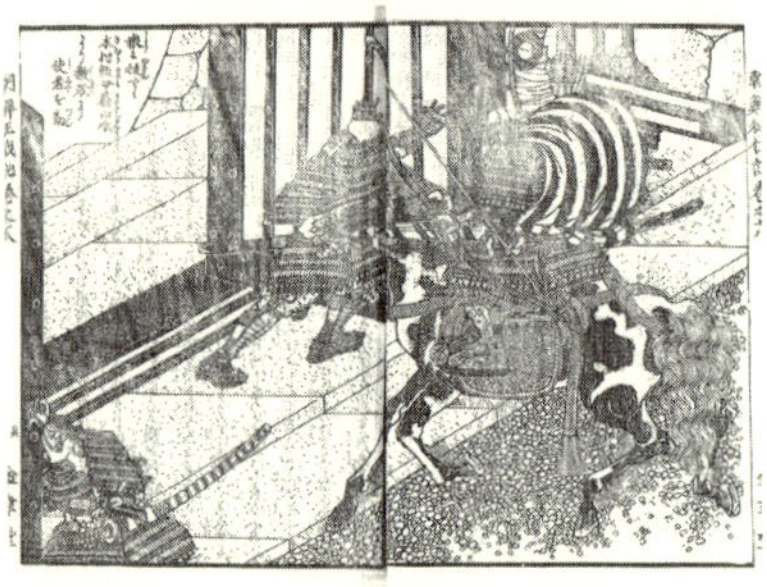

図26 『絵本朝鮮征伐記』巻十八

　一方、十九世紀中・後期には先行する時代の絵本読本の本文・挿絵を簡略化した切附《きりつけ》

図 27 『絵本朝鮮征伐記』巻十一

図 29 『絵本朝鮮征伐記』巻一

図 28 『絵本朝鮮征伐記』巻十七

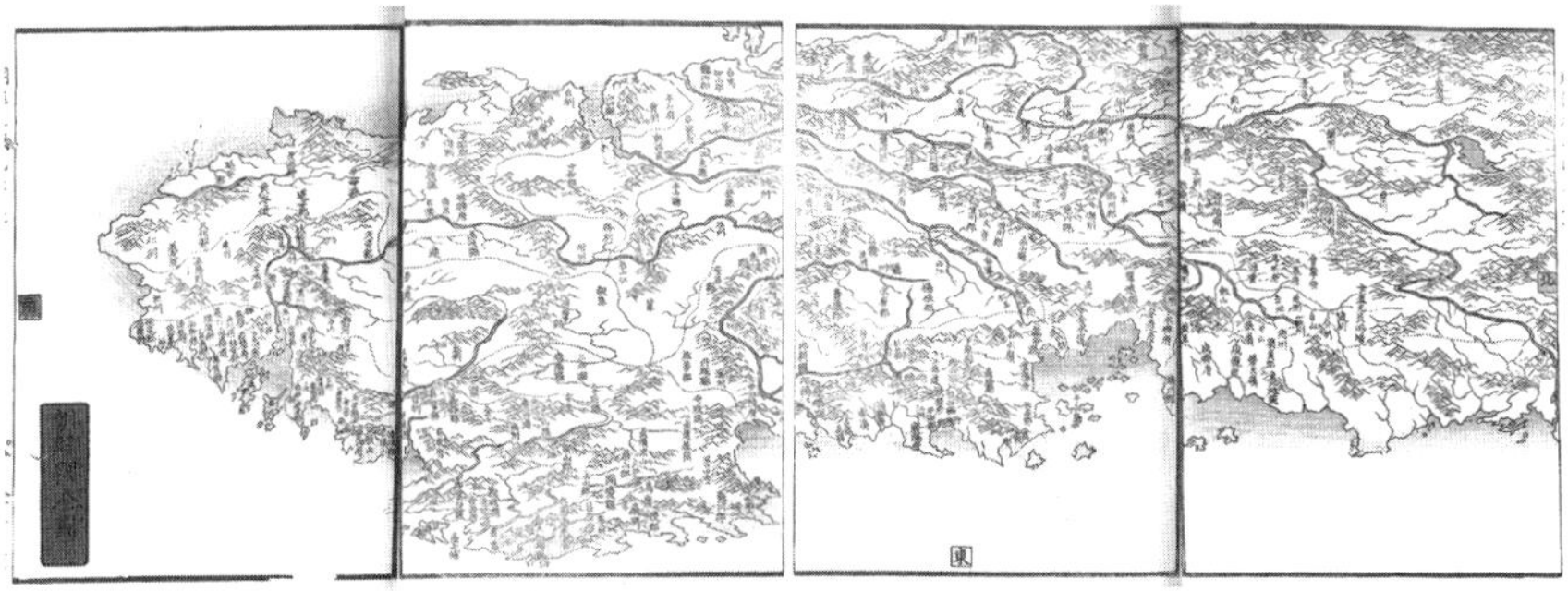

図 30 『絵本朝鮮征伐記』巻一

図 32 『絵本朝鮮征伐記』巻八

図 31 『豊臣三韓征伐之図』

III 「武の国」——願望のゆくえ

壬辰戦争はどのように描かれたのか◉金時徳

本《ぼん》・絵本類が大量に刊行されて明治初期に至る。筆者はこの時期の切附本・絵本類に関して別稿で検討したことがあるが（金二〇一二）、十九世紀中・後期の浮世絵・切附本・絵本からは『絵本太閤記』に並んで『絵本朝鮮征伐記』の影響をも確認することができる。たとえば、月岡芳年《つきおかよしとし》「豊臣三韓征伐《とよとみさんかんせいばつ》之《の》図《ず》」（慶応二年〈一八六六〉）【図31】には「比田孫兵衛」という日本の武将が「穆々子」という異国の武士と戦う場面が描かれている。多くの壬辰戦争文献からは「穆々子」という人名が確認されないが、『絵本朝鮮征伐記』巻八には「飯田角兵衛」と戦う「穀々理」という人物が描かれている【図32】。「比田孫兵衛」は「飯田角兵衛」と並んで加藤清正の側近だった「喜田孫兵衛」の「き」を「ひ」に変えたものと思われ、「穀々理」の「こ」を「ぼ・ほ」に変えて「穆々子」という人物が誕生したようである。この時代の浮世絵・切附本・絵本は数が多いので、悉皆調査で書誌事項を確かめた上でその系統を整理する必要がある。

相互関連

前章では壬辰戦争文献群所収の挿絵の時代ごとの変化を概観した。ここでは前後する挿絵の関係性に注目し、そこから見えてくる特徴を大きく三つに分けて検討する。

①同じテーマを異なる方法で描く

諸文献の挿絵を比べると、同じテーマを相異なる方法で描いていることが確認される場合がある。時代の変遷に伴なう技法や出版技術の進展によるものといえる。一五九七～九八年の冬に行われた蔚山《ウルサン》篭城戦の場合、『朝鮮征伐記』巻八【図33】、『将軍記』巻下三【図34】、『絵本朝鮮軍記』巻九【図35】、『絵本太閤記』七編巻八【図36】の挿絵を比べると、後代になるにつれて合戦描写が大規模になっていくことが確認される。また、壬辰戦争の七年間に日本の水軍が勝利した唯一の合戦だった漆川梁《チルチョンリャン》の戦いで活躍した加藤嘉明の姿は、『朝鮮征伐記』（巻一【図37】）

図 38 『絵本朝鮮軍記』巻二

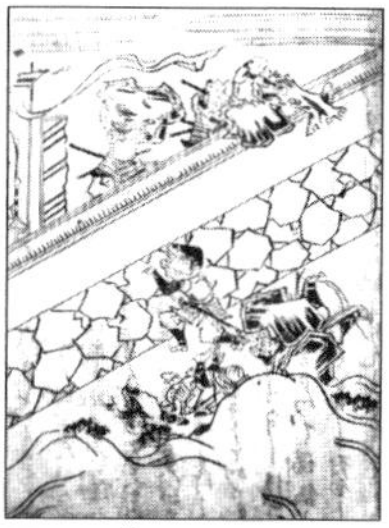

図 34 『将軍記』巻下三

図 33 『朝鮮征伐記』巻 8

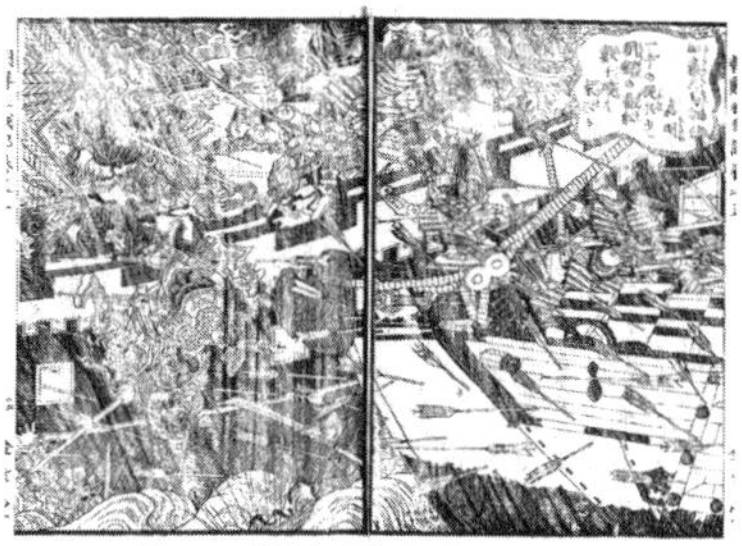

図 39 『絵本朝鮮征伐記』巻五

図 35 『絵本朝鮮軍記』巻九

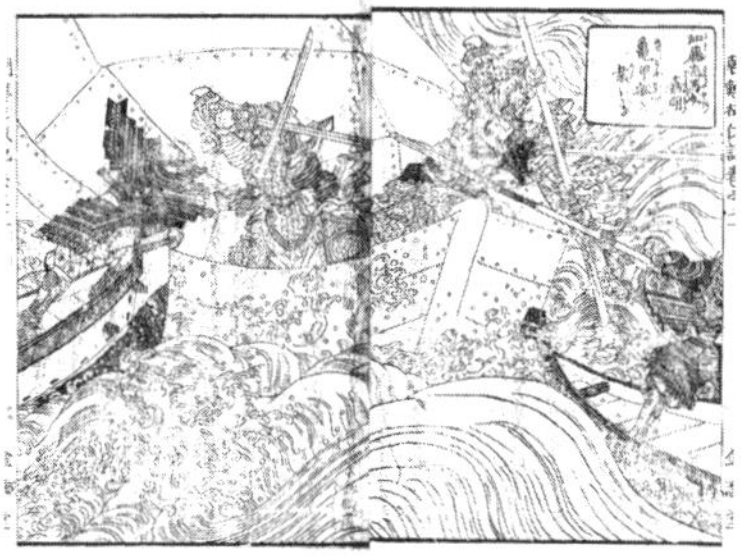

図 40 『絵本朝鮮征伐記』巻十一

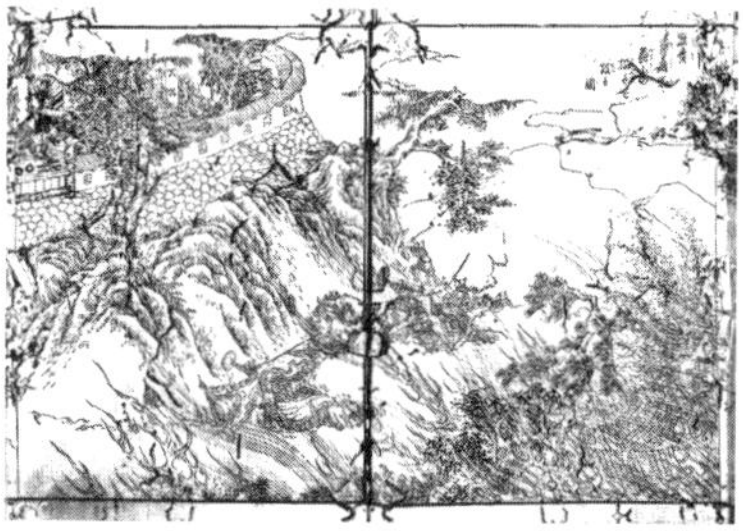

図 36 『絵本太閤記』七編巻八

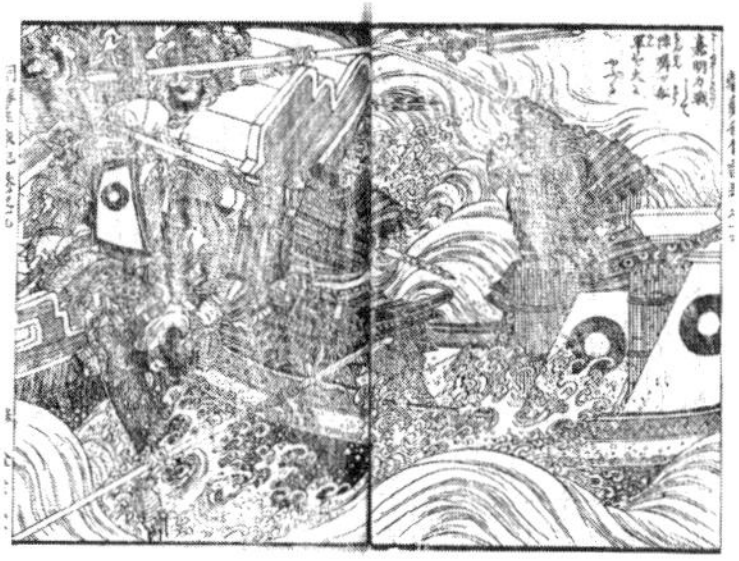

図 41 『絵本朝鮮征伐記』巻十九

図 37 『朝鮮征伐記』巻一

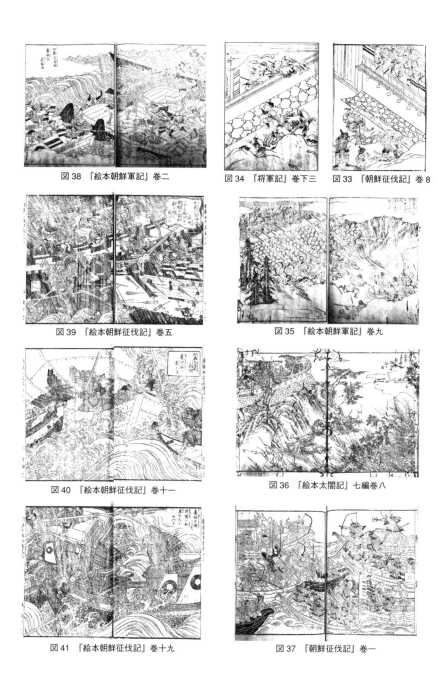

のような十七世紀の文献の挿絵には見えないが、後代になると必ず描かれるようになる。この海戦を伝える日本側の文献が錯簡しているため、『絵本朝鮮軍記』（巻二【図38】）と『絵本朝鮮征伐記』（巻五・十一・十九【図39〜41】）などには加藤嘉明が三回描かれるようになり、結果的に彼の勇猛さを強調する効果をもたらす。『絵本太閤記』六編巻六の海戦場面の一部は、十九世紀中・後期の『太閤記《たいこうき》朝鮮軍記《ちょうせんぐんき》』にクローズアップされて掲載されている【図42・43】。

最後に、壬辰戦争の勃発直前の一五九〇年に訪日した朝鮮の使節一行が聚楽第《じゅらくてい》に豊臣秀吉を訪問する場面を比べると、『朝鮮征伐記』巻一【図44】や一七七六年刊行の『絵本朝鮮軍記』【図45】、そして『絵本朝鮮征伐記』巻三【図46】などには、秀吉の前で三人の使節が恭順な姿勢を示したかのように描かれていて、日本側の優位が主張される。特に、『絵本朝鮮征伐記』には十五世紀に訪日した朝鮮の使節が暴風雨を恐れて対馬から帰国してしまったという『懲毖録』の記事を取り上げた挿絵「朝鮮の両使、日本の兵乱をきき、恐れ病気といつわり貢献の品々を対州の県令に記して帰帆す」を掲載するが、朝鮮の使節が対馬藩主の前で恭順に暇を請うたかのように描かれている。

図42 『絵本太閤記』六編巻六

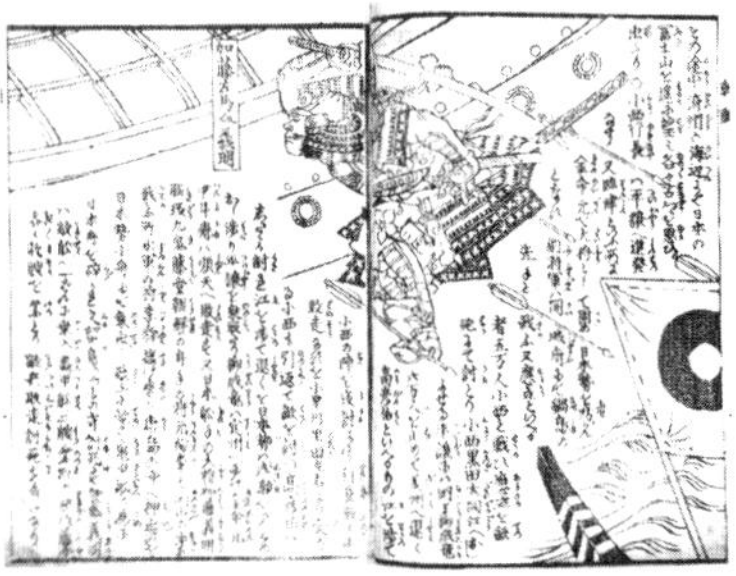
図43 『太閤記朝鮮軍記』

図44 『朝鮮征伐記』巻一

図45 『絵本朝鮮軍記』

ナショナリズムの盛んだった十九世紀中期の雰囲気を反映するものであろう。これに比べ、『絵本朝鮮軍記』【図47】と『絵本太閤記』六編巻三【図48】には使節の聚楽第入りが中立的な眼差しで描かれている。特に『絵本太閤記』には両国の人たちが友好的に礼を交わす場面が描かれていて、『絵本朝鮮征伐記』の挿絵に見られるような威圧的な筆致とは対照的である。

②先行文献との差別化

二百余年にわたって壬辰戦争の様々な局面が挿絵の素材となっていく中、他の文献には見当たらないテーマの挿絵が特定の文献だけで確認される場合がある。第一期の文献には瀬川采女夫婦の恋愛話や秀吉が能を演技したことなどが挿絵になっていて、中世以来の趣向が題材の選定に影響を及ぼしていることを示す。一方、加藤清正が川を下ろうとして、朝鮮側が作った疑兵（おとりの兵士）を発見したというエピソードから題材を得た挿絵が『絵本武勇大功記』に載っている【図49】。因みに、『絵本武勇大功記』は、疑兵を立てたのが小西行長だった主張する。

図46 『絵本朝鮮征伐記』巻三

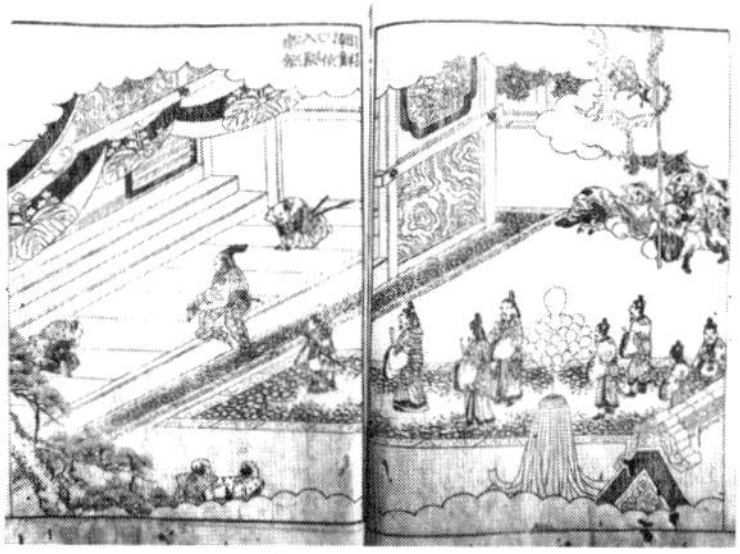

図47 『絵本朝鮮軍記』巻一

図48 『絵本太閤記』六編巻三

また、『絵本太閤記』六編巻九には、一五九二〜九三年の間に日本軍に占拠された漢陽の平穏な日常が描かれていて、壬辰戦争の際に日本軍が平和な統治を行ったといったプロパガンダとしての挿絵になっている【図50】。

一方、『絵本朝鮮征伐記』には韓半島の歴史を題材とした数枚の挿絵が掲載されているが、その殆どは先行する文献には見られない素材を絵にしたものである。また、大量の挿絵が載っている『絵本太閤記』に漏れていた金海《ギムヘ》・慶州《ギョンジュ》の戦いの挿絵が『絵本朝鮮征伐記』には掲載されている。『絵本太閤記』と『絵本朝鮮征伐記』を比べると、『絵本朝鮮征伐記』の絵師は『絵本太閤記』の挿絵を意識しているような印象を受ける。たとえば、平壌城の練光亭《ヨングァンジョン》にいた柳成竜を日本の兵士が射撃したという内容の『懲毖録』の記事に基づく挿絵を例に挙げると、『絵本太閤記』六編巻六にはこの事件が柳成竜の立っている位置から描かれているのに対し【図51】、『絵本朝鮮征伐記』巻十には銃を撃つ日本の兵士の視点から描かれていて【図52】、二つの挿絵は向き合う構図となっている。

②絵手本・浮世絵との関係

図49 『絵本武勇大功記』

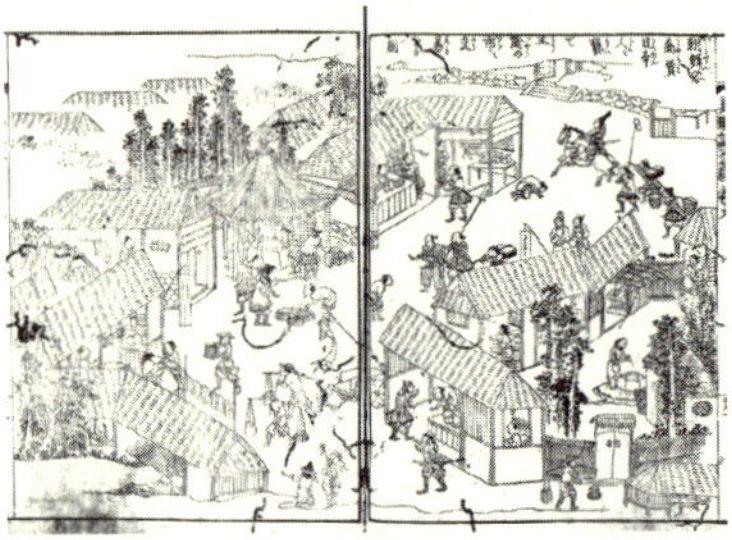

図50 『絵本太閤記』六編巻九

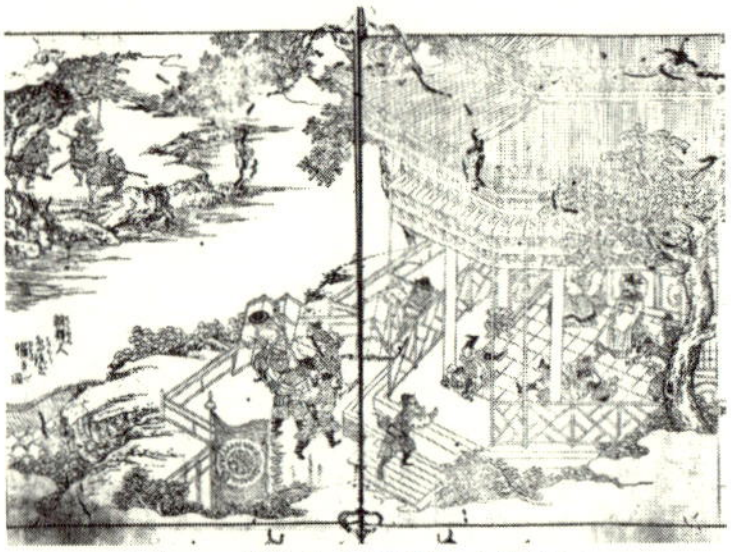

図51 『絵本太閤記』六編巻六

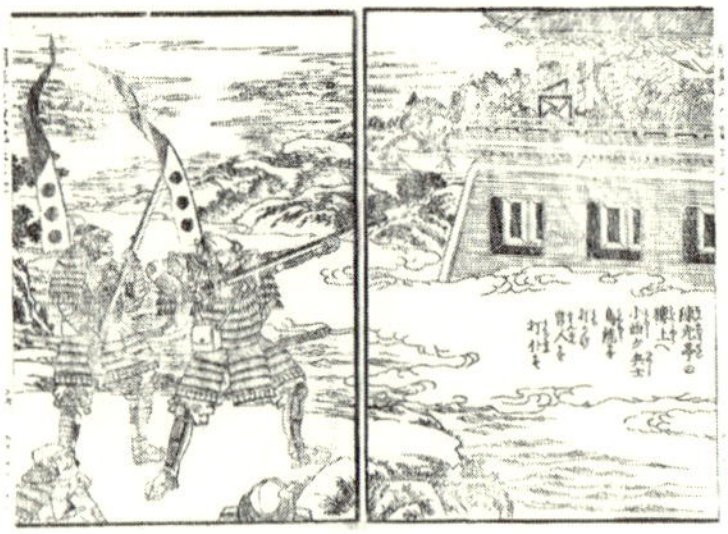

図52 『絵本朝鮮征伐記』巻十

壬辰戦争文献に載っている挿絵の一部は、絵手本や十九世紀中・後期の浮世絵に共通する画面構図が確認される。筆者の研究はこの特徴を示す挿絵の前後関係を論ずるまでに至っていないので、ここでは挿絵・絵手本・浮世絵に共通的に見られる画面構図を指摘し、その系統を辿るにとどまる。絵手本は家蔵本『絵手本』（仮題）を利用する。

まず、日本と異国の武将が絡み合って戦う構図の絵を見てみよう。これは二つの系統を指摘することができる。『絵手本』には刀を帯びた口髭の日本の武将が、顎鬚の異国の武将を踏みにじっている構図の絵柄が載っている**【図53】**。この構図は十九世紀中・後期の絵本である春亭京鶴《しゅんていきょうかく》筆・歌川芳虎《うたがわよしとら》画『絵本太豊記《えほんたいほうき》』**【図54】**や『朝鮮征伐』第四編**【図55】**に共通する。この構図は異国との戦争において日本の武威を現すのに最適のものとい思われたのだろう。一方、『絵本太閤記』六編巻八などには朝鮮・明の武将の攻撃を受けた衣笠宗兵衛《きぬがさそうべえ》を田路勘四郎《とうじかんしろう》が助ける内容の挿絵が見え**【図56】**、この構図は壬辰戦争言説固有のエピソードに基づくといえる。『太閤記朝鮮軍記』後編**【図57】**や『朝鮮征伐』二編**【図58】**などにはこの二つの構図が混合して描かれている。

図53 『絵手本』

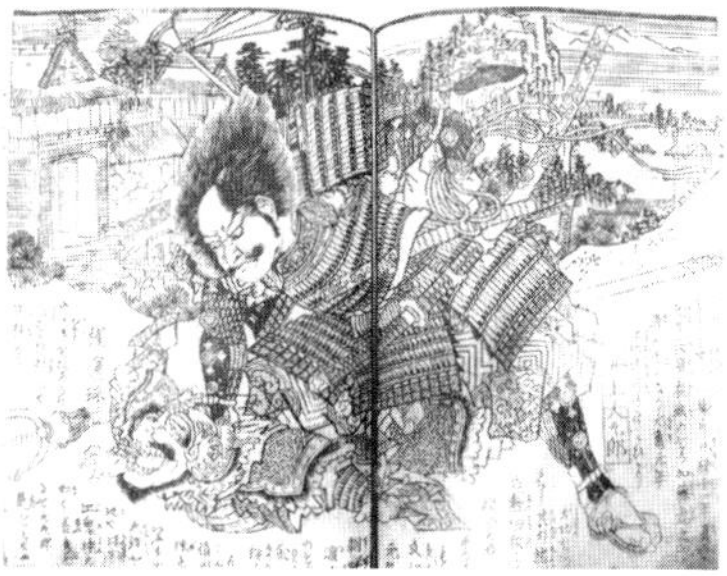
図54 『絵本大豊記』

図55 『朝鮮征伐』四編

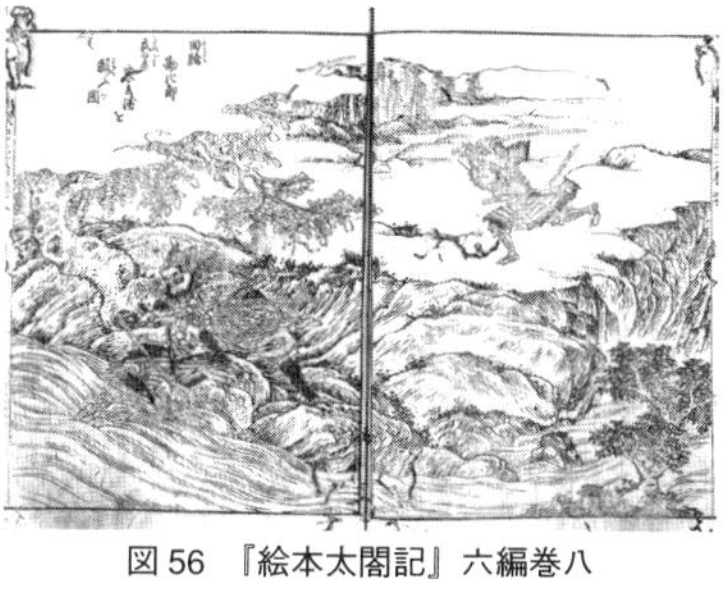
図56 『絵本太閤記』六編巻八

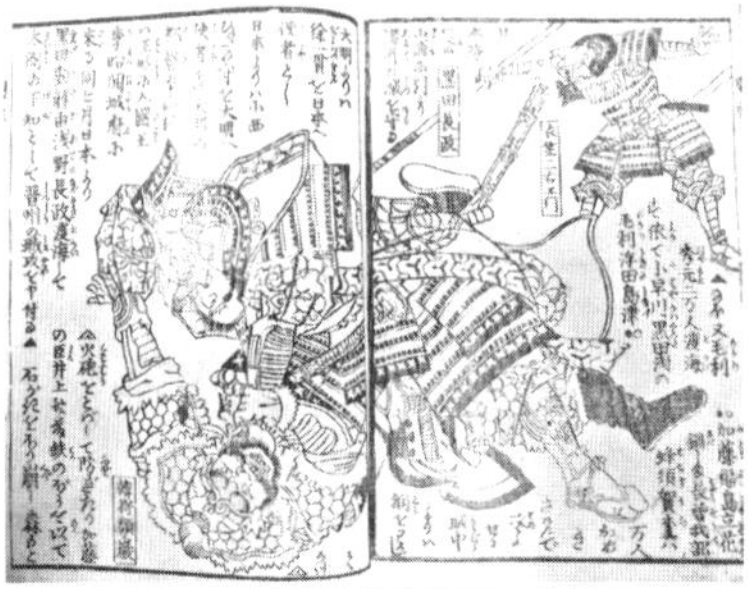

図 57 『太閤記朝鮮軍記・後編』

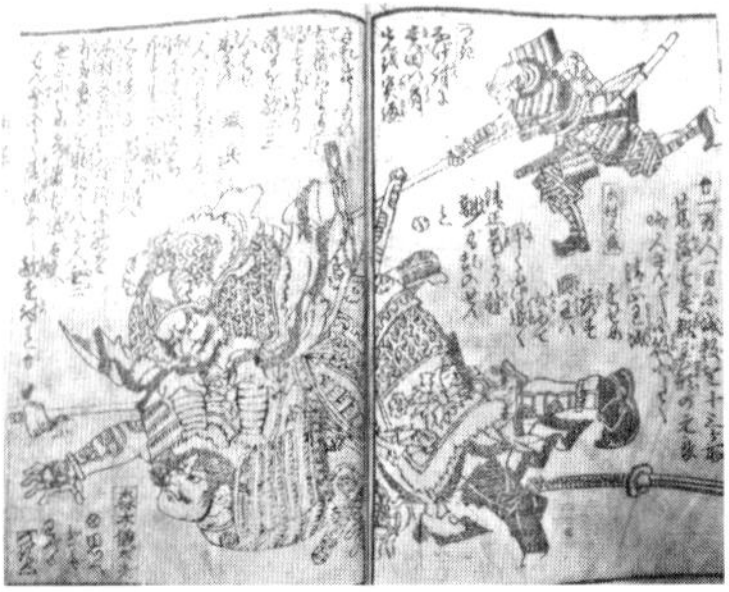

図 58 『朝鮮征伐記』巻二

図 59 『正清公虎狩之図』

図 60 『加藤清正虎狩之図』

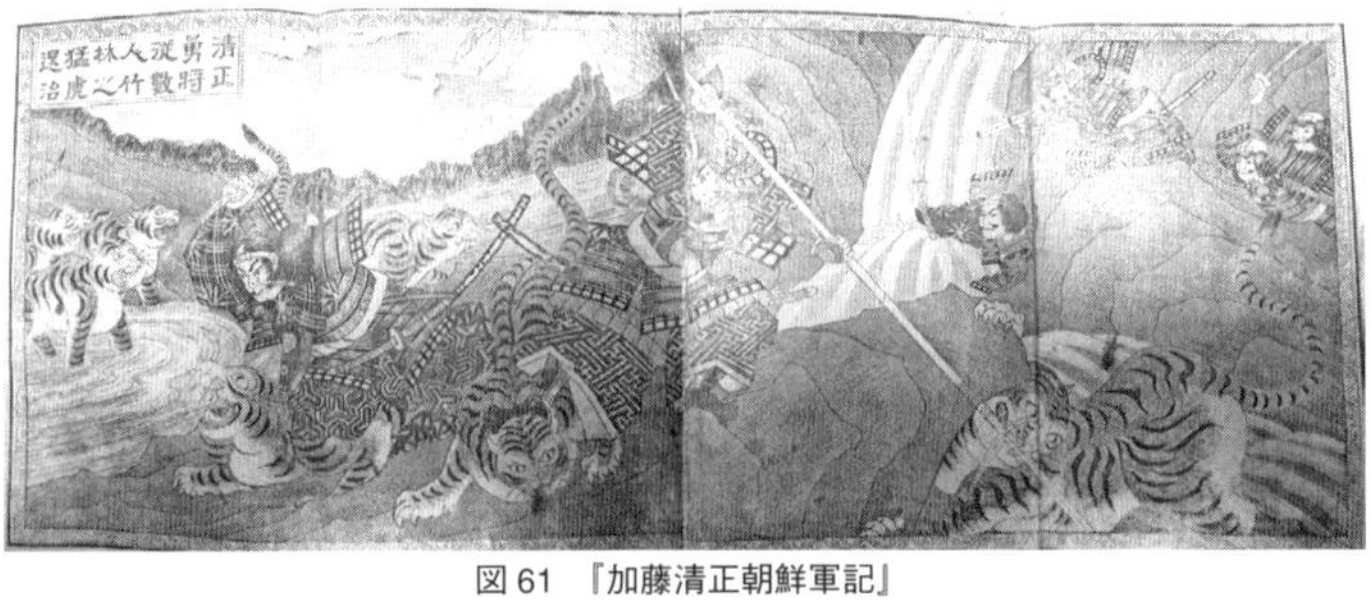

図 61 『加藤清正朝鮮軍記』

図62『正清猛虎討取図』

一方、あの加藤清正の虎狩も好んで挿絵の素材とされた。この系統の挿絵に関しては崔京国の一連の研究に詳しいので、本稿では簡単に触れるにとどめる。まず、歌川芳員《うたがわよしかず》画「正清公虎狩之図」（文久元年〔一八六一〕）【図59】、長谷川《はせがわ》小《こ》信《のぶ》画「加藤清正虎狩之図」（明治初期）【図60】、『加藤清正朝鮮軍記』（明治二十六年〔一八九三〕刊）【図61】は、画面の右側と左側に渓流が流れる山奥で、加藤清正が突こうとした槍を虎が噛み付いており、左側には刀を持った日本の武将が虎と絡み合っている構図が共通する。なお、長谷川の浮世絵は、画面の近景で加藤清正と虎が対峙し、遠景で日本の武将が虎と戦う場面が描かれたという点で月岡芳年画「正清猛虎討取図」（元治元年〔一八六四〕）【図62】に通じる一方で、遠景で日本の武将が崖の上で銃を持って右下の虎を狙う構図は『絵本太閤記』六編巻九所収の加藤清正の虎狩の構図【図63】を借用したようである。現在は加藤清正が槍で虎狩りしたという言説が定着しているが、『絵本太閤記』の本文には彼が銃を以って虎狩りをしたと記されている。となると、長谷川の浮世絵には、加藤清正の虎狩を伝える二つの言説（銃と槍）が一緒に描かれていることになる。また、『絵本太閤記』六編巻十一には、九州・名護屋にもたらされた虎と象を見た人たちは皆驚いたが、加藤清正だけは泰然としていたといった内容の挿絵が見える【図64】。ここに象が登場するのは、江戸時代における象の人気を前時代に投影したものだろう。『絵本太閤記』所収の挿絵は歌川芳幾《うたがわよしいく》画「絵本太閤記巻中／正清両獣を生捕て殿下の陣中に引しむ」（文久三年〔一八六三〕）【図65】に継承される。

最後に、これまた日本の壬辰戦争言説において有名な話を題材とした構図を検討する。加藤清正は韓半島の東北部で朝鮮国の二人の王子を生け捕りした後、国境の川を越えて満洲で女真族（正確には野人女真という）と戦っ

図 67 『絵本朝鮮軍記』巻五

図 63 『絵本太閤記』六編巻九

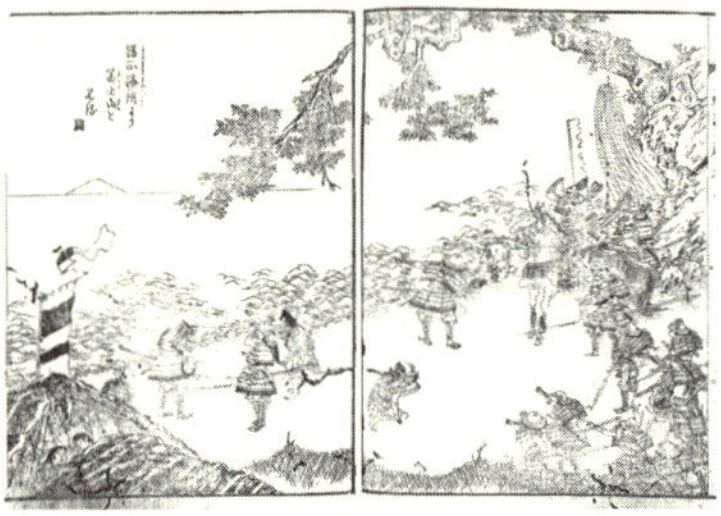

図 68 『絵本太閤記』六編巻五

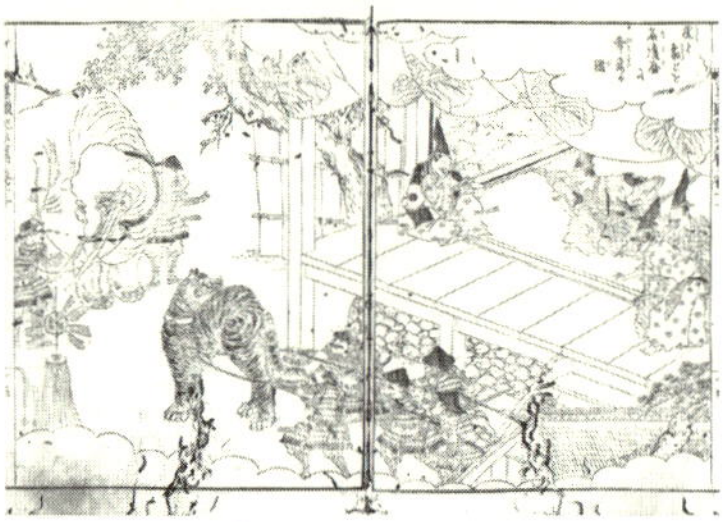

図 64 『絵本太閤記』六編巻十一

図 69 『加藤清正朝鮮軍記』

図 66 『絵本武勇大功記』

図 65 『絵本太閤記巻中／正清両獣を生捕て殿下の陣中に引しむ』

たが敗退して朝鮮に戻り、「さいしう」「せいしう」「済州」と呼ばれるところで日本人の漂流民の案内で富士山を見渡した、という伝説が江戸時代に人気を博した。この話を題材にした挿絵は大きく三つに分けることができる。まず、岩の前に座っているか、もしくは馬に乗った加藤清正が「先住民」の説明を聞いて海向こうの富士山を見渡す構図で、これは多くの壬辰戦争文献が語る内容そのままである（『絵本武勇大功記』【図66】、『絵本朝鮮軍記』巻五【図67】、『絵本太閤記』六編巻五【図68】、『加藤清正朝鮮軍記』【図69】、豊原国周《とよはらくにちか》「富士三十六景・朝鮮湊」（明治）【図70】など）。特に、豊原の浮世絵には元来のエピソードでは日本人の漂流民であると説明される住民が異国の先住民として描かれていることが注目される。しかも、蘭画などに見られる西洋人を連想させて面白い。この系統の変種には、先住民が説明する場面を省いて加藤清正のみが描かれる『絵手本』の図案【図71】や、先住民の説明のみを聞いていて富士山は眺めない『義経《よしつね》蝦夷《えぞ》勲功記《くんこうき》』初編巻一（嘉永六年（一八五三）刊）【図72】などがある。後者は、壬辰戦争文献群の内容を多く借用した蝦夷戦争文献が、加藤清正の伝承を借用する際に源義経言説の内容に合わせて構図を変えたものである。一方、旗を持った部下を前後に立たせ、自分は馬に乗って先住民の説明を聞きながら富士山を見渡す加藤清正の姿も描かれた（『絵本朝鮮征伐記』巻九【図73】、歌川芳虎「天安年中佐藤主計助政清渤海國征戦の日海岸より芙蓉峯を見る」（万延元年（一八六〇））【図74】、為永春笑《ためながしゅんしょう》筆・歌川芳年《うたがわよしとし》画『清正一代記』下巻【図75】など）。元来これは富士山とは無関係な、黒田長政のエピソードなどに基づく構図を借用したものと思われる（『絵本太閤記』六編巻八【図76】、『絵本朝鮮征伐記』巻八【図77】）。加藤清正の威厳を強調する狙いがあったと見られる。

まとめと展望

本稿では、十七〜十九世紀の三百年にわたって頻繁に刊行された壬辰戦争文献群に収録された挿絵の歴史的な展開を概観し、文献群内における相互関係と、周辺ジャンルである絵手本・浮世絵などとの交流の実態を検討した。結果、以下のような事項が確認された。

図 74 『天安年中佐藤主計助政清渤海國征戰の日海岸より芙蓉峯を見る』 図 70 『富士三十六景 朝鮮湊』

図 75 『清正一代記』巻下

図 71 『絵手本』

図 76 『絵本太閤記』六編巻八

図 72 『義経蝦夷勲功記』一編巻一

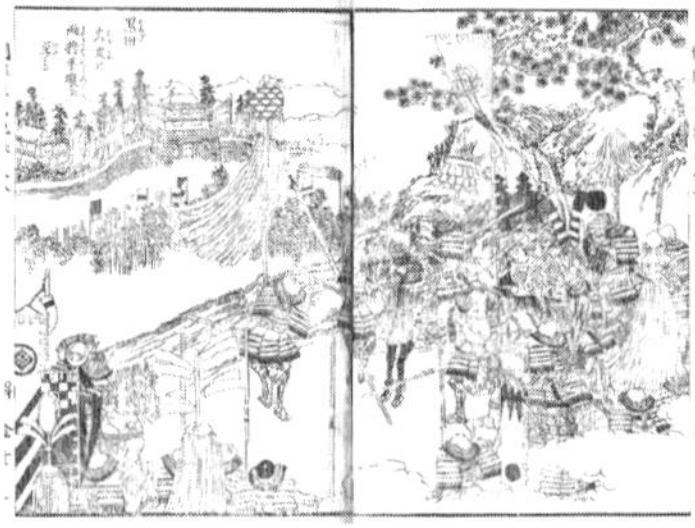

図 77 『絵本朝鮮征伐記』巻八

図 73 『絵本朝鮮征伐記』巻九

まず、壬辰戦争文献に収録されている挿絵は本文より保守的である。十七世紀後期〜十八世紀初めに刊行された文献の挿絵の題材には、恋愛話や能の上演のような中世以来の伝統的なものが、戦闘場面以上に採択されている。また、日本・明・朝鮮の三国の壬辰戦争文献が日本で集成されるのは十七世紀末〜十八世紀初めであったが、その集成された内容が挿絵に反映されるようになったのは、それから百年が経った十九世紀前期の『絵本朝鮮軍記』と『絵本太閤記』に至ってからである。

一方、先行研究では『絵本太閤記』所収の挿絵の影響力が強調されている。もちろん、これは納得のいく見解であるが、『絵本太閤記』のほかに『朝鮮征伐記』や『絵本朝鮮征伐記』なども後代の文献に影響していることを強調したい。特に、十九世紀中・後期の絵本・浮世絵に関していえば、『絵本太閤記』以上に『絵本朝鮮征伐記』の影響が大きいのではないかと思われる。

最後に、壬辰戦争文献に載っている挿絵には、先代・同時代のその他の軍記の挿絵で好んで描かれる素材のほかに、加藤清正が富士山を眺め、銃で虎狩を行うなど、壬辰戦争言説固有の素材が少なからず採択されている。なお、米俵挿絵の事例に見られるように、先行文献に載っている挿絵の影響を受けて後続文献に新しい記事が付け加えられるなど、本文と挿絵とが拮抗する現象も注目される。壬辰戦争文献の挿絵は周辺の軍記やジャンルに影響を及ぼしていて、その影響は明治時代に至る。

筆者は十九世紀中・後期以後に膨大に刊行された関連文献を悉皆調査していないので、本稿には不完全な記述や、修正されるべき箇所が少なからず含まれていると思われる。後続研究を通して本稿の問題意識を発展させていくことにしたい。

▼**参考文献**

『太閤記』(一六二〇年代、個人蔵)

『朝鮮征伐記』（一六二三・五九年、韓国国立中央図書館）
『新板絵入太閤軍記』（一六五四年、弘前市立図書館（国文学研究資料館所蔵マイクロフィルム））
『将軍記』（十七世紀後期、国文学研究資料館）
『絵入太閤記』（一七一〇年、個人蔵）
『絵入読本太閤記大全』（一七一〇年、東京大学）
『朝鮮太平記』（一七一一年、東京大学）
『絵本朝鮮軍記』（一七七六年、東京大学）
『絵本武勇大功記』（一八一九年、個人蔵）
『絵本朝鮮軍記』（一八〇〇年、個人蔵）
『絵本太閤記』（一七九七〜一八〇二年、個人蔵）
『絵本朝鮮征伐記』（一八五三〜五四年、海軍士官学校）
『義経蝦夷勲功記』（一八五三〜五七年、国文学研究資料館）
『絵手本』（十九世紀前期か、個人蔵）
『清正一代記』（十九世紀中・後期、個人蔵）
『絵本大豊記』（十九世紀中・後期、個人蔵）
『朝鮮征伐』（九世紀中・後期、個人蔵）
『太閤記朝鮮軍記』（十九世紀中・後期、個人蔵）
『加藤清正朝鮮軍記』（十九世紀中・後期、個人蔵）
『太閤顕名記』（十九世紀中・後期、個人蔵）
歌川芳虎「天安年中佐藤主計助政清渤海國征戰の日海岸より芙蓉峯を見る」（一八六〇年、Museum of Fine Arts、Boston）
歌川芳員「正清公虎狩之図」（一八六一年、Государственный музей изобразительных искусств им А.С. Пушкина）

歌川芳幾「絵本太閤記巻中 正清両獣を生捕て殿下の陣中に引しむ」（一八六三年、Museum of Fine Arts、Boston）
月岡芳年「正清猛虎討取図」（一八六四年、早稲田大学）
月岡芳年「豊臣三韓征伐之図」（一八六六年、古美術もりみや蔵）
長谷川小信「加藤清正虎狩之図」（明治、姜徳相）
豊原国周「富士三十六景 朝鮮湊」（明治、個人蔵）

井上泰至・金時徳『秀吉の対外戦争：変容する語りとイメージ――前近代日朝の言説空間』（笠間書院、二〇一一年）
大阪市立美術館編『近世大坂画壇』（同朋舎、一九八三年）
姜徳相編著『浮世絵の中の朝鮮と中国』（Iljogak、二〇一〇年、韓国語）
金時徳他『壬辰戦争関連日本文献解題――近世編』（図書出版文、二〇一〇年、韓国語）
金時徳『異国征伐戦記の世界――韓半島・琉球列島・蝦夷地――』（笠間書院、二〇一〇年）
金時徳訳解『奎章閣・読み直す韓国の古典 五：校勘解説・懲毖録―韓国の古典から東アジアの古典へ』（Acanet、二〇一三年、韓国語）
木村八重子「武者絵の側面――『絵本太閤記』の投影」（『東京都立中央図書館研究紀要』十三号、一九八一年）
崔京国「日本における虎絵の系譜――四神図から書譜類まで」（『日本研究』二十二号、二〇〇四年、韓国語）
崔京国「日本文学における虎の受容」（『日語日文学研究』五十一巻二号、二〇〇四年、韓国語）
崔京国「歌川国芳の武者絵と虎狩」（『日本研究』四十号、二〇〇九年、韓国語）
崔京国「江戸末期の大衆文化の中の虎狩：加藤清正を中心に」（『日本研究』四十八号、二〇一一年、韓国語）
佐伯真一他『日本と〈異国〉の合戦と文学――日本人にとって〈異国〉とは、合戦とは何か』（笠間書院、二〇一二年）
中村幸彦「絵本太閤記について」（『中村幸彦著述集 第六巻』中央公論社、一九八二年）

*掲載図版はすべて筆者蔵

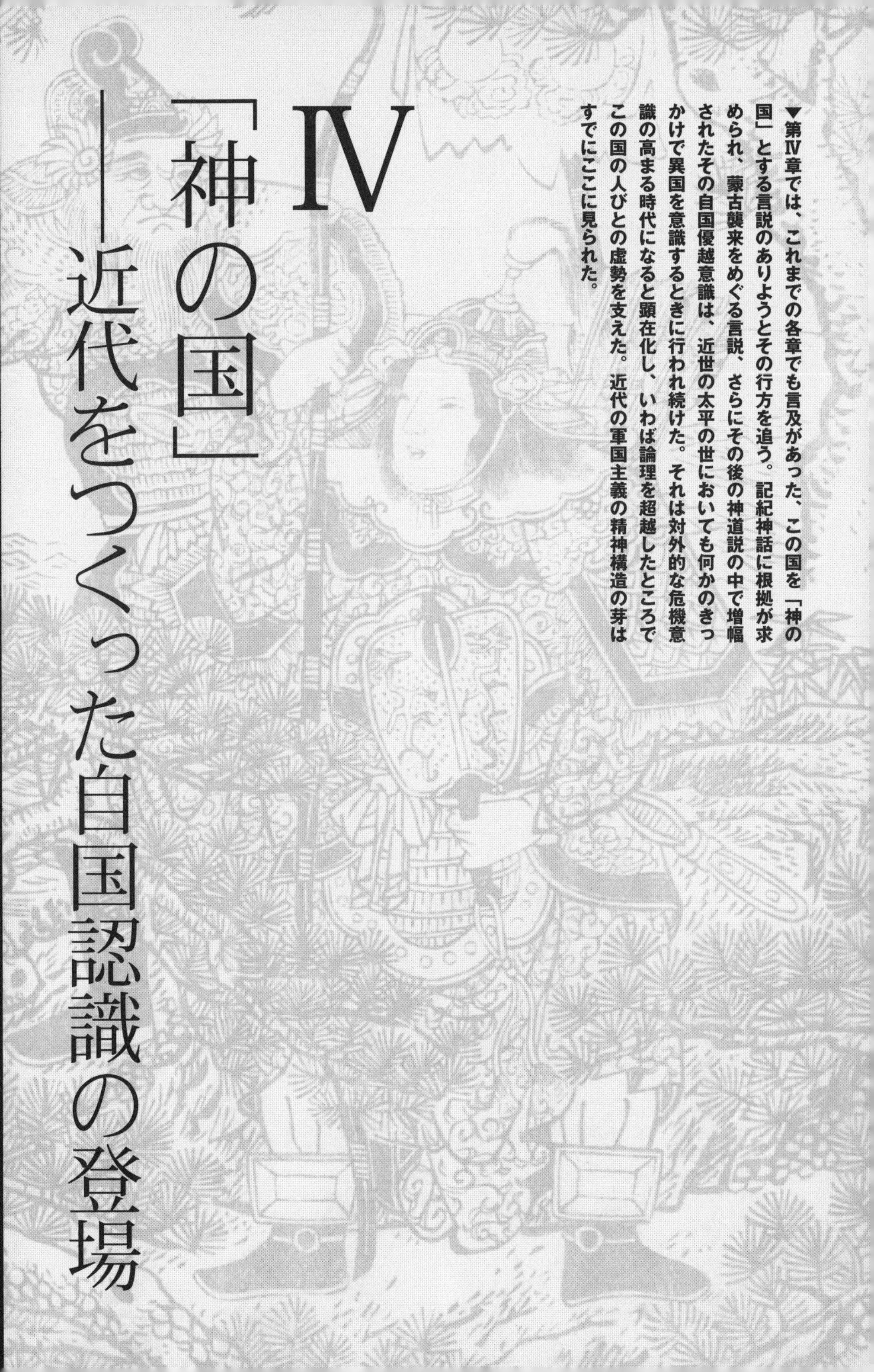

Ⅳ 「神の国」——近代をつくった自国認識の登場

▼第Ⅳ章では、これまでの各章でも言及があった、この国を「神の国」とする言説のありようとその行方を追う。記紀神話に根拠が求められ、蒙古襲来をめぐる言説、さらにその後の神道説の中で増幅されたその自国優越意識は、近世の太平の世においても何かのきっかけで異国を意識するときに行われ続けた。それは対外的な危機意識の高まる時代になると顕在化し、いわば論理を超越したところでこの国の人びとの虚勢を支えた。近代の軍国主義の精神構造の芽はすでにここに見られた。

扉絵：『万国一覧図説』法政大学国際日本学研究所蔵

浄瑠璃にみる神道思想

林久美子
◉京都橘大学文学部教授

意外に知られていないことであるが、のちに近松門左衛門と組んで義太夫節の祖となった竹本義太夫の、現存する最も古い正本（語りのテキスト）は、『大日本神道秘蜜の巻』（外題『神武天王』）という、神武天皇東征の物語である。これは、京都で清水理太夫を名乗っていた延宝五年（一六七七）の刊行であるが、そのもとになる作品は、すでに寛文半ば、金平浄瑠璃で新風を吹き込んでいた作者岡清兵衛と和泉太夫（丹波少掾）のコンビが江戸で舞台にかけていた。これらの古浄瑠璃では、祈祷を節事として聴かせ、からくりで神道的世界観を見せる趣向が用いられ、神と人とのつながりを体感させていたと思われる。

この時期は、吉田神道が全国の神社支配を確立し、吉川神道や垂加神道が台頭して勢力を拡大させ、祭礼・祭祀の重要性が増した時期でもある。浄瑠璃にもそうした時代性が反映しているのではないかというのが、本稿の趣旨である。

金平《きんぴら》浄瑠璃と社参

豪快な語り口が江戸の民衆の支持を得て一世を風靡した金平浄瑠璃は、国家秩序に視点を置いた、スケールの大きな善悪抗争譚である。構想のもとになっているのは、頼光四天王による鬼神退治で有名な『酒呑童子《しゅてんどうじ》』である。『酒呑童子』そのものも、早くから浄瑠璃として語られていたから、金平物は上方でもすぐに受け容れられ、人気太夫たちがこれを語った。

作品世界の底流にあるのは、皇室の正統性と、それを守る源家（＝徳川）による秩序の絶対性であり、日本は仏法王法がともに備わった神国であるという認識である。大江山で鬼となった酒呑童子を滅ぼしたのは、朝廷から派遣された武将・源頼光と四天王であるが、彼らに神便《じんべん》鬼毒酒《きどくしゅ》や冑を授けて手助けしたのは、住吉・熊野・八幡の三社神であったから、国家を最終的に鎮護するのは神々であると、観客たちはとらえていたはずである。

金平物の神祇信仰には、一定のパターンがある。それは、逆賊のためいったん窮地に陥った頼光（または頼義）四天王が、社参によって神託を得、武運を開くというものである。たとえば『頼義金剛山合戦并《ならびに》ひやうぶ物語』（寛文三年〔一六六三〕）では、頼義一行が誉田八幡に参詣し、祈誓をかけて神楽を奏する場がある。御託宣には「神は非礼を受けず、まさに正直の頭に宿る」という、神道の根本ともいうべき成句がある。そして、朝敵討伐に向かう頼義を「ああ、忠なるかな、信なるかな、……ひとへに朝家泰平・国土豊饒の忠臣」と讃えて力を添えることを約束する。神楽が華やかに奏され、神歌や神踊りが行われた舞台は、観客に神国日本という観念を共有させる場でもあったであろう。

このほか、『すがはらのしん王』（寛文元年～二年〔一六六一～六二〕）では、先帝の皇子でありながら反逆者に与した菅原親王が、伯耆国《ほうきのくに》名和の湊のはつさき権現に源氏滅亡の願書を捧げる（これは例外的に敗者となる）。『四天《してん》王高名物語《のうこうみょうものがたり》』（寛文二年）では、落人となった頼義が住吉に詣で、祈誓をかけて明神の示現を得るし、『頼義長《よりよしちょう》久合戦公平生捕問答《きゅうかっせんきんぴらいけどりもんどう》并四天王国めぐり』（寛文三年）では、敵広長の讒言によって熊野へ流罪となった頼義が権現に帰洛を祈って天運を開く。『源氏つくし合戦』では義家が、「安否心に任せぬ時には祈誓すべし」との父の教えに従って、厳島明神に参籠して神楽を鑑賞する。『だいりむらさき女郎并金平けしやうろん』（寛文四年〔一六六四〕）では、八幡大菩薩が義家を住吉に連行して託宣する場がある。

岡清兵衛は『太平記』や『吾妻鏡』などを諳んじていたといい、上記の作品にはその影響も認められるが、祈祷場面には典拠を指摘できない。これらの正本が刊行された頃（初演時と必ずしも一致しない）、徳川四代将軍家綱が日光に社参し（寛文三年）、帝ならびに将軍の諸社奉幣があり（同四年）、「諸社禰宜神主法度《しょしゃねぎかんぬしはっと》」（同五年）によって、吉田家の神職支配が進められてゆく。直接の影響は指摘できないが、作劇上の流行を招いた潮流があったように思われる。

神おろしの節事

祈誓の場面をさらに本格化したものに「神おろし」がある。神おろしは山伏祭文から取り入れられたものと見られ、説経または説教系浄瑠璃の『苅萱《かるかや》』や『さんせう太夫』、『しのだづまつりぎつね付あべの晴明出生』、『信田小太郎』などに誓文として用いられる呪術的な節事である。とりわけ調伏目的の神おろしに人気があったのは、神慮が納受すると虚空に剣が降り、生首が落ちるなどの演出が、当時の人形芝居に向いていたからではないかと思われる。

だが、それ以上に重要なのは語りであったろう。井上播磨掾の演目で、筑後掾（義太夫）が継承した段物集『古播磨《こはりま》風筑後丸《ふうちくごまる》』の一冊目に収載される十一段は、「神おろし願書揃へ」である。語り物の源流がそこに偲ばれるからこそ、筑後掾はそれらを集めて刊行したものと考える。この中に収められている『公平かぶとろん』の「神おろし」――江戸（和泉太夫であろう）から播磨掾が移入したもの――では、八剣明神の濫觴が語られた後、源頼義の求めに応じて、熱田神宮の社僧が日本の神々を申し降ろし、逆臣滅亡の調伏の法を行う。「上は梵天帝釈、下は四大天王。さて下界の地に入つて、伊勢は神明天照皇大神宮……」に始まる長い勧請は、やはり和泉太夫の関与が想定されている『きそ物がたり』で法皇が義仲を調伏させる文辞とほぼ一致し（阪口一九九九）、播磨掾自身の演目では『花山院后諍《かさんのいんきさきあらそい》』（寛文十三年〔一六七三〕）やこれを宇治加賀掾が襲用した『殿上之うはなり打』（延宝五年〔一六七七〕。ともに、安倍晴明による弘徽殿《こきでん》蘇生の祈り）にも取り入れられるほど、東西で人気があった。晴れの場でも用いられることがあり、加賀掾の『平安城都遷』では王城地鎮祭として、伝教大師（最澄）の行う神おろしに都の神々が読み込まれている。京都の太夫であった加賀掾にとって、「伝教大師神おろし」は大切な演目であったのだろう、『乱曲揃』や『紫竹集』といった段物集にも収録されている。護摩壇で修法する伝教大師の姿は、延暦寺の山王神道が伊勢神道や両部神道ともども日本人の神仏習合観を推し進めたことを物語る。また、丹波少掾の『京今宮御本地《きょういまみやのごほんじ》』では、船岡山にて厄神を祀るため、神道の安倍晴明と仏道の性空上人が真言秘密の大法秘法を行う。この時、三井寺の僧正や天台座主も一字金輪五壇法を行っているが、詞章は神おろしである。神道と陰陽道、台密、東密のイメージが渾然としており、そうしたあり方が、この時代の宗教感覚であったことを示している。

日本紀の世界

この頃、金平劇以外にも、外敵を退ける明神や菩薩の縁起が数多くの浄瑠璃で語られていた（團二〇〇四）。『あつた大明神の御本地』（寛文五年、ちくご代次とらの助）や『宇佐八まんのゆらい』（同年、出羽掾）、その続編の『正八幡之御本地』、『あたごの本地』などである。これらには、蒙古襲来以来の神国意識が反映され、たとえば、『宇佐八まんのゆらい』では、新羅の鬼・塵輪が「王威に畏れ」てかなわず、「日本の神力」を思い知り、新羅王は服従して「犬と也候共。日本の御恩忘れまじ」という。神功皇后の三韓討伐を中心とするこの題材は、『八幡縁起』や『八幡愚童訓』が元になっている。『あたごの本地』は、聖師太子が百済《くだら》から招いた日羅が愛宕山将軍地蔵として祀られるという内容であるが、日羅を日本に渡すのを惜しんだ百済王との戦いがあるため、「それ日本は神国にて、諸神あまねく和光を照らし、国土を守らせ給ふ」という神国観が冒頭に示される。

『あつた大明神の御本地』でも、「天照神の御苗裔」であるやまとだけが戦うのは「夷の大将獅子王」となっている。日本武尊が東征に際して叔母から与えられた草薙の剣（天叢雲剣）は、死後熱田神宮に祀られるが、その剣を新羅の行道が盗もうとして失敗し、さらに生不動が派遣されてしくじり、あまつさえ七本の剣をも奪われて、合計八本が八剱の宮となったという宝剣説話の浄瑠璃化である。三種の神器の中でも宝剣は、中世に再生産された『日本紀』において、神代の素戔嗚尊からつながる英雄譚によって、具体的な伝承をともなう祭祀の対象とされた。宝剣説話は『太平記』にも挿入されるが、浄瑠璃は空想的、娯楽的な由来譚に仕立てている。庶民はおとぎ話の鬼神退治物の延長で、これらの由来譚を感得していたに違いない。

ともあれ、これらの作品に見られる神国思想が独特というわけでなく、金平浄瑠璃と同質のものとしてとらえるべきであることを言い添えておきたい。

『日本大王』と『日本王代記』

記紀の中でも、国家の創始に関わる神武天皇東征記は特別な意味を持つが、岡清兵衛作和泉太夫正本『日本大王』（江戸板の柱題。寛文中期）は、まさにそれを題材にした浄瑠璃である。内容は、神武天皇が荒雲のにぎはやと川越のしんめうを滅ぼして、天下平定に至るまでの経緯を説いたもので、まったく金平浄瑠璃風の構成になっている（和田一九九八）。上方でも『日本王代記并神武天王ノゆらひ』（延宝二年〔一六七四〕）と改題したものを井上播磨掾が語り、さらに竹本義太夫が継承したから、東西で流行を見た点も金平物同様である。

「それ我朝は神国、後々末代の末まで、……治まる御代こそめでたけれ、そも〳〵天神七代地神五代は神の御代、さて人代に移り、日本大王神武天皇の由来を詳しく尋ね奉るに……」と本地物風の由来譚として語り出される物語は、天から地上統治を任じられた人皇初代神武天王即位の正当性を説く。この、神武即位前紀をもとにした創作浄瑠璃でとりわけ注目に値するのは、謀反の首謀者が天の磐船に乗って天降った「天の荒雲にぎはや」、すなわち記紀の饒速日命《にぎはやひのみこと》（または邇芸速日命）であること、また、これを祈り降ろして神武兄弟に敵対する「かはごしのしんめう」という、記紀の長髄彦《ながすねびこ》（または登美毘古《とみびこ》）にあたる豪族が登場することである。記紀の饒速日命は、瓊瓊杵尊より早く地上に降りた天神の子であるが、『日本大王』では、神武らと同じ神の孫（＝天孫）としており、『先代旧事本紀』やこれを継承した『神皇正統記』を踏まえている。『先代旧事本紀』は、吉田神道では記紀と併せて「三部の本書」として重視され、近世に入って偽書とみなされるものの、広く流布していた。『日本大王』は、刊行時期と題名から林鵞峰《はやしがほう》の『日本王代一覧』の出版の影響とみる説もある（團二〇〇四）が、中世には『三種神祇并　神道秘蜜』や『熱田の神秘』といった日本紀テキストが作られているから、後述する続編の名称を思い合わせると、そうした線からの延長を考えてみる必要もあるだろう。ともあれ、饒速日命を天孫ながら悪の旗頭となるために降臨した敵役とすることで、日本紀の世界が庶民向けの善悪葛藤譚となったことは、近世的な享受として注目してよい。

『日本大王』にも、神おろしの節事がある。五瀬命死去の後、あら雲にぎはや討伐のため、天照大神の神勅によって、神武天皇が諸天を勧請して祈誓を行う場面である。これは、『日本書紀』神武天王即位前紀戊午年九月甲子朔日の記事に拠っている。敵勢が囲んでいるのを見た夜、神武天皇の夢に天神が現れて、天神地祇《てんしんちぎ》を敬祭し、潔斎して呪詛するよう告げる場面で、これによって敵が帰服することになる。天皇は祭祀によって政を行うのである。

この『日本大王』の「神おろし」は、多少の手を加えて『日本王代記并神武天王ノゆらひ』に襲用され、それが義太夫の段物集『古播磨風筑後丸』の巻頭に「祈念のはじめ」と題して掲出されている。初代天皇の祈りであるから重んじられたと考えるのが自然であろう。これまでの金平物と異なるのは、日本の神を降ろすのではなく、「まづ東方には持国天、黄金山に住み給ふ、西方には広目天、……」以下、欲界、色界、須弥山《しゅみせん》世界に至るまで、諸天を残らず勧請しているところである。神武紀が、「天」とのつながりを直接持ちうる者であることを天皇統治の正当性の根拠としていること（伊藤二〇一〇）を、浄瑠璃作者はきちんと捉え、仏教世界の天までも取り込んで、重々しく描き出している。同時に、その祈念の間も舞台上ではからくりが目を楽しませていたはずである。

『仁武天王』と『大日本神道秘蜜の巻』

神武天皇が甥・彦照親王と共に、さらに東進して敵を攻略する物語が、同じ作者による『仁武天王』（仮題。若月保治は『高うねぢ』として紹介）である。

この作品では、神鏡が銀の盾、神璽が猛火の玉となり、宝剣が自ら敵の剣と渡り合って天皇を守るほか、ホシタケや武甕雷が天照太神の命で加勢し、最後に素戔嗚尊まで現れて敵（たかうねぢのみこと大悪星）を滅ぼす。操りの面白さを随所に発揮しながら神代と人代、天と地がつながる舞台を創り出すことで、天皇の尊厳を視覚化している。

延宝三年、上方でも『仁武天王』同様、天皇と彦照親王らが活躍する作品が、井上播磨掾によって語られた。『日本王代記』の続編『大日本神道秘蜜の巻』である。冒頭に触れたように、延宝五年に竹本義太夫が京都で旗揚げした際にこの演目を語ったのは、王城の地であることを意識してのことであろう。

『仁武天王』の三段目には、神勅に任せて、敵を退治するための神楽を催すところがある。神人が御幣を取り、「そも此日本わ〔マヽ〕、粟散辺地の王国たりと申せ共、伊弉諾、伊弉冉、生み出させ給ふ神国、天に日月星の三光、下界を恵み……」と祝詞をあげる。これに対し、『神道秘蜜の巻』の方はもっと重々しい節事を置いていて、前作『日本王代記』と同じく、天皇による祈念の場面となっている。すなわちそれが、「霊山の絵図の如くに玉座を飾り、日月星の三光を祀り、諸神を勧請あれ」との五瀬命の霊勅に従って、神武が儀式を執り行う「御月日待ちの段」（後年の義太夫段物集『鸚鵡《おうむ》が杣《そま》』では「五天竺の段」）である。挿絵の中の掛図には弥勒の霊地、喜見城、檀特山、五台山、金峯山などが描かれ、掛け合いで語られる絵解き形式で「あらゆるところの諸神薩埵」が勧請されており、その中には、聖徳太子絵伝の黒駒のように「神道如意の駒」が雲に乗り、三千世界を巡る演出なども伴われていたかと想像される節譜もある。最後は風景の中にあった日月星が壇上に現れ、調伏が成って不動が悪神の生首を貫くさまを見せるという、迫力満点の見せ場となる。

こうして、作品の中心に当時の宗教的世界観が視覚的に表現されるのであるが、その場で天皇自ら垢離をとり、御幣を取って、天地四方を払わせ給うことを「神道秘密の大事」としてタイトルにも打ち出すことで、天皇と神道の祭祀とが結びついていることが強く印象づけられる。

中臣祓

少し後の加賀掾の浄瑠璃『霊験記《れいげんき》』（推定貞享四年〔一六八七〕）でも、継子を憎む継母が行者を頼んで調伏する場面がある。本尊不動明王像が逆さまにかけられているのは『さんせう太夫』と同じであるが、詞章は全く異なり、「慎み敬つて申す、それ。秘密の法といつは。その上毘盧遮那世尊より金剛薩埵に付属あり。」と、真言八祖相承血脈を述べた後、六根清浄大祓（「眼にもろもろの穢れを見て心にもろもろの穢れを見ず。……」）の一部と「東方に降三世、南方軍吒利夜叉……」の五大尊印明の省略形を唱え、最後に「梵天帝釈堅牢地神」以下、日の本の神々を幣帛に祈り降ろしている。五大尊印明や神おろしは、謡曲や舞曲、説経などの先行芸能ですでに耳慣れたものであるが、それらを組み合わせることによって、より迫力を出そうとしたのであろう。ここで着目したいのが、それまでになかった神道の祓詞――数ある神祇・神道儀礼の中で最も多く用いられる中臣祓――が入っていることである。中臣祓は、天孫降臨より始めて、天皇が治める国の中で人々が犯す罪を列挙する。

一世代後の作品になるが、竹本座の座本であり、近松の教えを受けて浄瑠璃作者に名を連ねた竹田出雲の『入《いる》鹿《か》大臣《だいじん》皇都《みさと》諍《あらそい》』（寛保三年〔一七四三〕）大序は、「中臣祓《なかとみはらい》の抄にもふさく。畜《かふけもの》を犯者《おかすもの》は。馬に婚せ牛に婚せ。鶏に婚せ犬に婚すといへり。」という一文から語り始める。白い牡鹿の血が胎内に入った入鹿のことを示唆する文であるが、ここで言う「畜犯罪」とは中臣祓の「国津罪」のひとつである。中臣祓注釈書の最古本で、江戸時代にも刊行されていた『中臣祓訓解』およびその異本『中臣祓記解』には、「婚馬・婚牛鶏之類是也、また天狐・地狐等怪也」とある（『神道大系古典註釈編　中臣祓註釈』）。『中臣祓抄』は、吉田兼倶《よしだかねとも》の注釈書である。中臣祓は中世以来、仏家神道、儒家神道家により重視されて注釈書も多く作られたが、初代出雲が卜部神道の注釈書名を掲げているのは、それが神道思潮の主流だったからでもあろう。

さらに、二代目出雲と近松半二らの合作『日高川入相花王《ひだかがわいりあいざくら》』（宝暦九年〔一七五九〕）では、道成寺伝説に三種の神器を絡める中で、「女は鏡に対するなれば。魂魄を返させ給へと中臣の。祓の。内に……」とあり、さらに同作者らによる『小野道風青柳硯《おののとうふうあおやぎすずり》』（宝暦四年〔一七五四〕）には、逆臣調伏七日の加持の結願に、「千早振。神の七代に地の五ッ代勧請有し三種の祓。就中宝剣ンは。悪ク魔降伏素戔雄の八岐の大蛇を従へ給ふ。……太祝詞《ふとのりごと》や願事《ねぎごと》も。とほかみゑみため祓ひ給へ」と、壇に向かって天皇が祈念する場がある。「三種の祓」については、『神業類要《しんぎょうるいよう》』（安永八年〔一七七九〕）の「中臣祓之事」に、「天地人・五行の祓にして、宗源卜琴のうへにつきても子細あることなり、三種の祓といふより、三種神器のこと丶心得たる説もあれは、家にありてハ其説を強てもちゐす」（『神道大系論説編　卜部神道（上）』）とあり、卜部（吉田）神道ではその説を採らないものの、三種の神祇と符合させる説が行われたことがわかる。流派による教理の違いより、こうした神秘的な神道説や儀礼が最盛期の上方の浄瑠璃に表れることを重視したい。そこに、伝統の中で馴化された宗教感覚を超えた竹本座作者たちの観念や志向がうかがわれるからである。それは、近松を経て、古浄瑠璃より格段に鮮明になっている。

三社託宣、お祓など

古浄瑠璃には、神社や祭神の由来を説き、祭礼をからくりで見せる作品が多数あるが、特に神道思想の普及という点で挙げておきたいものに、宇治加賀掾の演目『三社託宣由来』（延宝六年〔一六七八〕）がある（この作品は、『三社託宣抄』から成った謡曲『三社託宣』と影響関係にあるが、先後は不明）。三社託宣とは、天照皇大神宮・八幡大菩薩・春日大明神の三神の託宣を掛軸に仕立てたもので、室町後期に神祇界の中心的役割を担った吉田兼倶が普及させた。上部に三社神号または三神絵像、下部に正直・清浄・慈悲の徳目が託宣として記されるものだが、江戸時代を通じて多様な作例がある中で、浄瑠璃『三社託宣由来』の絵入正本には、雨宝童子立像の天照大神と僧形八幡立像の八幡大菩薩、武将姿立像の春日大明神が描かれている。竹本義太夫正本『烏帽子折《えぼしおり》』（元禄三年〔一六九〇〕）

の三社神像と近似しているから、同じ絵手本があったのであろう。お祓の箱から金色の託宣が飛び出すなどの場面もあり、神罰と神徳をわかりやすく説いた啓蒙書としての役割を担ったのかもしれない。

江戸時代の伊勢信仰は、御師が全国の檀場を巡行してお祓（大麻《おおぬさ》）や暦を頒布するという方法で、民衆を参詣に誘い、地方まで布教を行き渡らせた。加賀掾の『伊勢御遷宮』では、天照太神の申し子である兼家卿の娘秋子が外宮の万度の祓になり、秋子が産んだ若宮が内宮の万度の祓となるからくりなどに、その影響が見出せるであろう。この『伊勢御遷宮』や右記『烏帽子折』は元禄二年両宮遷宮の当て込みであり、『烏帽子折』初演本巻末には「柱暦」の節事が置かれている。また、宝永二年の御蔭参り流行時には、松本治太夫『万歳五色松《ばんぜいごしきのまつ》』や義太夫『神託粟万石』などが上演され、後者には千度のお祓いが箱を飛び出し舞い上がり、降り下るなど、『伊勢御遷宮』と類似の演出がある。

神道の文化への影響

やはり講中での参拝がブームとなった富士信仰は、山本角太夫の浄瑠璃『日本蓬莱山』（津打《つうち》治兵衛作。庚申にあたる延宝八年〔一六八〇〕か）や、加賀掾作品の景事（『暦』の「富士の十二月」、『東山殿追善能』「富士山十二景」）として反映される。それらもまた、広い意味で神道思想の普及につながったものと思われる。

じつは、義太夫が大坂で旗揚げした年、加賀掾と競演した浄瑠璃は、貞享の改暦を仕組んだものであった。加賀掾の演目『暦』には、富士の高嶺で月を観察する場面があるが、ここには初めての日本製の暦としての誇りも込められているように読める。八百二十三年ぶりの改暦は、中国の暦に京都との里差を繰り込んだ「大和暦」であり、それを推し進めたのは、垂加神道の山崎闇斎《やまざきあんさい》の門人たちであった。そのうち、陰陽師・土御門泰福とともに中心にいた渋川春海は、道頓堀開削に関わった安井九兵衛の一族であった（阪口二〇〇二）。だから、改暦は道頓堀興行界にとって祝賀すべき行事であり、大イベントがプロデュースされたのである。こうした事実から作られた伝承かも知れないが、闇斎の後継者である正親町公通《おおぎまちきんみち》は加賀掾を贔屓にし、奉公していた近松が劇界に入るきっかけを作ったとされている。

このような例からも、浄瑠璃と神道世界のつながりは思いのほか太いものであったと想像される。浄瑠璃という庶民芸能にも、神道はさまざまなレベルで浸透していたのである。

▼参考文献

秋本鈴史「大日本神道秘蜜の巻付月日待ゆらい」解題（『竹本義太夫浄瑠璃正本集』下巻、大学堂書店、一九九五年）

阿部泰郎『中世日本紀集』解題（臨川書店、一九九九年）

伊藤剣『日本上代の神話伝承』（新典社、二〇一〇年）

阪口弘之「竹本義太夫—道頓堀興行界の戦略」（『国文学　解釈と教材の研究』二〇〇二年五月近松特集号）

信多純一、阪口弘之校注『古浄瑠璃　説経集』（『新日本古典文学大系』九十巻、岩波書店、一九九九年）

團夕紀子「古浄瑠璃（日本大王）と林鵞峰『日本王代一覧』—神話物古浄瑠璃上演の背景試論—」（『演劇学論叢』七号、二〇〇四年）

林久美子「『賢女の手習并新暦』と『暦』——作品の意図と垂加神道のことなど——」（『神戸女子大学古典芸能センター紀要』四号、二〇一一年）

室木弥太郎『金平浄瑠璃正本集』第一、第二（角川書店、一九六六年、一九六八年）

室木弥太郎『語り物（舞・説経・古浄瑠璃）の研究』（風間書房、一九七〇年）

横山重『古浄瑠璃正本集』第四、第五（角川書店、一九六五年、一九六六年）

横山重・室木弥太郎・阪口弘之『古浄瑠璃正本集』第九（角川書店、一九八一年）

若月保治『古浄瑠璃の研究』第一巻（櫻井書店、一九四三年。一九九八年、クレス出版より復刻）

和田修「丹波少掾の新機軸」（岩波講座歌舞伎・文楽第七巻『浄瑠璃の誕生と古浄瑠璃』三—II、一九九八年）

平賀源内の自国意識

福田安典
●日本女子大学文学部教授

エレキテルで有名な平賀源内は、西洋文化へ早くに目を向けた進取的な人物だとみなされやすい。また、「土用の丑」の発案者とみなされ（実態は不明）、江戸戯作の粋な親玉だとも考えられやすい。出自は讃岐の武士、現状は江戸の浪人、戯作者にして発明家、浄瑠璃も書けば西洋絵画も描き、菅原櫛・金唐革《きんからかわ》・源内焼もデザインする。ところが、彼は大和魂や神国を唱えた津の国学者谷川士清《ことすが》を「先生」と呼ぶ一面を持つ。彼の「自国意識」に迫ってみたい。

平賀源内はその進取的イメイジとは別に、根っこのところには「国学」があるように思われる。彼を有名にした宝暦十二年（一七六二）の東都薬品会の引札には「我カ大日本ハ神区奥域。山川秀麗。人淳ニ俗美ナリ」とあって「我が日本」は「神の区」であるというからである。

源内は国学者賀茂真淵の門下生でもあったので、彼と国学について触れた先行研究は少なからずあるが（末尾参考文献参照）、本稿では、改めて源内のいう「神国」「異国」「国益」などの言説を整理しながら、彼の自国意識を考えてみたい。

源内の語る「日本」「異国」

まず源内は自国をいかに表現する人物であったのだろうか（傍線、筆者。以下同）。

我が故郷の日本には、不二といへる名山あり。其大さ五岳にもはるかまさり、

（宝暦十三年〔一七六三〕『風流《ふうりゅう》志道軒伝《しどうけんでん》』）

わが日本は小国なりといへども、五穀豊饒に金銀多く万の物に事を欠かず

（安永元年〔一七七二〕『里のをだまき評』）

日本は小国でも、唐高麗からも指もさゝせぬは、皆武徳なり。

（安永六年〔一七七七〕『放屁論《ほうひろん》後編』）

これらは単純なる「日本」賛美だと理解してよいだろうが、源内の「日本意識」には世界への対抗と「和産」「国益」への拘《こだわ》りが伴うところにその特徴がある。

人参・甘蔗、国益為レ不レ少。今紀二シテ其ノ培養製造ノ法一ヲ別ニ為二附録一巻一ト。

（宝暦十三年『物類品隲《ぶつるいひんしつ》』）

猥リニ和国ノ財ヲ外国へ費シ取レザル一ツノ助タルベシ。然ハ力ラヲ用テ是レヲ世ニ弘メタラン人ハ誠ニ永ク我国ノ富ヲ致ス人ナランカシ。

（同右）

右、火浣布、日本は申におよばず、唐土、天竺、紅毛にても開闢以来出不申、トルコ国にても近世にては織候伝も絶候品にて御座候処、此度私取出候。古今之珍物故、奉入御覧候。

（明和元年〔一七六四〕『火浣布説《かかんぷせつ》』）

常に国《こく》へきを思ふて、世間の為にへきせられず

（明和五年〔一七六八〕『痿陰隠逸伝《なえまらいんいつでん》』）

斯隙《かくひま》なるを幸ひに種々《しゆじゆ》の工夫《くふう》をめぐらして、何卒《なにとぞ》日本の金銀を、唐阿蘭陀《カラオランダ》へ引たくられぬ、一ツの助けにもならんかと、

（『放屁論後編』）

吾日本、神武帝《じんむてい》より今年まで、二千四百三十九年、死んで生て入替る人其数かぞへ尽されず。其大勢の人間の、しらざる事を拵《こしらへ》んと、産を破り禄《ろく》を捨《すて》、工夫を凝らし金銀を費《ついや》し、工《たくみ》出せるもの此ゑれきてるのみにあらず。是まで倭産になき産物を見出せるも亦少からず。

（同右）

毛を織りて国家《こくか》の益《えき》にもなる物を、

（同右）

火浣布《クハクハンプ》・ゑれきてるの奇物《きぶつ》を工《たく》めば、竹田近江や藤助と十把一からげの思ひをなして変化龍《へんくはりやう》の如き事をしらず。我は只及ばずながら、日本の益をなさん事を思ふのみ。或は適《たまたま》大諸侯の為に謀《はか》りし事ども、国家の大益なきにしもあらざれども、

（同右、追加）

源内にとってはヱレキテルや火浣布《かかんふ》、源内織も「国益」を思っての発明であった。ゆえに「和産」と「世界初」は譲れない一線であった。その代表的な発明品「火浣布」について彼は次のように記している。

此物唐土にては織ことをしらず、只西域より希にわたりたるもの故、唐人もしらずして、……予、此物織べき事を考出して、過し申のきさらぎなかば創《はじめ》て製し出す。同じ年の三月紅毛人《おらんだじん》東都に来る。官儒青木先生対

話の序《ついで》を得て紅毛人に見せけるに、かびたんやんがらんす・書記へんでれき・でゆるこうふ・外科こるねいれず・ぽるすとるまんなど大に驚て曰、此品紅毛天竺をはしめ世界の国々にても織法をしらず。とるこらんど、という国にむかし一人ありて織出せしが、彼国乱世つゝきて織伝を失へり。故に此物絶て希なり。火浣布の名を、ラテイン語にて、あみやんとす、又あすべすとす、ともいへり。委は、しかつとかうむる、でる、げねいしゐん、なてゆうる、こんできさあか、うをいと、一名れきしこん、はん、うをいと、といへる紅毛の書に出たり。大通詞今村源右衛門、小通詞楢林十右衛門、譯をつたへて是を正せり。

とるこらんと、とは、西域の国の名なり。凡世界を四つにわり、ゐろつぱ、あぢや、あふりか、あしりか、といふ。とるこ国はあぢやの西、ゐろつぱの境にて、唐土より数千里西北にあたれり。　（『火浣布略説』明和二年）

この記述に、平賀源内もしくは志道軒をモデルとしたと思われる浅之進が、風来仙人から天行自在の羽扇を手にいれ長脚国、長臂《ちょうひ》国、穿胸国、大人国、小人国以下諸国をめぐる小説『風流志道軒伝《ふうりゅうしどうけんでん》』（宝暦十三年）の一節を重ねてみる。

蝦夷・琉球はいふに及ず、莫臥尔《もうる》、占城《ちゃんぱん》、蘊門塔剌《そもんだら》、浡泥《ぼるねら》、百兒齊亜《はるしゃ》、莫斯哥米亜《むすこうびや》、琶牛《べぐう》、亜剌敢《あらかん》、亜尔黙尼亜《あるめにあ》、天竺、阿蘭陀を始として……夜国に寝ること半年余にして、草臥《くたびれ》も直りければ、また羽扇に打乗て唐土へとこゝろざし、清朝の主乾隆帝の住給ふ北京になん至りけるに、

『風流志道軒伝』執筆時はまさに乾隆帝の時代であって、その当代性も含めて異国情報の豊かさは注目に値しよう。改めて源内の脳裏の世界図を『火浣布略説』から追ってみたい。彼によれば、火に入れても焼けない「火浣布」（ラテイン語で「あみやんとす」または「あすべすとす」）は、「唐土」では織ることができず、「紅毛」や「天竺」でも織ることができず、「とるこらんど」で一度織られたが、その国は「乱世つづきて」織り方が失われたのを、

源内が「創《はじめ》て製し出」した大発明だというのである。ちなみに「とるこらんど」は「あぢやの西」「ゑろつぱの境」にある。

このトルコの「彼の国、乱世続きて」という記述を次の諸例と並べてみれば、その正確さが判るであろう。

度爾格《とるこ》は天竺より西北にあたれる国にて四季有り。人倫勇強にして武を好める国なり。
（西川如見《じょけん》『四十二国人物図』享保五年〔一七二〇〕）

トルカ　イタリヤの語にトルコといひ、他邦にはツルコといふ。漢に訳せし所、いまだ詳ならず。此邦、其地広くして、アフリカ・エウロパ・アジアの地方につらなり、国都は古のコウスンチイの地、其俗、タルターリヤにひとしく、勇悍敵すべからず。兵馬の多き事、一日にして二百千を出す。日を歴るにおよびては、其衆はかるべからず。ヱウロパの地方、其侵凌に堪ずして、各国相援けてこれに備ふといふ。……さらば、トルカの地、西北はポルトガルの地に相接し、東北はムスコービヤの東に至れり。
（新井白石『西洋紀聞』正徳年間）

其国極大。与二欧邏巴、亜細亜等州一。相二接彊界一。国都在二巴耳巴利亜北一。古邏馬君所レ避地也。以二馬上戦闘一為レ国。世有二威名一。西北人勇悍。衆亦極盛。発レ令一日兵聚二十萬。至二其二三日一。則如二水之方増一。数不レ可レ計也。欧邏巴諸国。毎患二其害一。
（新井白石『采覧異言《さいらんいげん》』正徳〜享保年間）

但し、トルコが火浣布を織っていたのかどうかについてはあやしい部分がある、西川如見の『増補華夷通商考』には「チイペレ　ジユデヤの西、地中海の中にある島也。土地富饒にして土産多き地なり。葡萄酒極て上好と云。又火浣布を織と云」とあるので、源内の勘違いかもしれない。ともかく、彼の脳裏には「ゑろつぱ」「あぢや」「あふりか」「あしりか」の存在する、それなりの大きな世界図が描かれていたことを確認しておきたい。

その大きな世界図の中で、源内は「日本」のことを「小国なりといへども」愛し、「国益」「和産」にこだわった。かれをそこまで惹きつける、もしくは憂えさせる「日本」とはいかなる国であったのだろうか。その答えを彼のいう「神区」に求めてみたい。

源内の語る「神の国」——谷川士清《ことすが》の影響——

源内は日本を「神区」と呼ぶ。そこで彼の作品から「神国」の用例を抜き出してみる。

既にかうよと見へたる所に、勅定なりと呼はる声、実に神国の王位徳。（明和八年〔一七七一〕『弓勢智勇湊《ゆんぜいちゆうのみなと》』）

我カ神国の掟に背き、仏法を帰依ましまし（安永三年〔一七七四〕『前太平記古跡鑑』）

平治二年に新玉の春の寿神国のならひ、賑はふ松竹に千代の例しを錺藁《かさりわら》（寛政十一年〔一七九九〕『実生源氏金王桜《みばえげんじこんのうざくら》』）

これらの用例は浄瑠璃作品であるが、源内自身の本音が語られる戯作作品でも、

日本は神国にて、伊勢・八幡・王子の稲荷、おへない手相が多ければ、漫に他領へ踏み込みがたし。（明和五年『根無草《ねなしぐさ》後編』）

とある。また、神が象徴的に語られるのは『風流志道軒伝』【図1】である。主人公が清朝乾隆帝《けんりゅうてい》の住む北京に到着し、そこで唐土にはない富士山の「はりぬき」を作ることを命じられる。ところが、その乾隆帝の思い上がりに日本の神たちが激怒し、

抑《そもそ》も不二権現《ふじごんげん》と申し奉るは、駿州有度《うど》ノ郡に鎮座《ちんざ》まします。祭るところ大山祇命《おほやまつみのみこと》の女、木花開耶媛《このはなさくやひめ》にて、是を浅間《せんげん》の社と申し奉る。されば神の霊妙はかるべからず。異国より不二山をはりぬきの用意ある事、忽《たちま》ちしろしめされければ、我守護の名山を、唐土へ写されては日本の恥なりとて、愛鷹《あしたか》の明神に御内談ましく〱て、曾我兄弟の神を早使にて、伊勢八幡の両社へ御注進ありければ、即時に諸国へ触《ふれ》をまはし、則ち不二山の絶頂《ぜつてう》へ、八幡万の神々、神ンつどいにつどい給ひて、様々評定ありけるが、

図1 『風流志道軒伝』 筆者蔵

とあって、評定の結果「神風」（但し、本文には神風の言葉はない）を起こして、清国の野望をくだいたと記す。この乾隆帝が実在の人物で、源内の脳裏にはそれなりに詳しく大きな世界図が描かれていたことは前述の通り【図2】である。彼の作品世界では、まさに日本は「神国」であって、外敵に対して神はわれわれを守ってくれる存在で

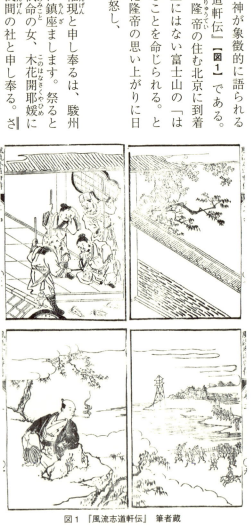

あった。
目を転じて、源内の日本創成についての歴史認識を探ってみると、

抑、狂言の濫觴《らんしやう》を尋に、地神五代の始、天照太神《あまてらすおほんがみ》此日の本を治《おさめ》給ふに

（宝暦十三年『根南志具佐《ねなしぐさ》』）

我が日本神武天皇元年より、此年安永三年に至て二千四百三十六年の星霜を経るといへども

（安永三年『放屁論』）

吾日本、神武帝より今年まで、二千四百三十九年、

（『放屁論後編』）

とあって、あたりまえながら神武帝を基本とする『日本書紀』を逸脱していないことが確認できる。このことを戯作以外の彼の事跡と付き合わせて考えてみたい。

源内が「先生」と呼んだ人間は数人しかいないが、その一人が津の国学者谷川士清である。士清は『倭訓栞《わくんのしおり》』の編集者として、あるいは「大和魂」「倭魂漢才」について宣長に影響を与えた人物として有名だが、宝暦十二年（一七六二）に『日本書紀通證《つうしょう》』を出版した。源内が蓬莱尚賢《ほうらいしょうけん》宛て書翰で「淡斎先生」（士清のこと）と書いたのが明和六年か七年と思われるので、源内はこの書に影響を受けた可能性が高い。

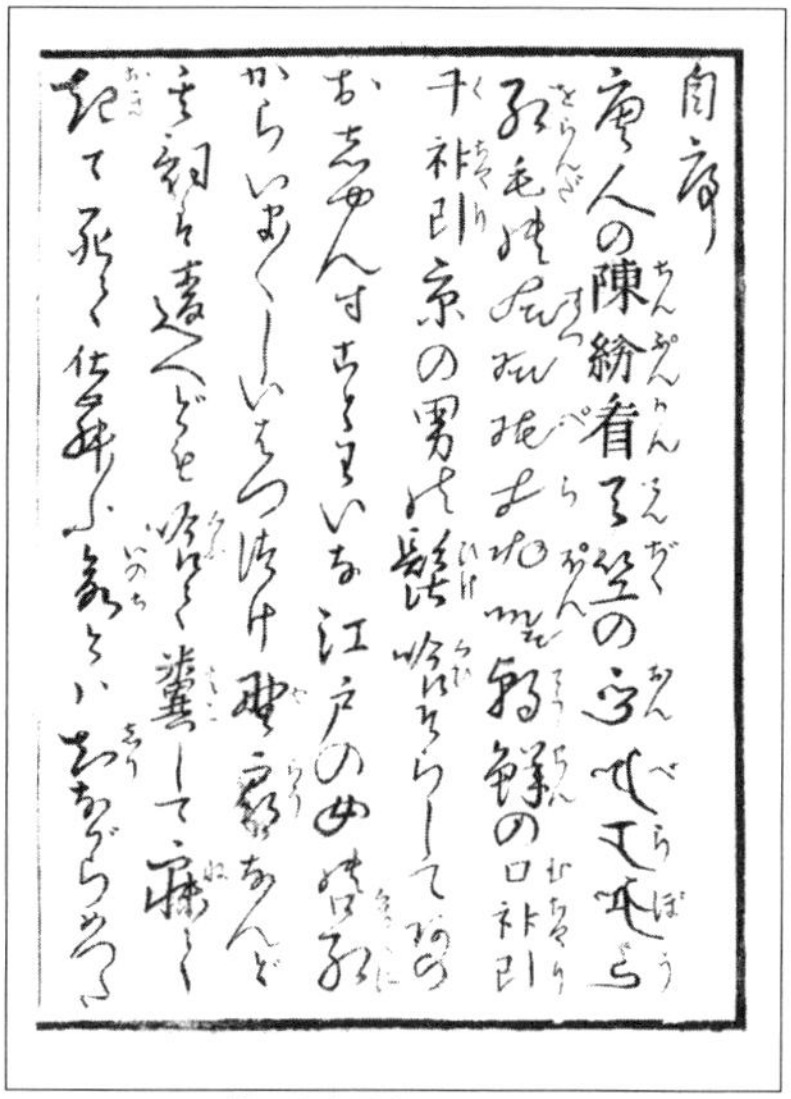

図２『根南志具佐』序文　筆者蔵

その『日本書紀通證』巻一「彙言」には「神国」の項

があり、「神功紀に曰く、東に神国有り。日本と謂ふ」（原漢文）をはじめとして、『神皇正統紀《じんのうしょうとうき》』『元元集《げんげんしゅう》』などから「神国」の用例を挙げている。そこに次の注意すべき記事がある。

纂疏ニ曰、「晋書ノ伝ニ曰倭人自謂太伯之後ト。然ルニ吾国ノ君臣皆為ニ天神之苗裔一。豈太伯之後哉。此蓋附会而言レ之矣」。

これは、『晋書』巻九十七に見える、倭人が自らを呉の太伯の後（子孫）だと言ったという記事について、一条兼良《いちじょうかねよし》『日本書紀纂疏《にほんしょきさんそ》』において、わが国はアマテラスの苗裔であってそのような説は附会の空説だと断じた箇所を踏まえた箇所である。この「太伯＝アマテラス」という晋書の説は、まず建仁寺の僧中巌円月《ちゅうがんえんげつ》がこれを唱えたが認められず、近世期になると、林羅山《はやしらざん》・鵞峰《がほう》がこの説を支持、水戸光圀がそれに反発し、そのため林家の『本朝通鑑《ほんちょうつがん》』は世に出なかったという有名な事件がある。この事件については議論の余地がありそうだが、林羅山・鵞峰がこの説を支持したのは事実である（『神武天皇論』）。谷川士清は師の垂加翁（山崎闇斎《あんさい》）の「無稽の言」を引用しながら、「今按、林氏父子亦たこの説を翼《たす》く」と注記し、「実に神聖の罪人なり」と断罪している。すなわちアマテラスを始祖とする日本人は呉太伯の末裔では断じてない、という立場であったのである。

これに対し、平賀源内は、

又日本の礼なり。井戸で育た蛙学者が、めつたに唐贔屓に成（り）て、我（が）生れた日本を東夷と称し、

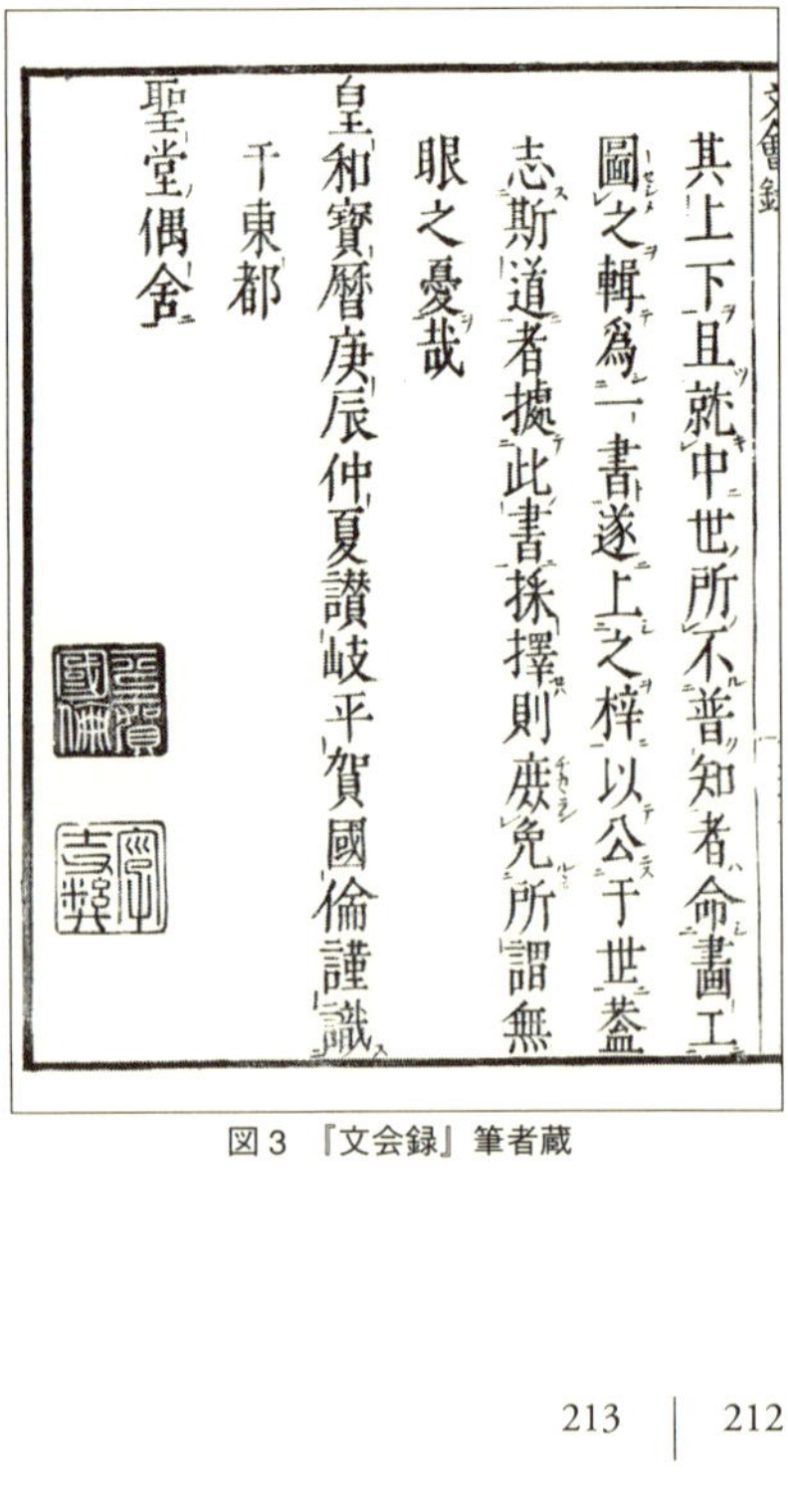
文會録
其上下且就中世所不普知者命畫工
圖之輯爲一書遂上之梓以公于世蓋
志斯道者據此書採擇則庶免所謂無
眼之憂哉
皇和寶暦庚辰仲夏讃岐平賀國倫謹識
于東都
聖堂偶舍

図３　『文会録』筆者蔵

天照大神は呉の太伯に違はないと、附会の説をいひちらし、

として士清と同じ立場を採る（『風流志道軒伝』）。実は源内は武士身分に近く、宝暦十一年には昌平黌《しょうへいこう》に住居し、（【図3】参照）そのことを高らかに記し、林鵞峰とは親交もあったことから、建前は林家の説を支持しなければならなかったはずである。しかし、その内面では谷川士清に私淑し、林家の歴史観を否定しているのである。ここに源内の「自国意識」や「国学」を探す糸口があろう。

倭学先生の講釈

『放屁論後編』跋文は、「倭学先生曰」で始まる語源俗解である。例えば「夜はおよるの上略にて、昼とは諸人目をさませば、小便をたれ屁を撒《ひ》るゆへ、夜昼の倭訓起これり」という他愛もない「倭訓聞き取り法問」である。『放屁論後編』に限らず、「漢にては放屁といひ、関東にてはひるといひ、女中は都《すべ》ておならといふ」（『放屁論』）など彼の作品には滑稽な語源解説が多い。倭訓といえばまず谷川士清の『倭訓栞』を挙げなければならないが、両者は「よるは御夜なり。おひなるは御昼なり。」とか「和名抄に放屁をへひるとよめり」「ひる　神代紀に日をよめり。昼も同じ」という似通う記述がある。『倭訓栞』は源内の没後に完成しているので、源内が『倭訓栞』を参照したはずはない。それでも両者が似通うというところに、源内と士清に気脈相通じるものが多かったのであろうことを思わせられる。源内が戯れに「倭学先生」という時には士清を意識していたのではないだろうか。

そのうえで、源内が語る歌舞伎の濫觴を見てみたい。

古は神楽《かぐら》とも云しを、聖徳《しやうとく》太子、神楽の神の字の真中《まんなか》に墨打《すみうち》をして、秦河勝《はだのかはかつ》に鋸《のこぎり》にて引き割らせ、是を名付けて申楽《さるがく》といふ。其後の人、申《さる》の字の首《くび》と尻尾《しつぽ》とを打ち切りて、田楽《でんがく》と号して専《もつぱ》ら行はれけり。

（『根南志具佐』）

古くは「神楽」であったが、聖徳太子が秦河勝に命じて「ネ」と「申」に割らせて「申楽」とし、その後に「申」の首と尻尾を切って「田楽」となったというトンデモ語源説が説かれる。一見、荒唐無稽に見えるが、前半部「申楽」説は、実は世阿弥《ぜあみ》『風姿花伝』や中世の『翰林葫蘆集《かんりんころしゅう》』に見える正統な説なのである。問題となるのがそれらに見えない後半の「田楽」説である。源内の滑稽こじつけと見たいが、これも源内創作とはいいがたい。なぜなら『倭訓栞』に「申楽を削りて田楽とすともいへり」とあるからである。源内は『倭訓栞』を見ていないので、この「田楽」説はどちらの説が先行するのか、あるいは他の言及がすでにあったのかは不明だが、とにかく源内と士清との近似性はこのように随所に認められる。そして、荒唐無稽に一見思える源内の言説が谷川士清によって「ウラの取れる」ことが多いことに注意すれば、源内と国学者との距離の近さに改めて気付かされるであろう。「国学」の大きな使命として、天命思想と易姓革命の否定がある。源内は、

唐の風俗は日本と違ふて、天子が渡り者も同然にて、気に入（ら）ねば取（り）替（へ）て、天下は一人の天下にあらず、天下の天下なりと、へらず口をいひちらして、主の天下をひつたくる、不埒《らち》千萬なる国ゆゑ、聖人出（で）て教（へ）給ふ。日本は自然に仁義を守る国故、聖人出（で）ずしても太平をなす。

（『風流志道軒伝』）

とする。これは賀茂真淵《かものまぶち》『国意考《こくいこう》』の影響を受けているのは明白だが、当然ながら谷川士清も同様の立場を取っている。源内はこの面でも士清と主張を同じくするのである。

源内は一時は昌平黌に住まいする立場の人間であったし、林家との交流もある。しかし、その反面では、林家とは立場を異にする谷川士清に共鳴する思想を持つ。また本稿では触れなかったが、伊藤仁斎《いとうじんさい》にも屈折した親愛

の情を抱いていたようである。その錯綜した思想の表明は「戯作」という形でしかなしえなかった。『放屁論後編』の「倭学先生」は、現実では表明することがなかった「国学者・源内」のカリカチュアではないだろうか。

源内にとっては、この国は「神区」であったのである。

▼参考文献

『平賀源内全集』（名著刊行会、一九七〇年）
『日本書紀通證』（臨川書店、一九七八年）
『増補語林　倭訓栞』（名著刊行会、一九六八年）
浅野三平『近世国学論攷』（翰林書房、一九九九年）
城福勇『平賀源内の研究』（創元社、一九七六年）
城福勇『平賀源内』（吉川弘文館、一九七一年）
中村幸彦校注『風来山人集』（『日本古典文学大系』五十五巻、岩波書店、一九六一年）
福田安典『平賀源内の研究　大坂編』（ぺりかん社、二〇一三年）

上田秋成と樋口道与《どうよ》

――大坂文人の文化相対主義――

長島弘明●東京大学大学院人文社会系研究科教授

天明六年（一七八六）頃、上田秋成と本居宣長の間で交わされた論争は、後に宣長によって『呵刈葭《かがいか》』にまとめられている。その論点の一つは日神《ひのかみ》についてのもので、記紀記載の古伝のみを事実と考え、日神が生れた日本は万国に優越するという宣長に対し、秋成は国々の神話の相対性を主張してこれを否定する。記紀絶対主義の帰結である皇国至上主義を奉じている絶対的ナショナリスト宣長に対し、現実感覚に立脚した寛容な相対的ナショナリスト秋成が対峙しているという構図になっている。各国の太陽神神話を等価とする、秋成のこの文化相対主義はどこから来ているのだろうか。様々な要因が考えられるが、その一つとして、この時期の大坂の良質な文化人に共通する思想的寛容さがある。

秋成の伯父（叔父）に、著名な医師であり大枝流《おおえだりゅう》芳《ほう》門の香道家でもあった樋口道与という人がいる。秋成の実母松尾ヲサキの姉（あるいは妹）の夫である。この樋口道与と延享の朝鮮通信使の間に次のような逸話がある。延享五年（一七四八）四月二十六日、大坂に滞在していた通信使一行の船夫が、火薬の誤操作で大やけどを負った。十日以上も危険な状態が続き、官命で尻無《しりなし》川に停泊中の船に治療に赴いたのが道与である。道与はこの前後に宇都宮藩医や津軽藩医の経歴も持つが、この時点では民間の医者である。最初は日本の医術や薬を疑っていた一行も、道与の様々な配慮に納得して治療を委ね、患者は回復した。その後は、他の病気の者もみな治療を求め、道与はこれを快癒させた。将軍謁見のため江戸に下っていた正使らは大坂に戻ってから道与の功績を聞いたが、日程的に直接感謝を伝えられず、帰途の蒲刈《かまがり》（現広島県）から礼状と謝物を贈ったという。翌年に出版された道与著『韓客治験《かんかくちけん》』には、この経緯と通信使の上々官（訳官）三名連名の感謝の手紙、診察した患者のカルテ、また朝鮮の随行医趙活庵と道与との医学問答が記されている。

さて、道与が通信使に対して示した様々な配慮とは、『韓客治験』自序（原漢文）によれば具体的には以下のようなことである。

韓客始メ本邦ノ医薬ヲ疑フ。予、之ガ為ニ弁ジテ曰ク、「本邦ノ医流ハ皆ナ軒岐《けんき》ノ徒ナリ。曽テ張劉李朱《ちょうりゅうりしゅ》ノ藩圍《はんい》ヲ出デズ。薬品ハ国産ノ佳者ヲ選ビ用ヒ、凡ソ人参《にんじん》・五味子《ごみし》ノ類ハ貴国ノ産ヲ用ヒ、地黄《じおう》・当帰《とうき》・黄連《おうれん》ノ類ハ本邦ノ産ヲ用ヒ、其ノ余品ハ中華及ビ諸番ノ佳者ヲ選ビ用フ。診察ノ法ハ他無シ。望聞問切《ぼうぶんもんせつ》ヲ以テ要ト為ス。其ノ外、按腹《あんぷく》・候背《こうはい》マタ口鼻ノ気息ヲ考フ。三部九候ヲ以テ六淫七情ノ病ヲ分ツ。薬剤ノ大小、煎法ノ多少、服法ノ緩急ハ、則チ貴邦撰スル所ノ『東医宝鑑』ヲ以テ規矩《きく》ト為ス。然ルトキハ則チ何ノ疑カ之レ有ンヤ。好生ノ士、病ニ臨ミテ猶予ヲ生ジ修養ヲ怠ラバ、必ズ生路ニ妨ゲ有《あら》ン」。爾《しか》云ヘバ、韓客終《つ》ヒニ疑ヲ解キ、治療ヲ請フ。

すなわち道与は、日本の医学も韓国医学と同様に中国医学を踏襲するものであり、薬剤も産地を示すとともに、人参や五味子は朝鮮産のものを使うことや、また診察法も漢方の伝統的な望聞問切の法、また按腹・候背の法等を用い、三部九候の脈診で六淫七情の病因別に病気を診断することを説明した。また薬品の処方は朝鮮の『東医宝鑑』に則るという配慮を示した。命を大事にする好生の徳を持つ方々なのに、躊躇して手遅れになってはいけない、という道与のことばに通信使一行は納得し治療を受けた、という。

さらに『韓客治験』の田中牧斎《ぼくさい》序（原漢文）には、道与の治療についてこう言っている。

桑韓《そうかん》ノ人、起居飲食同ジカラズトイヘドモ、病ヲ受クルノ因ハ内傷・外感以テ大イニ異ナルコト無シ。樋口氏、善ク其ノ異同ヲ考ヘ治ヲ施スニ悉ク桴鼓《ふこ》ノ応ズルガゴトシ。

日本人と朝鮮人は、生活様式に違いはあるものの、病因はさして違わないはずである。樋口氏は、その同じ所と違う所をよく弁えて治療するので、治療のことごとくに打てば響くような効果があるのだ、という。これは他国の文化や歴史を自らの価値観で裁断するのではなく、互いの文化や歴史を認め合う態度に繋がっている。文化相対主義である。

当時十五歳の秋成自身も、この朝鮮通信使を見ている。実母には一度しか会ったことがないという秋成がこの時点で道与を知っていた可能性は低いが、後に同じく大坂の文人趣味の医者となった秋成と道与の思考との共通性に、強い印象を覚えざるをえない。

▼参考文献

・長島弘明「延享の朝鮮通信使と日本人医師――樋口道与と『韓客治験』――」(『韓国日語日文学会　二〇一四年国際学術シンポジウム予稿集』、二〇一四年十月)

仙台藩の能『神皇《じんのう》』——塩竈《しおがま》の神が「異人」を追い払う

津田眞弓
◉慶應義塾大学経済学部教授

『神皇』は、仙台藩十二代藩主伊達《だて》斉邦《なりくに》が藩校学頭の大槻《おおつき》平泉《へいせん》に作らせた能である（福井一九三七）。制作年代は、夭折した斉邦が藩主だった文政十一年（一八二八）から天保十二年（一八四一）年の間だと想像される。内容は、日本を偵察に来た西洋人を漁翁（塩竈神社の神）が追い払うというもの。枠組みを『白楽天《はくらくてん》』に借りるが、詞章の面で大きく違い、海外的危機を具体的に述べている。本稿ではその詞章を確認し、十九世紀初頭の日本における対外的危機感を考える端緒としたい【図1】。

『神皇』のあらまし

『宮城県史』十四（宮城県史編纂委員会一九五八）に、本作が塩竈神社に奉納されているとあるが、同所での所在が確認できなかった。幸いに、早稲田大学の大槻文庫に写しとおぼしい一冊があり、今回はそれによる（文庫8/B12）。翻刻を掲載する紙幅がないので、別の機会をまちたい。

最初に枠組みを借りている『白楽天』の構成を確認しておこう。

1　ワキの登場——白楽天（ワキ）が唐土の太子の命で日本の智恵を計るために海路をやってくる。

2　シテの登場——漁翁（シテ）と漁夫（ツレ）が筑紫の海の朝の風景を詠嘆する。

3　ワキ・シテの応対――白楽天が漁翁に正体を見破られて驚く。
4　ワキ・シテの応対――白楽天と漁翁による詩歌（漢詩と和歌）の応酬。漁翁が日本の和歌とは何かを語る。生きとし生けるもの、いずれも歌を詠むと例証する。
5　シテの中入――和歌を詠じて、舞楽をすると告げる。
6　アイの登場――住吉明神に仕える末社と名乗る。これまでの次第と、日本の智恵を計るのは難しいと感じて帰国する白楽天を、神と共に慰めるよう命じられたことを述べる。
7　後ジテの登場――住吉明神が来現。神風に吹き戻されて唐船が漢土に帰る。

世阿弥《ぜあみ》作かと言われているこの能は、一説に応永二十六年（一四一九）年に起こった李氏朝鮮軍の対馬襲来事件や、大風による唐船転覆や外寇撃退の噂に基づくという。しかし伊藤正義が「このような時事性をふまえるとしても、作品自体には、その理解が前提となるべき要素を認め難い」とするように（伊藤一九八八）、日本の文化的すばらしさを唐土の代表的詩人に認めさせるところが主眼となっており、戦の匂いはしない。外国に対する厳しい言葉は、間《あい》狂言中の「日本へ入れては一大事」という箇所ぐらいである。

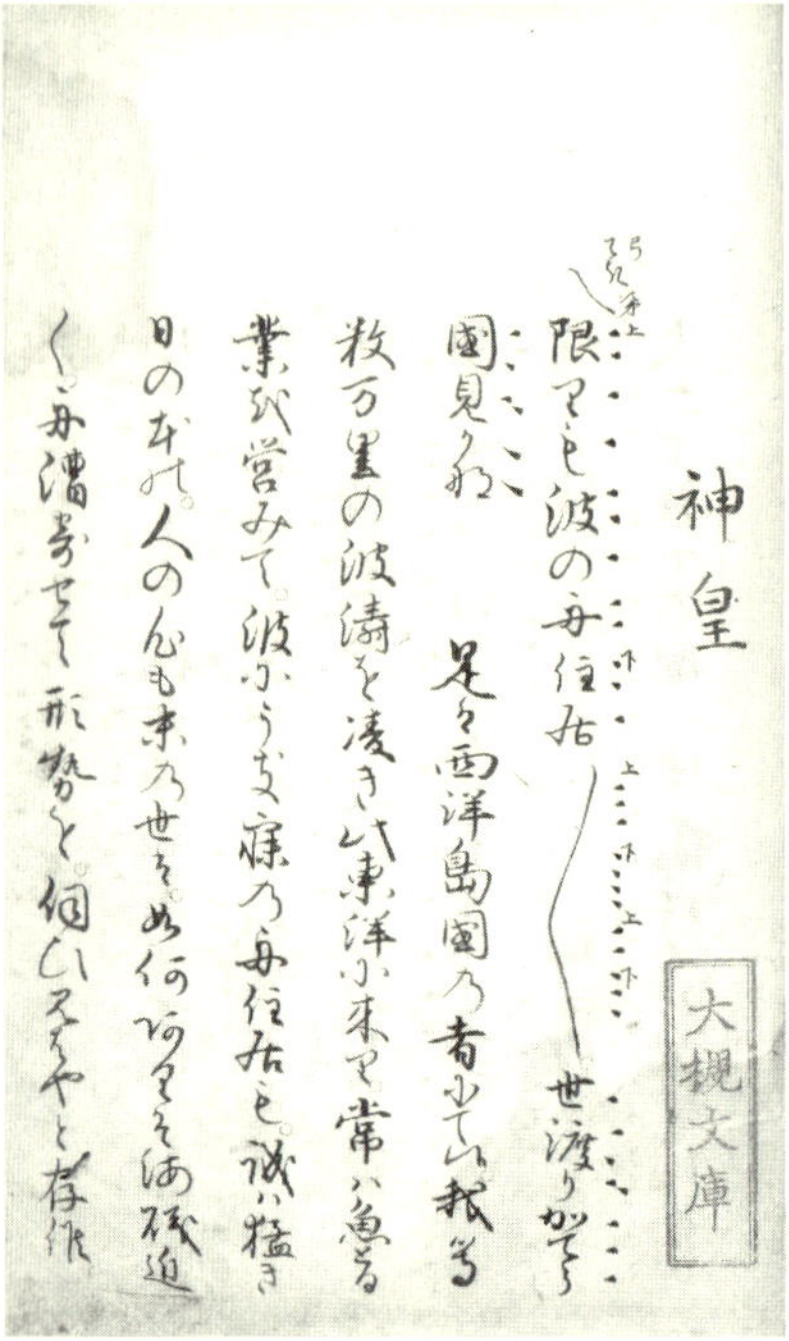

図１　『神皇』一丁表　早稲田大学図書館蔵

では、『神皇』はどうか。詞章を引用し、重要語句に傍線を引いて見ていこう。構成は『白楽天』の6に当たる間狂言がないだけで、ほぼ同じだ。まず、1に当たるワキの登場。

西洋島国の者にて候、我等数万里の波濤《はとう》を凌《しの》ぎ、此《この》東洋に来たり、常は魚とる業《わざ》を営みて、波にうき寝の舟住居《ふなすまひ》も、誠は猛き日の本の、人の心も末の世ぞ、如何ありぞ海磯近く、舟漕寄せて形勢を、伺ひ見ばやと

と、西洋の島国の者が、漁をするふりをして日本へ偵察にやってくる。続く2のところでは、シテの漁翁とツレが塩竈の春の風景と君と民の様子を讃える。そして、3の和漢の詩歌の応酬が、本作では、シテがワキを偵察に来た異人と定めて、詰問する応答になっている。

（して）さればこそ、姿詞《すがたことば》もよのつねならず、うたがふ処もなき異人と見へたり、汝《なんじ》いづくのものなれば、此処《このところ》に舟をよせてあるぞ

（わき）さん候我等《われら》西洋辺国の者にて候が、此《この》東洋に来り、薪水《しんすい》乏しき其故に、然れば是《これ》まで参りたり、薪水得させ給り候へ

（して）何薪水ほしきと申すか、薪水をも得さすべし。去《さり》ながら、汝等《なんじら》誠は我国の形勢を伺ふが為にてはなきか

（わき）是はおもひもよらぬ事を仰《おほせ》候もの哉《かな》、か、る威光の君が御国《みくに》を、何とて伺ふ事の候べき

（して）然《しか》らばなど久しく東洋には舟住居するぞ

（わき）東洋には勝れて大なる鯨多く候程に、漁《あさ》りを営むその為に舩すまひをばいたすなり

捕鯨船が「薪水」――燃料や食糧を乞いに来ただけだと言うワキに、シテは薪水は与えるが偵察のために来たのではないかと畳みかけ、ワキはそうではなく鯨を捕りに来たのだと説明する。

するとシテは「国を伺ふ其証《そのあか》しは、兵舩《ひょうせん》と覚《おぼ》しく石火矢《いしびや》を設くる舟の有《ある》はいかに」と、大砲を有する武装こそが、偵察に来た証拠だと追求する。また重ねて

沖の辺には、百尋《ひろ》余も有らんと覚しき二艘の船《ふね》を、本船《ほんせん》として年ごとに、積る舟数見えけるも、国を伺ふ為ならずや

と、年々多くの数の船団が姿を現すことに言及し、その真意をただそうとする。ワキは漁翁の聡明さに感服して、我らごときがたやすく偵察できるわけがないと引き下がる。

４ではシテが日本のすばらしさを説き、５のシテの中入りで、漁翁が「もしほを焼《やき》ておしへにし其《その》神」、つまり塩竈の地に藻塩を焼き、塩を生産することを教えた塩土老翁神《シオツチノオジ》だと判明、神威を見せると姿を消す。そして６、後ジテが登場する。

（わき）ふしぎや今の老翁は、ただ人ならずおもひしに、扨《さて》はうたがふ処もなく、此日の本の道示す、神のあらはれ給ふか

と、日本の道を示す神が現れる。馬に乗って登場する後ジテは、「三つ塩釜の神」である。塩竈神社は朝廷にも重んじられた長い歴史を持つが、古代の戦で陸奥が荒廃して神社の縁起も不明となり、多くの説が唱えられた。現社殿を造営した仙台藩が元禄時代に調査をして縁起を作り直し、武甕槌神《たけみかづきのかみ》・経津主神《ふつぬしのかみ》・塩土老翁神を三柱と定めた（押木一九七二）。

（後して）抑《そもそ》も是《これ》は、千賀の浦半《うらは》にすむ月の、影もろともに曇なく、三つ塩釜の神なり、いかに汝等《なんじら》慥《たしか》にきけ、……蒙古《もうこ》が十万の兵《つはもの》を吹き払ひしも、皆我神風のなす処なり、今も絶せぬ我国の神の威光を知らせんと、汀の方に歩ませ給ひ〳〵て、駒《こま》の蹄を波打ぎわに乗り入れ給ひ、二足三足蹴り立て給へば、忽《たちまち》に風吹き起し海

水は波濤を飜《ひるがえ》しければ、異人の船は動揺して、既にくつがへるかと見へしかば、異人はおの〳〵戦《おのの》きさわぎ、せんかたなみの舟ぞこに惧《おそ》れをなしてぞ、見えたりける

後ジテは神の威光を見せると、馬に波を蹴らせる。たちまち大波が起こり、異人は転覆しそうな船底でおののき、皆平伏。そして遙か沖へと逃げていった。実に類いなき「神の威光」だった。

是につけても夷狄《いてき》を防ぐ便りといつは、弩炮《どほう》の備え怠らざれと、あらたに神託なし給ひて……神は帰らせ給ひけり。

鹽竈の神は、海防のため大砲を用意せよとお告げを残し去って行く。

『神皇』誕生の背景

この能の制作を命じた若き藩主の胸の内は、今は与えられた詞章から想像するしかない。西洋の島国。捕鯨。薪水給与。夷狄。弩炮の備え。ここから二つの事柄が想像できる。

一つは英国。『国史大事典』（吉川弘文館）によれば、イギリスは、文化五年（一八〇八）フェートン号事件に始まり、斉邦在任中の文政期から天保期（一八一〇年代から三〇年代）に浦賀・常陸大津浜・薩摩宝島・琉球と各所に来航あるいは漂着し、薪水の要求や略奪を行う事件が断続した。また当時の捕鯨船の多くをイギリス船が占めていた。作中、漁翁が大きな船影を年々多く見ると言っているから、三陸海岸でも外国船の姿を見ていたのだろうか。

もう一つは、ロシアの南下。十九世紀になると日本は海防問題に揺れることになる。仙台藩では、鹽竈神社に建つ大きな「文化燈籠」が象徴する出来事があった。文化三年（一八〇六）・同四年にかけて蝦夷で起こった、い

わゆる文化魯寇である【図2】。

十八世紀末、漂流民大黒屋光太夫の日本送還をしたラクスマンがかろうじて通商交渉をする長崎入港許可（信牌）得た。文化元年（一八〇四）に遣日使節団がその信牌を持って、仙台漂流民の送還を兼ねて交易交渉にやってきた。特命全権使節の名はレザーノフ。使節団は長崎で半年待たされた上に、幕府から通商を拒否される。レザーノフは遠征隊を離脱し、総裁を務める露米会社の船で北太平洋のロシア植民地を視察、当地の食糧不足を痛感し、日本を武力で威圧することを決意する。皇帝アレクサンドル一世に遠征の許可を求める一方、カラフト・千島遠征隊を組織した。しかし皇帝からの正式な指令が受けられず、レザーノフは文化三年九月に日本襲撃を撤回する命令を与えて下船しペテルブルグに向かうが、その命令書の意図が伝わらず襲撃が実行された。文化三年九月、ロシア船がカラフトで和人施設を襲撃、食糧などを奪取、四人を連行。翌四年四月にはロシア船二隻がエトロフ島のナイホを襲撃、番所を焼き払って番人五人を連行。さらにエトロフの幕府の会所・カラフトの松前藩の番所を襲撃・航海中の日本船を略奪・利尻島に襲撃――ということが、同年六月にかけて連続して起こった（岩下二〇〇九、菊池二〇〇三）。

図2　鹽竈神社・文化燈籠　塩竈市教育委員会提供

和人を憎むアイヌとの軋轢も有り、必ずしも日本が被害者という話ではない。事の善悪はともかく、日本には大きな衝撃が走った。文化四年三月に、松前と西蝦夷が幕府直轄になっており、エトロフのシャナには幕府役人・盛岡藩士・弘前藩士ら三百五十人がいたが、鉄砲や大砲を持ったロシア人二十数名の上陸に、ほとんど戦わずに逃げてしまったという。責任者の戸田亦太夫は自刃している。

当然ロシア再襲撃の危惧があり、幕府は東北諸藩に出兵を命じる。特に「東辺の大名、仙台を以て最とす」（内藤耻叟『徳川十五代史』文化四年六月十一日の項）と仙台藩に期待、仙台藩は二千有余人を蝦夷地警固に送る。任務中に戦闘はなかったが、冬場の行軍で七十名近くが犠牲となった。鹽竈神社の灯籠は、隊の帰還を記念するものだ。仙台藩にとっていかに大きな出来事だったがわかる。『徳川十五代史』（明治二一年代成）中の出兵が決まる経緯の記録に、次のような文がある。

去寅九月上旬、西蝦夷唐太《からふと》沖合に、異船二、三艘《そう》見えし処、其の後五、六艘になり、又十余艘に至る。……松平信明、進出でて申さるるは、此の事固《もとより》に一朝一夕のことにあらず。魯夷《ろい》我国を窺ふこと年久しく、もし彼をして蝦夷或は佐渡に拠らしめんか、実に我腹心の患たるべし。

十八世紀の後半に、仙台藩ゆかりの工藤平助《くどうへいすけ》が『赤蝦夷風説考《あかえぞふうせつこう》』（上巻、天明三年〔一七八三〕成）、林子平《はやししへい》が『海国兵談《かいこくへいだん》』（第一巻、天明七年刊）で情報収集して警告を発していたように、ロシアは千島列島に順に進出してきていた（沼田一九九三）。北の島々を回るロシア船が我が国を狙うというイメージは、当時の日本で共通理解となったことだろう。恐らく、その後も強く仙台藩の人々の中には残ったのではないだろうか。何しろ、このために慶長の朝鮮出兵以来の対外的行軍をしたのである。

従って、『神皇』の背景には、制作されたであろうその時点の海防上の危機意識と、文化期の行軍の記憶が重なっていよう。『白楽天』の住吉明神は唐船を神威で追い払うが、『神皇』の鹽竈の神は同じ神威を持ちながら、異人が恐れをなして逃げ去る形をとり、軍備拡充の神託を下すところが注目される。自らの力で立ち向かわねばならないというのは、長い海岸線を有する仙台藩の人々の覚悟なのかもしれない。

重ねていえば、周知の通り仙台藩には渡海の知識がある。仙台藩医の大槻玄沢《おおつきげんたく》は、ロシアから送還された漂流民津太夫《つだゆう》らの聞き書き『環海異聞《かんかいいぶん》』（文化四年）をまとめている。「環海」とは世界一周のこと。石巻から出発した若宮丸の乗組員は、図らずも日本で初めて世界一周を果たしている。また遡れば、支倉常長《はせくらつねなが》の慶長遣欧使節団で活躍したのは仙台藩作成の黒船であり、航路は、石巻あたりから直接太平洋を横断するものだった。海防の危機に際し、人々は失われた船の存在をどう思ったのだろうか。また一六一一年に、スペイン人のセバスチャン・ビスカイーノが徳川家康と伊達政宗の許可を得て、仙台から大船渡までの海岸線の調査を綿密に行っている（『金銀島探検記』一六一四年成）。大昔とはいえ西洋人に各浜（港）の情報が事細かく知られていることは、危惧の種にならなかったのだろうか。今後の課題としたい。余談ながら、ビスカイーノの調査船は、慶長三陸大地震の津波によって越喜来《おきらい》沖あたりで被災している。

藩校の展開――十九世紀の入り口で

仙台藩から二千有余名が、文化五年一月を第一陣として、三隊に分かれて蝦夷地の箱館《はこだて》・クナシリ・エトロフに出発した。酷寒の一月に仙台から二ヶ月の行軍、それぞれの任地で二ヶ月の駐留の後、年内に仙台へ帰還した。これに関して高橋克弥の労作『文化五年仙台藩蝦夷地警固記録集成』（村上・高橋一九八九）が幕府や藩、出兵藩士や家族、往還の村方、在所の風聞を含めて各種の史料を網羅している。同書が述べるように、出兵が短期間で事なきをえて帰還したため、仙台藩史の中であまり注視されてこなかった。しかし、集められた史料に明らかなように、二百年ぶりの遠隔辺境への出陣は一大事業だった。半年をかけて計画を遂行した上下藩士のみならず、領内から徴収された人々やその家族、そして道々の人々にとっても大きな衝撃を与えた。特に二千有余人の大移動は、藩外の様々な状況を直接見知り、多くの人が情報を得る契機となったはずだ。

この遠征が仙台藩にとって大きな転換点になったとおぼしいのは、直後に灯籠が作られただけでなく、藩校が大きく発展していることである。

大槻玄沢の親類の藩儒大槻平泉は、文化六年に伝統ある藩校「養賢堂《ようけんどう》」の学頭となり、昌平黌《しょうへいこう》の林述斎《はやしじゅっさい》や幼少の藩主後見役の堀田正敦《ほったまさあつ》に学制改革構想をまとめて提出、それを元に改革がなされた。従来の儒教を基盤としつつ、文化八年に書学・算法・礼方、同九年に兵学・槍術・剣術を増設する。この時点で算術や武道を教える藩校は少なかった。もちろん文武両道を教える体制は、出兵の経験を踏まえての事だ。養賢堂はその後、医学・洋学にも力を入れ、蔵版摺所を持って武士のみならず、庶民教化にも努めた。

藩校の能に関して、文化十四年十二月に落成した特有の構造を持つ大講堂のため、平泉は『講堂小誌』に、彼が作った養賢堂を主題にした三部作の能「立教」（七代藩主重村の書いた額を掲げてその名の由来と教えの意味を説く）・「視学」（藩校大講堂が落成して国主が臨場し、進講の後に祝いの宴をする）・「泮林《はんりん》」（藩校落成式後に長崎の遊歴の人が大講堂を見る）を載せる。笠井助治が『近世藩校の綜合的研究』で示す各藩校の特徴中、養賢堂の「魯学」・「歌学」が異彩を放っている。▼[1] ロシア学は北の雄藩としての覚悟、歌学は伊達正宗以来の学芸に長じた各代藩主の嗜好が反映しているのだろう。藩校作成の能もその延長だろう。

以上、『神皇』という当地においても忘れられた能を通じて、ペリー来航の半世紀前の仙台藩の蝦夷遠征を振り返った。青木美智男は「近世後期、ロシアを始めとする外圧の本格化は、自国意識を高揚させる契機となった」という（青木一九九四）。笠井によれば、学問所として出発した藩校において、文武両道を教える所が増え始めるのは、この文化期だ。思えば江戸文芸でも、この文化初期に血が飛ぶバイオレンスや苦難を前に出した物語が流行し、大きな転換を迎える。教訓性への傾倒、日本という国への心酔も深まり始める。曲亭馬琴《きょくていばきん》が対外的な危機感に基づいて書いた、琉球が舞台の『椿説弓張月《ちんせつゆみはりづき》』の初編は、文化四年の刊行である。

藩校の充実、庶民教化、各藩の殖産政策による地方の活性化など、十九世紀初頭の潮流は、間違いなく幕末、近代を準備することとなった。一般に松平定信が主導した寛政改革の影響と言われるが、この地殻変動ともいうべき人々の意識の変化は、それだけではおさまるとは思われない。日本という大きな括りに対する思いも含めて再考すべきだろう。その意味で、『神能』を含め、仙台藩の大規模な遠征の記録と記憶は、十九世紀初頭に大きく変化していく日本を考える多くの知見を有し、注目すべき資料群だと考える。

▼注

1 「近世藩校一覧表」の教科目、維新以前の項。

▼参考文献

青木美智男「中部意識の芽生えと雪国観の成立」(『日本の近世』十七巻、中央公論社、一九九四年)
伊藤正義校注『謡曲集』下(『新潮日本古典集成』七十九巻、新潮社、一九八八年)
岩下哲典「江戸時代における日露関係史上の主要事件に関する史料について」(竹内誠監修『外国人が見た近世日本』、角川学芸出版、二〇〇九年)
押木耿介『鹽竈神社』(学生社、一九七二年)
笠井助治『近世藩校の綜合的研究』(吉川弘文館、一九六〇年)
菊池勇夫「日露関係のなかのアイヌ」(『蝦夷島と北方世界』日本の時代史十九、吉川弘文館、二〇〇三年)
沼田哲「世界に開かれる目」(『日本の近世』十巻、中央公論社、一九九三年)
福井久蔵「諸侯と芸術」(『諸大名の学術と文芸の研究』下、厚生閣、一九三七年)
宮城県史編纂委員会『宮城県史』十四(宮城県史刊行会、一九五八年)
村上直・髙橋克也編『文化五年仙台藩蝦夷地警固記録集成』(文献出版、一九八九年)

付記:引用文は、読みやすさのため適宜濁点とふりがなを付した。また『神皇』について鹽竈神社博物館茂木裕樹氏・早稲田大学図書館特別資料室嶌田修氏にご教示を賜った。そして資料掲載を許可くださった関係機関にもここに記して感謝申し上げる。

開国期における「異国と自国」の形象
——神風・神国・神風楼

川添裕
◉横浜国立大学教育人間科学部教授

嘉永七年（一八五四＝改元後は安政元年）三月三日、江戸幕府は再度来航したペリーと日米和親条約を結び、下田と箱館を開港する。だが、これは通商を認めたものではなく、さらなる圧力のなかで、日米修好通商条約をはじめとする安政五カ国条約（安政五年）によって、日本の開国が確定していく。横浜開港は翌安政六年（一八五九）六月二日のことであった。本稿は、こうした開国とその前後の時代に、対外的な緊張に反応するかたちで、どのような「異国と自国」をめぐる形象があらわれ、日本の神々が呼びだされたかを論じるものである。

中心的な素材としては、見世物や遊廓といった土俗的なサブカルチャーをとりあげるが、それはそこから、大衆の意識や庶民レベルでの感じ方を探ることができると考えるからである。実際、これらの場には、かなり興味深い「異国と自国」をめぐる形象があらわれているのである。▼

象徴的な日米のレプリゼンテーション

開国期の「異国と自国」をめぐる形象を理解するためには、まずはその時代の対外的な基本状況を把握することが重要である。そこでここでは、主要な素材となる見世物小屋や遊廓へと赴く前に、少し大きな枠組みにふれることからはじめていきたいと思う。

日本の開国は、大航海時代以来の「西洋世界の地球的拡大」という大きな歴史の流れのなかにあり、より直接的な十八世紀から十九世紀の状況をいえば、産業革命を経て成立していく近代欧米の資本主義列強によって、わが国が欧米優位の国交および通商の関係を強いられて、西洋流の国際政治の場と資本主義的世界市場に、従属的に組み込まれる現象であったとおよそ要約することができる。日米修好通商条約なる名前の不平等条約は、この悪辣《あくらつ》な構造を象徴するものであった。植民地となった地域や、日本の開国に先立ちアヘン戦争（一八四〇～四二）に敗北して半植民地化していく中国（清朝）ほど惨憺たる状況には至らなかったものの、従属的に組み込まれるという本質構造は変わらなかったし、圧倒的な軍事力による威圧が背景にあった点も同列であった。▼2

「西洋世界の地球的拡大」の一分派として遅れて登場し、十九世紀半ばから二十世紀にかけてヘゲモニーを握る立場へと踏みだしていったのがアメリカであり、それは今日の巨大産業資本（多国籍企業）、巨大金融資本を核にしながら進行する「グローバリズム」にもつながっている。問題の開国期においては、アジアへの侵出の中心にいたのはイギリスであったが、日本における利益を強く求めていたアメリカが先んじるかたちで、開国を主導したのである。

まず嘉永六年（一八五三）、ペリーのいわゆる黒船が浦賀沖に来航し日本中を震撼させる。このときはアメリカ大統領親書を江戸幕府に受理させていったん引きあげるが、翌嘉永七年の再来では、最終的には九隻もの艦艇が横浜沖に集結し（前年は四隻）、強硬に開国を迫った。たとえば旗艦のポーハタン号は総トン数二千四百十五トン、当時世界で最大級の新鋭の外輪式蒸気軍艦であり、十一インチダールグレン砲ほか計十六門の大砲を備えていた。途中まで旗艦であったサスケハナ号も同等の砲艦であり、さらにそれ以前に旗艦をつとめることのあったミシシッピ号も、強力な炸裂弾を発射できるペクサン砲十門を備えていた。ちなみに、艦隊全体ではじつに百十七門もの大砲が搭載され（前年は七十三門）、それは文字通りの「砲艦外交」（gunboat diplomacy）であり、何よりもこうした軍事力によって江戸幕府を効果的に威嚇したのであった。

結果として、日米和親条約が締結されるわけだが、締結を前に旗艦のポーハタン号上で幕府側を招いての晩餐会がおこなわれた。アメリカの随行画家ハイネがその様子を描いており、なかなか興味深いものである。次のページの【図1】がそれで、宴会場の真ん中には巨大な大砲が置かれているのであり、いうまでもなく顕示的、威圧的な会場設定であった。

外交の場では、しばしば各種の贈答と催事がおこなわれるが、具体的に何をやりとりするかは、その国や民族のあり方をよく「形象・表象・象徴」（represent）するものが、思慮判断のうえで選択されていく。日米和親条約締結の際も種々のやりとりがおこなわれており、これもきわめて興味深いものである。

【図2】は、アメリカ側が幕府へと贈ったものを描く横浜応接所近くの場景であり、そこでは四分の一スケールの蒸気機関車と、電信機、小銃、農機具、ミシンなどが贈られている。蒸気機関車は、応接所裏に敷いた円形レール上で実際に動かしてみせ、日本の役人が乗って打ち興じたことが知られており、電信機も約一・六キロメートルの電線を張って実演がおこなわれた。これらの贈り物は総じていえば「近代テクノロジーの誇示、顕示」であり、それを持つ国アメリカのレプリゼンテーション（representation）であった。

沖合で煙をあげる蒸気軍艦、軍事力の象徴たる多数の大砲群、そして産業革命後の西洋世界を象徴するさまざまな近代テクノロジー。こうしたアメリカのレプリゼンテーションに対し、幕府側も精一杯の対応をし、最高レベルの和食を供し、錦の織物・絹布・漆器・陶器などの贅沢な日本製品の贈り物をした。さらに自らの「強さ」を示す特別な催事もおこなわれており、それが「力士、相撲」による日本のレプリゼンテーションであった。【図3】の建屋中央で相撲見物をするのがペリーであり、取組前には力士小柳が特別にペリーの前に連れてこられ、その太い腕や首をさわらせるというサービスまでおこなわれた。また、力士が米俵をかつぐパフォーマンスもおこなわれている。

軍事テクノロジーや近代産業テクノロジーに対し、日本土俗の相撲というレプリゼンテーションは、現代人からすると途方もなく位相がずれていると感じられるかもしれない。「テクノロジー」対「肉身」であり、しかも文字通りの「身近」な接触サービスつきである。しかし、コミュニケーション論的に考えれば、こちらだって素晴らしいものがある、こちらだって強いのだという自己レプリゼンテーションは人間集団の本性として当然ありうるのであり、それは今日のグローバル化する世界における民族問題や宗教対立の問題などを考える際にも、むしろ必要不可欠な普遍的視点といえる。もちろん、この種の対抗的な理路と自己顕示は、場合によっては突発的暴力や歴史的な悲劇をまねくことがあり、単純に肯定するばかりとはいかないが、まさにその点をも含めて、これらをけっして軽く見たり、侮ったりしてはならないということを筆者は考えるのである。

実際、わが国においてはこのメカニズムのなかで、日本の神々や「神国」の意識、あるいは「神風」といった

図１　ポーハタン号上での幕府側を招いての晩餐会
（『ペリー遠征記』収載のリトグラフ、安政三年〔1856〕。
取材描画は嘉永七年〔1854〕）・以下すべて筆者蔵

図２　横浜でのアメリカ側の贈り物（同上）

図３　ペリーの前の相撲力士（同上）

想念が、歴史的なストックのなかから開国期前後に招来されるのであり、それが次節以降での中心的な話題となる。

ところで、先ほどでてきたアメリカの軍艦ポーハタン号の「ポーハタン」の名は（綴りはPowhatanで、本来の発音をカタカナ表記するとパウアタンまたはパウハタンの方が近い）、じつは、かつて有力であった北米東部インディアンの部族名であり首長の名であり、イギリスによるバージニア植民の最初期に侵略された者たちの名である。首長ポーハタンの娘がポカホンタスで、イギリス人入植者に捕らわれキリスト教に改宗のうえ結婚させられ、さらにイギリスに連れていかれて二十代でたちまち亡くなるが、英米視点からの都合のよい伝説化がなされ、近年はディズニーアニメのファンタジーにまでなった。

すなわち、日本を開国へと威嚇したアメリカの黒船の艦名とは、蹂躙されたインディアン部族の呼称のレプリゼンテーションなのであり、何とも皮肉にしてたちの悪い命名といえる。その点ではサスケハナ号の「サスケハナ Susquehanna」もまた、北米東部インディアンの部族名でありそれに基づくインディアン地名（河川名）なのであった。アメリカにはその後も、たとえば攻撃ヘリコプター「アパッチ」や「コマンチ」の名に至るまで、かつて武力で圧倒したインディアンの関連名称を兵器に命名する悪趣味な伝統があり、そこにも悪辣な構造が見え隠れしているのである。

「神風」が異国船を吹き戻す

さて、開国期前後の見世物小屋では、対外的な緊張に呼応してさまざまな見世物がおこなわれていた。

たとえば、軽業曲芸《かるわざきょくげい》の名手として知られる早竹虎吉が嘉永頃に演じていたものに、大筒（大砲）の仕掛けと曲独楽《きょくごま》を用い、アメリカとロシアの異国船を花火で打ち払うという一曲があった。絵本番付には、大筒の仕掛けから異国船の模型に向けたすさまじい砲煙が描かれており、「あめりか、おろしや大将も、毛唐人も大きにあきれ、

図４　異国人物と丸山遊女の生人形
（国芳画『浅草奥山生人形』大判錦絵三枚続、安政二年〔1855〕）

みなみなかんしんして実に三国一じや」などと記されている。まさしく際物といってよく、異国船打払令の廃止後もそのままふつうにあり続ける攘夷の気運をとらえて、こうした曲芸がおこなわれていたのである。

あるいは、日米和親条約が結ばれた翌年の安政二年（一八五五）の浅草では、「異国人物生人形《いきにんぎょう》」の見世物がおこなわれ大ヒットとなっている（川添二〇〇〇）。作者は生人形の始祖として知られる松本喜三郎で、異国人物の主題はむろん世情を意識したものである。

興行の様子を描いた**【図４】**の錦絵を見ればおわかりのように、その異国人物とは何と手長、足長、無腹《むふく》、穿胸《せんきょう》などの異形の人物たちであり、それを湯上がり姿の長崎丸山の遊女（右側）が眺める構図であった。この異形のレプリゼンテーションにはじつは長い歴史があって、中国古代の『山海経《せんがいきょう》』から『三才図会《さんさいずえ》』、それが日本へ入って『和漢三才図会』や『華夷通商考《かいつうしょうこう》』へと至る、伝統的な他者イメージ（中華世界の華夷秩序に基づく「外夷人物」）であり、対外上の強い不安がそうした類型を呼び寄せたのである。人びとは一方でアメリカ、イギリスといった外国をそれなりに認識しているのだが、しかし、どこかわけのわからないものと向き合わされているという感覚があり、そうした不安のネガを想像力で引き伸ばすとき、伝統類型の異形の者たちが招来され、見世物

図5　伊弉諾尊・伊弉冉尊と天鈿女命・猿田彦大神の生人形
（国芳画『風流人形之内　伊弉諾尊・伊弉冉尊　猿田彦大神・天鈿女命』大判錦絵二枚続、安政三年〔1856〕）

小屋で人気を呼んだのである。それは対外的な緊張をきっかけに、文化伝統と民衆的想像力の相互作用のなかから浮上した、いわば「集合表象」（ルプレゼンタシオン・コレクティーフ représentation collective　デュルケム一九七五）であったといってよい。

そして、さらに翌年の安政三年（一八五六）には、見世物小屋に「日本の神々」が登場する。これは江戸の深川八幡宮境内で興行された生人形の見世物で、人形細工人の大江忠兵衛によるものであった。なお、筆者はすでにここにあげる諸事例を論じたことがあるが（注1の第三論考）、行論上欠かせぬものなので、再度とりあげさせていただく。

人びとが対外上の危機を感じるとき、自らの内的な存立基盤を確めようとすることは自然な成り行きである。そこでまずつくられたのが、**【図5】**に見える国生み神話の伊弉諾尊《いざなぎのみこと》と伊弉冉尊《いざなみのみこと》の男女神の生人形であった（うしろ側の二体）。尾を振るセキレイ（図の左はじにいる）に男女交合の方法を教えられ、相《あい》和合して日本の国や神々を生んだとされる（最後に生んだ三貴子が天照大神《あまてらすおおかみ》、月読尊《つくよみのみこと》、素戔嗚尊《すさのおのみこと》）、すべての大本の男女神である。加えてつくられたのが、天鈿女命《あめのうずめのみこと》と猿田彦大神《さるたひこのおおかみ》の生人形であり（手前側の二体）、瓊瓊杵尊《ににぎのみこと》（天照大神の孫）の天孫降臨につきしたがった天鈿女命が途上で猿田彦と出会い、この鼻高で容貌魁偉、身長七尺余という異形の神を恐れずに、図に見えるように「胸乳をかきいで」て話をし、結局、猿田彦に道案内をさせるという場面である。これもいろいろな解釈が可能な、興味

図6　住吉大明神の生人形
（部分図。国芳画『風流人形尽　住吉大明神　祐天』
大判錦絵二枚続の左図部分、安政三年〔1856〕）

深い造形である。

そして、さらに注目したいのが住吉大明神《すみよしだいみょうじん》（住吉神《すみのえのかみ》）の生人形である。この生人形をとりあげた【図6】の錦絵には、小舟に乗って沖合を見やる老漁夫と、遠くに小さく浮かぶ帆船（戎克《ジャンク》）が描かれており、この形象は何かというと、住吉大明神と唐の詩人・白楽天とがからむ伝説があり、白楽天が中国皇帝の命によって日本との知恵試し、文才の力くらべに来航するというお話なのである。白楽天の船が筑紫の海上へやって来ると、そこで待ち受けているのがこの老漁夫（住吉大明神）で、白楽天がまだ名乗らないのに、その素性や来日の目的まで知っている。さらに白楽天が眼前の風景を詠み込んで漢詩をつくると、たちまちそれを和歌に翻訳してしまう。ここで、じつは漁翁は仮の姿であり、本当は住吉大明神であると神姿をあらわし影向《ようごう》し、日本の力を示さんと他の神々とともに風を起こして、その「神風」によって白楽天を中国まで吹き戻してしまうのである。

もとより中国には存在しない伝説で奇想天外な話であるが、平安時代から愛読された白楽天の名声を前提に、その後の十三世紀の蒙古襲来における「神風」の一件（弘安の役で「神風」が吹いて元軍に壊滅的な打撃を与えた）を踏まえつつ、中世のいつからか形成されたと推定される話柄であり、お能の『白楽天』（作者不明）において明瞭なかたちで表象されるものである。人形細工人の意図としては、これもまた開国へのいい知れぬ不安と根強い攘夷の気分をとらえながら、潜勢的に存在する「神風」願望に沿うかたちで、これなら見世物小屋に客を呼べると、ペリーの黒船を白楽天のジャンクに置き換えつつ当主題を選択したわけである。

他の神々も含め、全体としてこの興行がつくりだすのは、たとえ欧米列強のような軍事力はなくとも「こちらには神々がいる」という自国形象、自国レプリゼンテーションであり、役割として適任の始原的な神々が見世物小屋にあらわれたのであった。この根底にあるのは、状況を知れば知るほど認めざるをえない、欧米列強に対して軍事力やテクノロジーの点ではこちらが劣っているという「非対称性」（どう考えても対等の力関係ではなく、とうてい対抗できない）の認識であり、しかし、それは精神、感情の面においてはどこか受け容れがたいところがあり、その「非対称性」を解消あるいは補償しようとして、まったく別の次元から、よしんば軍事力はなくとも「こちらには神々がいる」といった思考が呼びだされるのであった。[3]

これはすでに、ペリーに対する日本側の「力士、相撲」の披露の話でふれたのと同じコミュニケーション論的メカニズムであり、それ自体は人類普遍的な問題として、ネガティブ面ばかりでなく、多元社会追求のポジティブ面からも考究が必要な今日的テーマであるのだが、周知のように「神風」言説に関していえば、第二次世界大戦末期の日本にまたあらわれて、現実に「神風特別攻撃隊」さえ編成されてしまったわけで、この「集合表象」が作動していくメカニズムの考究は、とくにわれわれとっての重要な課題といえる。

「神国」では異国のトラも日本語を覚える

安政六年（一八五九）に横浜が開港すると、従来にはない規模で多種大量の外国産品が舶来した。そのなかには異色のものとして海外の大型獣があり、いわば「動物舶来ラッシュ」が起こっている。具体的には万延元年（一八六〇）から慶応三年（一八六七）までの八年間だけで、ヒョウ、トラ、フタコブラクダ、インドゾウ、ライオンなどが立て続けにやってきており、かつての主として長崎を窓口とした間遠な舶来とはまったく様相がことなっている。そして、これら大型獣が舶来するとほぼ必ず見世物にかけられて、物見高い庶民が見世物小屋に押し寄せた。

ここで注目したいトラは、文久元年（一八六一）に横浜へ舶来し、十月に江戸の麹町・福寿院境内で見世物となる。そして時期ははっきりしないが、その後まもなく鳥屋熊吉《とりやくまきち》（通称、鳥熊《とりくま》）という伊勢松坂出身の興行師の手に渡り、数年ほど鳥熊の元々の持ちものである舶来鳥などとともに各地を見世物巡業することになる（川添二〇〇一）。興行の絵番付が何種類か残っているが、その口上書きにはなかなか興味深いことが記されており、たとえば【図7】の絵番付右側には次の文章が見える。

昼夜工夫をこらし餌物を以《もって》教《おしえ》候《そうろう》処、不思議と唯今にては私の言葉に随《したが》ひ、永々とねて居升る所を立てと申せば立ち、まわれと申せば幾度もまわり、すはれと申せば行儀にすはり、右の手と申せば右の手を出し左の手と申せば左の手を出し、うなれと申せば虎の地声を以うなり、又ねろと申せば元の如くにねるなどの芸を自由自在にいたし升。是《これ》、全《まったく》私の丹精、且は、日本は神国にて神の御末の人徳に恐れ、聞《きき》も馴れぬ日本言葉を覚へ、自在に芸を仕《つかまつり》升も実に不思議の一つに御座候

要するに、このトラは人の言葉にしたがい、起きる、まわる、お座り、お手、唸るといった芸をするのであり、そうやって異国のトラが日本語を覚えて芸をするのは、「日本は神国にて神の御末の人徳に恐れ、聞も馴れぬ日本言葉を

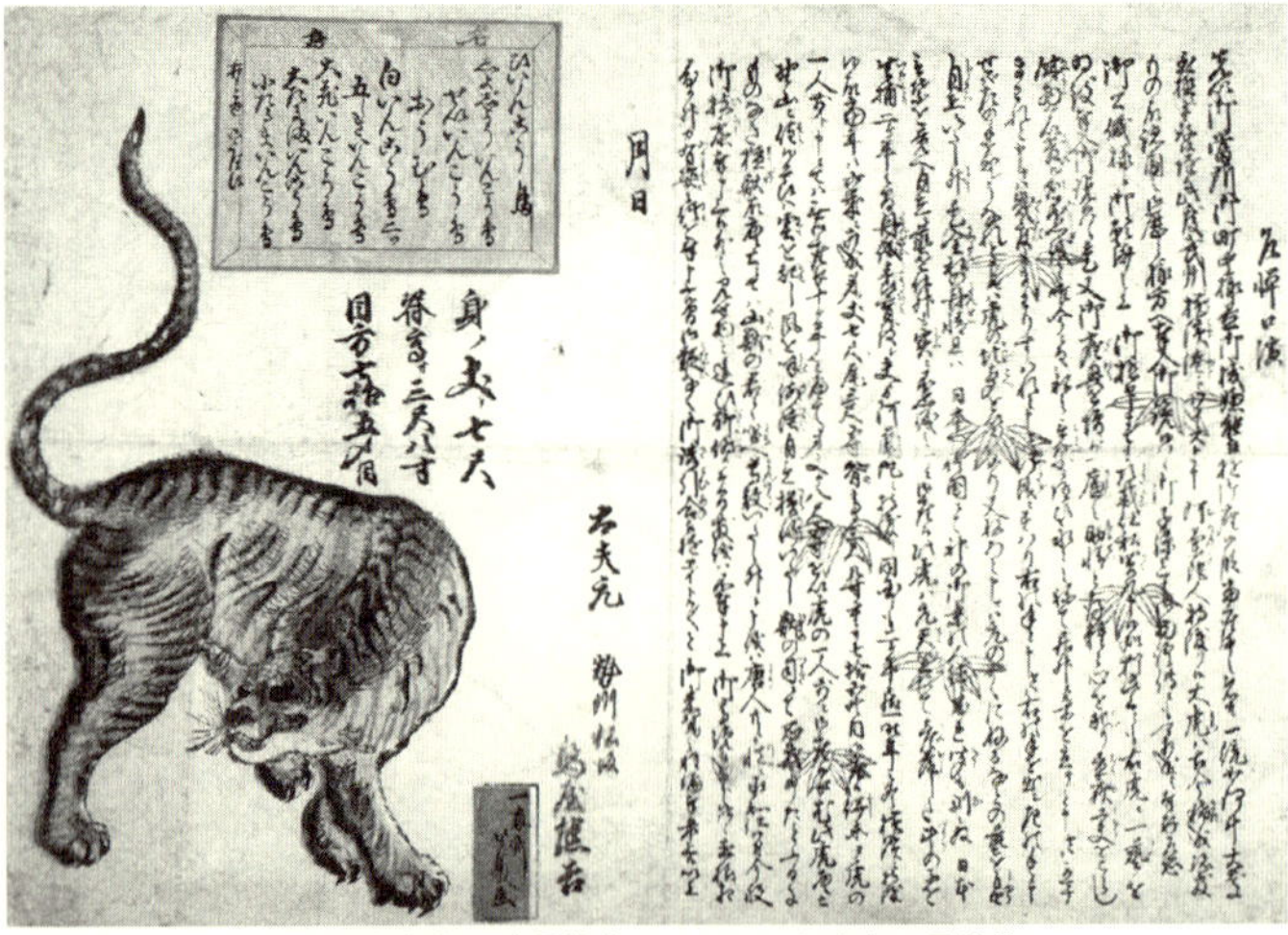

図7　興行師・鳥屋熊吉によるトラと名鳥の見世物
（芳幾画『乍憚口演　太夫元 勢州松坂 鳥屋熊吉』
色摺絵番付、元治元～慶応元〔1864 ～ 65〕）

覚へ」たからだ、という内容なのである。

猛々しい異国のトラでさえも、わが「神国」の威徳にしたがうというわけで、この文言にもやはり（実際にトラがどの程度、言葉がわかり芸をしたかはともかくとして）、開港後なおも高揚していた攘夷の趨勢（排外的な武力に訴える攘夷も、不平等な一連の修好通商条約を廃止または早急に改正しようとするいわゆる「破約攘夷」も、最幕末に向かってさまざまなかたちで高揚していく）と、それに絡んだ「神国」の意識をうかがうことができるのである。

こうした表徴やレプリゼンテーションが、排外的攘夷派の主張や、国学、水戸学の言辞のなかにではなく、見世物という土俗的で民衆的なサブカルチャーのそこかしこにあらわれているのが筆者が注目するところであり、そこに大衆の意識や庶民レベルでの感じ方を探ることができるのである。

総じていえば、神々への意識は庶民のあいだにあきらかに共有されており、それがこの「集合表象」の社会における根強さといえるが、そこでの神々は、「神風」を典型とするナショナリスティックで排外的な性格をたしかに持つ反面、他方では「和合する神性、和合する身体の根源性」とでも呼ぶべき性格を濃厚に有しているのであり（伊弉諾尊・伊弉冉尊や天鈿女命などの例を参照）、これは日本文化（とりわけ江戸時代文化）に幅広く共有される重要な側面を示すものと筆者は考えている。この点では、江戸時代中後期に非常に有力であった増《ます》穂《ほ》残口《ざんこう》の神道論（増穂一七一五）が、夫婦和合・男女和合をひたすらに説き（著述をあらわすだけではなく、市中巷間での話芸講釈もおこなった）、「唯物論」ならぬ「唯和合論」といった様相さえ呈していることも、前記に重なり合いながら、本源的特徴としてのその存在を感知させてくれるのである。[4]

「神風」の遊廓——まとめに代えて

最後は遊廓の話をしよう。横浜にはかつて「神風」の名を持つ遊廓があった。「神風楼」と書いて「じんぷうろう」と読む。

図８　NECTARINE No.9 と通称された神風楼に入る外国人客
（彩色写真部分、明治中期）

横浜開港の際、突貫工事で埋め立てた居留地南側の太田屋新田の一画に、幕府の政策によって、外国人接客をひとつの目的とする港崎遊廓《みよざきゆうかく》がつくられる（場所は現在の横浜公園にあたる）。考え方としては、それまで外国人の相手をしてきた長崎丸山の遊廓にならったもので、品川の岡場所や神奈川宿、保土ケ谷宿ほかの旅宿経営者、遊女・飯盛女などが動員されて、万延元年（一八六〇）に開業した。栃木出身の神風楼粂蔵《くめぞう》（山口粂蔵）もまた、このとき港崎遊廓に中規模店の伊勢楼を開き、成功してまもなく神風楼をも開いて、一族の綱吉ほかと手を携えての経営で繁栄、神風楼は著名な岩亀楼《がんきろう》と並び立つ存在となっていく。その後、場所は何度か変わるが、【図８】に見るように、とくに外国人客には著名な大楼として関東大震災まで隆盛を誇った。

筆者はかつて、この神風楼粂蔵が前出の軽業曲芸の名手・早竹虎吉のアメリカ行き、アメリカ興行に深く関与して、横浜からの慶応三年（一八六七）の渡航に同行し、海外現地での争論仲介もおこなっている事実を記したことがある（川添二〇〇〇）。それだけでも興味深い人物だが、この粂蔵の子（養子）の山口仙之助は、じつは箱根宮ノ下の富士屋ホテルを明治十一年（一八七八）に創業しているのであり（山口二〇〇七）、神風楼の系譜はさまざまな意味で文化史的に重要な存在なのである。なお、少し前まで異国船打払の曲芸をしていた早竹虎吉は、たちまちアメリカに渡っているのであり（高橋是清とも同じ船であった）、芸人らしく時流に乗る人物でもあった（川添二〇一二）。

さて、この遊廓の名が、なぜ「神風」なのかは気になるところで、その点では最初に開いた伊勢楼の名を含め、横浜の遊廓にはほかにも同時期の五十鈴楼、二見楼、神国屋、少しのちの勢州楼といった神宮の地、伊勢にちなんだ名称が多く、神風楼がそうであるように経営者がみな伊勢出身というわけでもないのである。

まず、これら一群の遊廓の命名の根底に、本稿で論じてきた神々また「神風」「神国」に関連する意識があることは、まちがいないところである。筆者は加えて、現実に頻発した排外的攘夷派による西洋人襲撃を避けるための予防策、予防的命名というロジック（「伊勢」や「神風」の名を持つ場所なら襲われにくい、あるいは排外的攘夷派に対して引け目を感じない）を考えるのだが、いかがであろうか。大上段の思想的命名というよりは、庶民の俗信的、感覚的で複合的な意識からくる名づけを想定するのである。

そしてさらにここで、すでにふれた異形の異国人物に対する長崎丸山の遊女の姿【図4】と、この「神風」の名を持つ異国人相手の横浜の遊廓、また異形鼻高の猿田彦の前で「胸乳をかきいで」て対峙する天鈿女命の姿【図5】を重ね合わせるとき、やはり「異形の力を和する女／神」といった文化の相が、浮かびあがるように思えるのである。先ほど述べた、「和合する神性、和合する身体の根源性」という問題である。これはむろん、その後の近現代史の具体的な展開においても、性をめぐる社会的な力の相互作用また権力関係の観点からも、複雑な問題性を含むものではあるが、逆にそれだけまた重要な文化史上の課題であり、今後、時間をかけて考察していきたいと考えている。

▼注

1　筆者はこれまで「異国と自国」の形象をめぐり、同様の視点、方法から次の三つの論考を著しており、本稿と相互に関連し合う内容となっている。
川添裕「『駱駝之図』を読む――異国形象論に向けて」（『皇學館大学文学部紀要』四十五号、二〇〇七年）
川添裕「舶来動物と見世物」（『人と動物の日本史二　歴史のなかの動物たち』吉川弘文館、二〇〇九年）
川添裕「江戸庶民がみる異国／自国の形象」（『東アジアの民族イメージ――前近代における認識と相互作用』国立民族学

博物館調査報告一〇四、二〇一二年）

2　ここにいう「西洋世界の地球的拡大」をめぐっては、文化史の別の側面（リアリズムや「写真」の問題）を含めて、川添裕「『写真』という意識」（『歌舞伎』五十一号、歌舞伎学会、二〇一四年）でくわしく論じている。

3　こうした「非対称性」の別次元からの解消あるいは補償というコミュニケーション論的メカニズムは、グレゴリー・ベイトソンのコミュニケーション論（ベイトソン二〇〇〇）で論じられているが、近年の社会学分野でのわかりやすい記述としては、たとえば森真一の論考（森二〇〇九）を参照。

4　基本的に別稿を用意したいが、ここにいう本源的特徴は、江戸時代におけるとくに歌舞伎を代表とする身体芸能のあり方や、男色文化、遊廓文化、春本・春画、庶民信仰などの領域にあらわれていると考える。ペリーに対する相撲力士の提示も、現代人が考えるようにたんに後進的なのではなく、この身体の根源性の視点からも見る必要がある。文政期に舶来した雌雄二頭のラクダが、和合神のように扱われていく文化現象（川添二〇〇〇の第三章）も参照。

▼参考文献

増穂残口『艶道通鑑』（加登屋長右衛門板、正徳五年〔一七一五〕、筆者蔵）

神随舎主人（中条信礼）『和魂邇教』（豊蘆舘学黌蔵板、嘉永元年〔一八四八〕、筆者蔵）

『太夫早竹虎吉』（錦車堂板、嘉永頃、肥田晧三氏蔵）

『横浜本町港崎町振分双六』（糸屋庄兵衛板、万延元年〔一八六〇〕、平成二十六年十一月東京古典会「古典籍展観大入札会」出展所見）

『海外行人名表』（慶応二・三年〔一八六六・六七〕、外務省外交史料館蔵）

『内外新聞』四、七（知新館、慶応四年〔一八六八〕、筆者蔵）

五葉舎万寿（佐野屋冨五郎）『横浜吉原細見記』（全楽堂、明治二年〔一八六九〕。『明治文化全集八　風俗篇』日本評論社、一九二八年所収）

『神道大系 論説編二十二増穂残口』（神道大系編纂会、一九八〇年）
川添裕『江戸の見世物』（岩波新書、二〇〇〇年）
川添裕「勢州松坂 鳥屋熊吉　上」（『歌舞伎』二十七号、歌舞伎学会、二〇〇一年）
川添裕「開港地横浜の芸能―「インターナショナル」と「ローカル」」（『インターナショナルな「地方」の視座』南窓社、二〇一二年）
小林ふみ子「『やわらぐ国』日本という自己像」（『国際日本学研究叢書十六　日本のアイデンティティ――形成と反響』法政大学国際日本学研究所、二〇一二年）
佐藤弘夫『神国日本』（ちくま新書、二〇〇六年）
エミル・デュルケム『宗教生活の原初形態　上・下』（古野清人訳、岩波文庫、一九七五年。原著は一九一二年）
グレゴリー・ベイトソン『精神の生態学』（佐藤良明訳、新思索社、二〇〇〇年。原著は一九七二年）
森真一「暴力と悪というコミュニケーション」（『コミュニケーションの社会学』有斐閣、二〇〇九年）
山口由美『増補版　箱根富士屋ホテル物語』（千早書房、二〇〇七年。元版はトラベルジャーナル社、一九九四年）

執筆者一覧

①現職　②研究分野　③主要著書・論文

——編者

田中優子（たなかゆうこ）
①法政大学総長
②日本近世文化、アジア比較文化
③『江戸の想像力』『江戸百夢』『カムイ伝講義』『未来のための江戸学』『布のちから』『グローバリゼーションの中の江戸』ほか多数。

——執筆者（執筆順）

大木康（おおきやすし）
①東京大学東洋文化研究所教授
②中国文学
③『冒襄と『影梅庵憶語』の研究』（汲古書院、二〇一〇年）、『明末江南の出版文化』（研文出版、二〇〇四年）、『馮夢龍『山歌』の研究　中国明代の通俗歌謡』（勁草書房、二〇〇三年）

横山泰子（よこやまやすこ）
①法政大学理工学部教授
②日本文化、日本文学
③『妖怪手品の時代』（青弓社、二〇一二年）、「女の敵はアマノジャク——昔話「瓜子織姫」系絵本における妖怪」（小松和彦編『妖怪文化の伝統と創造』せりか書房、二〇一〇年）、『江戸歌舞伎の怪談と化け物』（講談社、二〇〇八年）

米家志乃布（こめいえしのぶ）
①法政大学文学部教授
②歴史地理学、地図史
③「レーメゾフの『公務の地図帳』と描かれたシベリア地域像」（『法政大学文学部紀要』六十六号、二〇一三年）、『近代日本の視覚的経験』（共著、ナカニシヤ出版、二〇〇八年）、『大地の肖像』（共著、京都大学学術出版会、二〇〇六年）

小林ふみ子（こばやしふみこ）
①法政大学文学部教授
②日本近世文学、文化
③『大田南畝　江戸に狂歌の花咲かす』（岩波書店、二〇一四年）、『化け物で楽しむ江戸狂歌～『狂歌百鬼夜狂』をよむ～』（共著、笠間書院、二〇一四年）、「自意識と憧憬と——長崎における江戸文人大田南畝の中国意識を例に」（『国際日本学研究叢書15　地域発展のための日本研究』法政大学国際日本学研究所、二〇一二年）

JANA URBANOVÁ（やな・うるばのゔぁー）
①法政大学HIF招聘研究員
②琉歌の表現研究
③「オモロと琉歌における「大和」のイメージ」（『国際日本学』十一号、法政大学国際日本学研究所、二〇一四年）、「琉歌の季節語（春夏秋冬）をめぐって——オモロや和歌との表現比較——」（『日本文学誌要』八十七号、法政大学国文学会、二〇一三年）、「琉歌と和歌の表現比較研究——「面影」をめぐって——」（『沖縄文化』百十二号、沖縄文化協会、二〇一二年）

内原英聡（うちはらひでとし）
①法政大学社会学部兼任講師（『比較文化論Ⅰ・Ⅱ』）ほか『週刊金曜日』編集兼記者
②近世琉球弧と現代の比較文化
③博士論文「近世琉球弧における経世済民社会の諸相——八重山諸島の庶民の生活を事例として——」（二〇一三年）、田中優子『カムイ伝講義』（小学館、二〇〇九年［一九九～二〇四、二四一～三〇八頁分担執筆］）

小口雅史（おぐちまさし）
①法政大学文学部教授
②日本古代中世史、北方史、敦煌吐魯番学
③『内閣文庫所蔵史籍叢刊　古代中世篇』（編著、汲古書院、二〇一二年～）、『海峡と古代蝦夷』（編著、高志書院、二〇一一年）、『古代末期・日本の境界——城久遺跡群と石江遺跡群』（編著、森話社、二〇一〇年）

竹内晶子（たけうちあきこ）
①法政大学国際文化学部教授
②比較演劇、能楽
③「世阿弥の月——〈融〉〈姥捨〉〈江口〉〈井筒〉にみる反復と混沌——」（鈴木健一編『天空の文学史　太陽・月・星』三弥井書

店、二〇一四年)、"*Sanemori*: Departure from Oral Narrative." *Like Clouds or Mists: Studies and Translations of Nō Plays of the Genpei War*. Edited by Elizabeth Oyler and Michael Watson. Ithaca: East Asia Program Cornell University, 2013.、「謡曲〈井筒〉にみる「喩え」の力――比喩構造としての夢幻能」(『国文学解釈と鑑賞』七十五巻十号、二〇一〇年)

石上阿希(いしがみあき)
①立命館大学衣笠総合研究機構専門研究員
②日本近世文化史
③『日本の春画・艶本研究』(平凡社、二〇一五年)、Timoth Clark, C.Andrew Gerstle, Aki Ishigami, Akiko Yano (eds.), Shunga: sex and pleasure in Japanese art, The British Museum Press, 2013.、『西川祐信を読む』(編著、立命館大学アート・リサーチセンター、二〇一三年)

韓京子(はんきょんじゃ)
①韓国慶熙大学校外国語大学日本語学科助教授
②日本近世演劇(浄瑠璃)
③「佐川藤太の浄瑠璃――改作・増補という方法――」(『国語と国文学』九十一巻五号、二〇一四年)、「近松の時代浄瑠璃に描かれた「執着・執念」(『国語と国文学』八十三巻二号、二〇〇六年)

大屋多詠子(おおやたえこ)
①青山学院大学文学部准教授
②日本近世文学
③「『南総里見八犬伝』の大鷲」(『鳥獣虫魚の文学史 日本古典の自然観2鳥の巻』三弥井書店、二〇一一年)、「『昔話稲妻表紙』の歌舞伎化と曲亭馬琴」(『江戸文学』四十号、ぺりかん社、二〇〇九年)、「読本作者佐藤魚丸」(『国語と国文学』八十四巻十二号、二〇〇七年)

金時徳(きむしどく)
①ソウル大学奎章閣韓国学研究院助教授
②日本と異国との戦争に関する十六~十九世紀日本の文献を研究
③『日本と〈異国〉の合戦と文学』(共著、笠間書院、二〇一二年)、『秀吉の対外戦争』(笠間書院、二〇一一年)、『異国征伐戦記の世界――韓半島・琉球列島・蝦夷地』(笠間書院、二〇一〇年)

林久美子(はやしくみこ)
①京都橘大学文学部教授
②日本近世文学、演劇
③「元禄七年洛東真如堂における善光寺開帳をめぐって――真如堂日並記の紹介を中心に――」(『京都橘大学大学院紀要』十二号、二〇一四年)、「『日本武尊吾妻鑑』と『南総里見八犬伝』のトランスジェンダー」(『表象のトランスジェンダー』新典社、二〇一三年)

福田安典(ふくだやすのり)
①日本女子大学文学部教授
②日本近世文学
③『平賀源内の研究――大坂編』(ぺりかん社、二〇一三年)、『都賀庭鐘・伊丹椿園集』(共著、国書刊行会、二〇〇一年)、『驚きのえひめ古典史』(創風社、二〇〇〇年)

長島弘明(ながしまひろあき)
①東京大学大学院人文社会系研究科教授
②日本近世文学
③『名歌名句大事典 歳時人自然』(共編、明治書院、二〇一二年)、『国語国文学研究の成立』(放送大学教育振興会、二〇一一年)、『秋成研究』(東京大学出版会、二〇〇〇年)

津田眞弓(つだまゆみ)
①慶應義塾大学経済学部教授
②日本近世文学
③「教養を娯楽化する――『五節供稚童講訳』の挑戦――」(『浸透する教養』勉誠出版、二〇一三年)、『江戸絵本の匠 山東京山』(新典社、二〇〇五年)、『山東京山年譜稿』(ぺりかん社、二〇〇四年)

川添裕(かわぞえゆう)
①横浜国立大学教育人間科学部教授
②文化史、日本芸能文化史
③『江戸の大衆芸能――歌舞伎・見世物・落語』(青幻舎、二〇〇八年)、『見世物探偵が行く』(晶文社、二〇〇三年)、『江戸の見世物』(岩波新書、二〇〇〇年)

日本人は日本をどうみてきたか
江戸から見る自意識の変遷

平成 27（2015）年 2 月 27 日　初版第 1 刷発行

［編者］
田 中 優 子

［発行者］
池 田 圭 子

［装幀］
笠間書院装幀室

［発行所］
笠 間 書 院
〒 101-0064　東京都千代田区猿楽町 2-2-3
電話 03-3295-1331　FAX03-3294-0996
http://kasamashoin.jp/　mail：info@kasamashoin.co.jp

ISBN978-4-305-70769-7　C0091

印刷／製本　大日本印刷株式会社